KB021797

세계적인 철학가 15인의 행복론과 인생론

내가 살아가는 이유

김 남 석 편저

서음미디어

머 리 말

철학(哲學)이란 인간이 살아가는 데 있어 가장 중요한 인생관, 세계관 등을 탐구하는 학문이다. 일반인들은 철학이라는 학문에 선뜻 다가가기를 꺼려한다. 수천만종의 책들 중에서 베스트셀러에 올라와 있는 책들은 대부분 재테크나 처세술에 관한 책들이 대부분이고, 철학과 관련된 책들은 찾아보기가 쉽지 않다. 허지만 여기에 수록된 철학가 15인의 에세이들은 읽는 이로 하여금 또 다른 감동을 주기에 충분하다.

인생의 영원한 수수께끼인 사람이 죽으면 어떻게 되는가? 사람은 왜 병들게 되는가? 주어진 운명을 어떻게 받아들여야 하는가? 누구를 사랑하고, 어떻게 사랑할 것인가? 등 끝없는 의문에 대하여 세계적인 철학가들이 이 책속에서 명쾌한 해답을 내려 주고 있다.

러시아의 대문호이며 사상가인 톨스토이는 그의 대표작인 「전쟁과 평화」, 「부활」, 「안나 카레니나」등을 통해 타락한 그리스도교에서 벗어나 세계 복지에 기여하려는 사상의 면모를 보여주었고, 구도적 내면세계를 보여주는 작품을 많이 썼다.

「수상록」으로 유명한 프랑스의 사상가 몽테뉴는 대표적인 도덕주의자로, 회의론을 기조로 하여 종교적 교회도 이성적 학문도 절대시하는 것을 배격하며 인간으로서 현명하게 살 것을 권장하였다.

쇼펜하우어는 문명의 내면을 들여다보고 그것을 망설임없이 드러내 보였는데, 그의 철학은 인간본성에 대해 매우 비관적이었다. 쇼펜하우어와 같은 염세주의자는 아마도 이 세상에 없을 것이다.

영국의 중세 철학자 베이컨은 스콜라 철학을 비판하고 자연을 연구하는 데 있어서 실험적 관찰을 중시하였다. 또 「에밀」로 유명한 프랑스의 계몽사상가인 루소는 이성보다 감성의 우위를 주장하였고, '인간은 태어날 때는 좋은 성질을 가지고 있는데, 문명이 그것을 나쁘게 만든다'고 하여 '자연으로 돌아가라'고 외쳤다.

「차라투스트라는 이렇게 말했다」로 유명한 독일의 철학자이자 시인인 니이체는 근대의 극복을 위해 '신은 죽었다'고 선언하고, 피안적(彼岸的)인 것에 대신하여 차안적(此岸的)인 것을 본질로 삼는 가치 전환을 시도하였다.

영국의 철학자이자 수학자인 러셀은 수리철학, 기호 논리학을 집대성하여 분석철학의 기초를 쌓기도 했다. 또 「적과 흑」으로 유명한 스탕달은 19세기 프랑스의 주요 소설가 가운데 한 사람으로 그의 작품은 심리적, 정치적 통찰로 유명하다.

그 밖에도 에머슨, 카알 힐티, 알랭 푸르니에, 미끼 기요시 등 대표 사상가들이 인간의 생명과 고뇌, 사랑과 우정, 어떻게 주어진 생을 살 것인가에 대하여 철학적 에세이 형식을 빌어 이 책에서 소개되고 있다.

따라서 철학은 인생의 신비를 탐구하는 학문 내지 이 세계의 깊고 오묘한 이치를 밝히는 학문이며, 이성의 한계를 설정하여 본질에 의해 도덕관을 세워 인간의 자유를 찾고 인간관계를 본질에 의해 옳은 것이 무엇인지를 현실에서 초월하여 진정 무엇인가를 알려고 하는 것이 바로 철학이다.

철학이란 무엇인지 더는 묻지 말자
그냥 너의 철학이 있을 뿐이다.
철학은 그 누구도 가르쳐 줄 수는 없는 것이다

한마디로 철학은 언어 유희다.

편저자

차 례

차 례

사랑은 아름다운 것

스탕달(Stendhal)

프랑스의 대표적인 작가 (1783. 1. 23~1842. 3. 23)
19세기 프랑스 사실주의문학의
시조로 스탕달은 필명이며,
본명은 앙리 베일(Marie Henri Beyle)이다.
스탕달은 나폴레옹의 이탈리아 원정 이래 이탈리아
예찬가가 되었으며, 독특한 연애관에 의한 최초의
소설 「아르망스」를 써서 문단에 등단했다.
스탕달은 많은 필명을 갖고 있었지만,
그중에서도 가장 유명한 이름은
프로이센의 도시 슈텐달에서 따온 스탕달이었다.
대표작:「적과 흑」「파름의 수도원」 등

사랑은 아름다운 것

사랑에는 네 종류가 있다. 첫째로는 정열적인 사랑이다. 포르투갈 수녀의 사랑(마리안나 알코포라도를 지칭 1640~1723년), 아벨라르에 대한 엘로이즈의 비극적인 사랑, 베젤 대위의 애절한 사랑, 챈토의 헌병의 사랑이다.

둘째로는 취미로 하는 사랑이다. 1970년 무렵 파리에서 유행했던 사랑으로 당시의 회상록과 소설, 즉 크레비용(극작가1707~1777년), 로장, 뒤클로(모럴리스트 1704~1772년), 마르몽텔(희곡작가 1723~1799년), 샹포르(모럴리스트1741~1794년), 데피네부인(살롱마담 1726~1785년) 등에서 볼 수 있는 사랑이다.

이 사랑은 그림자까지 온통 장밋빛을 띤 하나의 그림과 같은 사랑이다. 어떤 이유가 있건 불쾌한 것이 포함되어서는 안 된다. 그렇지 않으면 습관과 품위, 섬세함이 결핍되기 쉽기 때문이다.

좋은 환경에서 자란 남자는 갖추어야 할 모든 예의와 사랑에 대한 여러 가지 경우에 당면하게 되더라도 대처할 수 있는 방법을 미리 알고 있다.

이 사랑에는 정열과 의외의 사건은 하나도 없으므로 이른바 진실한 사랑보다는 섬세한 쪽을 더 지니고 있는 것이다. 왜냐하면

이 사랑은 언제나 풍부한 재치를 지니고 있기 때문이다.

이것은 볼로냐 화단의 세 사람의 화가 중 한 사람인 카라치의 그림에도 비할 수 있을 만큼 차고도 아름다운 밀화(密畫)이다. 그리고 정열적인 사랑이 우리로 하여금 모든 이해를 초월하게 만드는데 반해 취미로 하는 사랑은 언제나 그것과 타협할 수가 있다.

이 빈약한 사랑에서 허영심을 제외하면 남는 것은 아무 것도 없다. 허영심이 없이는 제대로 걷지도 못하는 쇠약해진 회복기의 환자에 불과하다.

셋째로는 육체적인 사랑이다. 사냥터에서 숲속으로 달아나는 아름답고 신선한 시골 처녀를 발견한다. 이러한 쾌락에 바탕을 둔 사랑은 누구나 알고 있다. 아무리 무감각하고 우울한 성격의 소유자라도 열 다섯살만 되면 이런 사랑을 시작한다.

넷째로는 허영적인 사랑이다. 대부분의 남자들은 특히 프랑스에서는 청년의 사치에 빼놓을 수 없는 것으로 준마라도 갖듯이 인기 있는 아름다운 여자를 소유하기를 바라고 또 갖고 있다.

허영심이 다소 충족되거나 손상될 때 열정은 더욱 뜨겁게 솟아나게 된다. 때때로 육체적인 사랑이 있을지 모르나 항상 있는 것은 아니다. 대개 육체적인 쾌락을 동반하지 않을 때가 많다. '부르조아에게는 공작부인은 결코 서른 살 이상으로 보이지 않는 법이다'라고 손느 공작부인은 말한 적이 있다.

네덜란드 왕 루이의 궁정에 머문 적이 있는 사람들은 아직도 헤이그의 저 미인을 즐겁게 회상하고 있다. 이 부인은 공작이나 왕자라면 매력이 있든 없든 간에 무조건 좋아하는 여자였다. 그러나 군주정치의 원칙에는 충실했고, 한 왕자가 궁정에 나타나면 공작 따위는 발길로 차버렸다. 그 여자는 외교 사절의 어떤 장식품과 같은 존재였다.

이러한 평범한 관계에서 가장 행복할 때에는 육체적 쾌락이 습관에 의해서 증대될 경우이다. 그때의 추억들은 이 관계를 약간 사랑과 유사한 것으로 만든다. 버림을 받으면 슬픔과 자존심 때문에 분통을 터뜨린다. 소실적인 생각이 목덜미를 누르기 때문에 사랑하고 있다고 생각하고 우울해진다고 생각한다. 왜냐하면 허영심은 마치 위대한 정열을 가지고 있는 것처럼 생각하고 싶어지기 때문이다.

확실히 말할 수 있는 것은 어떤 종류의 사랑으로 쾌락을 얻든간에 정신에 흥분하면 희열은 고조되고, 그 추억은 마음을 끌게 된다. 사랑의 정열에 있어서는 다른 많은 정열과는 반대로 잃어버렸던 것에 대한 회상이 항상 장래의 기대보다 우세해 보인다.

때때로 허영적인 사랑에는 습관이라든가 더 좋은 상대를 발견하지 못한 데서 오는 실망때문에 모든 우정 중에서도 가장 멋없는 일종의 우정을 낳게 하는 일이 있다. 이 우정은 그의 확실성에 대해 자부하고 있다.

육체적인 쾌락은 자연현상이므로 누구나 알고 있다. 그러나 이것은 상냥하고 정열적인 사람의 눈에는 종속적인 위치로 밖에 비치지 않는다. 그러므로 이러한 사람은 살롱에서 남의 웃음을 사거나, 가끔 사교계 사람들의 계략에 의해 불행해지지만 그 대신 그들은 허영심과 돈을 위해서가 아니면 움직이지 않는 사람들이 결코 이룰 수 없는 쾌락을 알고 있다.

덕망이 높고 상냥한 여성은 거의 육체적 쾌락을 느끼지 못한다. 즉 이들은 그러한 쾌락에는 몸을 허락하는 일이 드물고 쾌락에 몸을 맡겼을 때에도 정열적인 사랑의 고양이 거의 육체의 쾌락을 잊어버리게 한다.

알피에리(근대 이탈리아 최대의 비극시인 1749~1803년)식의 지옥적인 교만에 희생이 되고, 그 꼭두각시가 된 남자가 있다. 그들은 모름지기 잔인하다. 왜냐하면 네로처럼 타인을 자기 마음대로 판단하므로 언제나 두려워하고 있기 때문이다.

그들은 자존심의 최대의 쾌락을 수반하지 않는 한 육체적 쾌락에 도달할 수는 없다. 즉 그 쾌락의 반려에 잔학을 가하지 않는 한 바로 거기에서 사드 후작의 소설인 「쥬스틴느」의 잔학성이 생겨난다. 이러한 인간들은 조금도 안정감을 느끼지 못한다. 이렇게 네 종류의 사랑으로 나누는 대신에 물론 여덟 개 내지 열 개의 뉘앙스로도 구별할 수 있다.

인간들 사이에서 느끼는 방법도 여러 가지가 있을 것이다. 각자 보는 방법에 따라 분류 방식이나 어휘의 차이점은 있다 해도 다음의 추론에는 전혀 영향을 주지 않는다.

이 세상에서 볼 수 있는 모든 사랑은 같은 법칙에 따라 생겨나서 살다가 죽으며, 혹은 불멸의 상태에까지 승화된다.

사랑의 발생에 대하여

마음속에서는 다음과 같은 일이 일어난다.

1. 감탄
2. '저 사람에게 키스를 할 수 있거나 혹은 받을 수 있다면 얼마나 좋을까?'하고 생각해 본다.
3. 희망

상대방의 여러 가지 아름다운 점을 검토한다. 여자가 몸을 맡길 때는 바로 이 시기이다. 육체적 쾌락은 가장 크다. 아무리 내향적인 여자일지라도 희망의 시기에는 눈이 충혈되고 정열은 치솟으며, 쾌락은 극에 달하므로 한 눈으로 알아 볼 수 있다.

4. 사랑이 싹튼다

사랑한다는 것은 자기를 사랑해 주는 사람에게 모든 감각을 갖고 가능한 한 접근하여 보거나 만지거나 느끼는데 쾌감을 느끼는 일이다.

5. 제1의 결정작용(스탕달이 창조한 신조어)이 시작된다.

사람들은 자기를 사랑한다고 믿는 여자를 여러 가지로 아름답게 꾸며서 생각하려 한다. 그리고 스스로 만족해 하면서 그의 행복을 세밀히 분석한다. 그것은 전혀 알지 못하는 그러나 확실히 자기의 것이라고 믿는, 하늘이 내려준 숭고한 소유물이라고 과장해서 생각하게 된다.

사랑하는 남자의 머리를 24시간 내내 활동하도록 내버려 두면 다음과 같은 사실을 알게 될 것이다.

찰스부르크의 염갱(鹽坑)에 겨울에 잎이 떨어진 나뭇가지를 갱내 깊숙이 버려두고 2, 3개월이 지난 후에 그것을 꺼내 보면 그것은 반짝이는 결정으로 덮여 있는 것을 볼 것이다. 곤줄박이의 다리보다도 더 작은 가지까지도 눈부신 다이아몬드의 찬란한 빛으로 장식되어 원래의 나뭇가지를 다시 알아볼 수 없게 될 것이다.

내가 결정작용이라 부르는 것은 사랑하는 상대의 새로운 미점(美點)을 모든 사물로부터 발견할 수 있는 정신작용을 뜻한다.

한 여행자가 그의 애인과 함께 태양이 내리 쬐는 여름날의 제네바 해변의 오렌지 숲을 걸으며 그 상쾌함을 맛보는 기쁨은 얼마나 큰 것일까.

당신 친구 중의 하나가 사냥을 하다가 팔을 다친다. 이때 사랑하는 여자의 간호를 받는 감미로움이란 얼마나 큰 것일까. 언제나 그녀와 함께 있으면서 변함없이 자기를 사랑해 주는 모습을 볼 수 있다면 설사 고통스러운 일이 있다 해도 축복하고 싶어질 것이다.

이렇게 당신 친구의 팔을 다친 데서부터 시작해 당신 애인의 천사 같은 친절을 조금도 의심치 않게 된다. 한 마디로 말해서 사랑하는 사람에게서 미점을 발견하는 데는 상상하는 것만으로도 충분하다.

내가 결정작용이라고 부를 수 있는 이 희한한 현상은 피를 머리 위로 쏠리게 하며, 우리에게 쾌락을 느끼게 하는 본성에 의해서 또는 쾌락이 사랑하는 사람의 미점과 함께 증대한다는 생각에서, 또는 그 여자는 나의 것이다, 라는 생각에서부터 비롯되었다.

야만인은 두 걸음 이상 전진할 여유를 가지고 있지 않다. 그도 쾌락을 가질 수 있으나 그의 두뇌의 동작은 숲속에서 도망가는 사슴을 쫓는데 사용되고, 그 사슴의 고기를 먹고 빨리 체력을 회복하려고 노력해야 한다. 그렇지 않으면 적의 도끼 아래 쓰러지고 말기 때문이다.

그와 반대는 아주 문명이 발달된 곳에서는 애정이 깊은 여자는 사랑하는 남자와 곁에서만 이 육체적 쾌락을 맛볼 수 있는 지점까지 도달했다고 나는 의심치 않는다. 그것은 야만인과는 반대이다.

문명이 발달된 나라에서는 여자들이 여가를 가지고 있으나 야만인들은 항상 그의 일에 시달리다 보니 먹고 잠이나 자는 것으로 그의 암컷을 취급하지 않을 수 없다.

많은 동물의 암컷들이 이런 야만인보다 행복하다면 그것은 야만인의 세계에서는 남자의 생활이 더 확고한 위치에 있기 때문이다.

숲을 떠나 파리로 돌아가자. 정열에 사로잡힌 남자는 그가 좋아하는 여자에게서 여러 가지 미점을 발견한다. 그러나 주의력은 때때로 산만해질 수 있다. 왜냐하면 사람은 모든 단조로움에 실증을 느끼게 되고 완전한 행복에서까지도 권태를 느끼게 된다. 그래서 아래와 같은 주의를 게을리해서는 안될 것들이 있다.

6. 의혹을 갖게 된다.

열 번 또는 열두 번 상대방의 시선이나 한 순간 잠깐 일어난 일들이 여러 날 계속된 일로 생각되는 가운데 우선은 희망을 얻게 되고, 다음 그 희망을 확인하게 된 사랑하는 남자는 최초의 놀라움에서 깨어나 자기의 행복에 도취되고, 또 항상 자주 일어나는 경우이기 때문에 줏대가 없는 여자에게나 적용되어야 할 이론에 끌리게 되어 결국 그는 더 확실한 보증을 요구하며, 그의 행복을 키워 나가려고 한다.

남자가 너무 자신 있는 태도를 보이면 여자는 그에게 무관심과 냉담, 더 심한 경우에는 노여움으로 대하게 된다.

프랑스에서라면 '당신은 당신 자신을 너무 과대평가하시는군요'라는 신랄한 비난을 받게 될 것이다. 어떤 여자가 이런 말을 하게 되는 것은 순간적인 도취에서 깨어나 강한 수치심을 느낄 때나 도리어 어긋나는 행위를 하여 두려움에 떨 때 나타나는 단순한 조심성이나 교태(아양)로 인한 것이다.

사랑하는 남자가 약속되었던 행복에 대해 의심을 품게 되면 그가 분명히 있었다고 믿었던 행복에 대해서 보다 엄격한 견해를 갖게 된다.

그는 인생의 다른 쾌락으로 방향을 바꾸려고 하지만, 그런 것을 아무 곳에서도 발견할 수 없게 된다. 불행에 대한 무서운 공포는 그를 사로잡고, 그로 하여금 깊은 주의력을 갖게 한다.

7. 제2의 결정작용

'그녀는 나를 사랑하고 있다'는 확신이 결정(結晶)되면 여기서 제2의 결정작용이 시작된다. 무서운 불행의 순간이 지나고, 의혹이 생기는 밤이 오면 사랑하는 남자는 15분마다 중얼거린다.

'그렇다. 그녀는 역시 나를 사랑하고 있다'라고. 그리고 결정작용은 새로운 매력을 발견하려는 방향으로 바뀌게 된다. 그러나 사나운 눈초리의 의혹은 다시 그를 사로잡는다. 그러면 그는 깜짝 놀라 곧 멈추게 된다. 그의 심장은 숨을 쉬는 것마저 잃어버리고 다시 중얼거린다.

'허지만 그녀는 나를 정말 사랑하고 있는 것일까?'

이렇게 고통스럽고도 감미로운 감정이 교차하는 가운데 이 가련한 남자는 새로운 사실을 발견하게 된다.

'그녀가 내게 주는 쾌락은 그녀 이외의 누구도 주지 않는다.'

이 진리의 명백성과 한 손에는 완전한 행복을 쥐었으면서도 다른 한 손으로는 무서운 천벌을 오르려고 더듬게 되는 현상이 제2의 결정작용을 첫번째 결정작용보다 훨씬 강렬한 것으로 만드는 요인이다.

사랑하는 남자는 끊임없이 다음의 세 가지 생각으로 방황한다.

1. 그녀는 모든 아름다움을 갖추고 있다.

2. 그녀는 나를 사랑하고 있다.

3. 그녀로부터 사랑하고 있다는 믿을 만한 증거를 얻기 위해 어떻게 하면 좋은가?

사랑이 아직도 식지 않고 있는 데도 그 순간의 가장 비통하다고 느끼는 경우에는 자기가 잘못된 판단을 했음을 깨닫고 결정작용에 대한 계획을 완전히 바꾸어야 한다. 이때는 결정작용, 그 자체에 대해서까지도 의심을 하게 된다.

인생은 인간이 탐구하려고 하는 물레방아

톨스토이(Lev Nikolayevich, Graf Tolstoy)

러시아의 시인, 소설가(1828. 9. 9~1910. 11. 20)
세계적인 소설가 중의 한 사람으로 꼽히며
불후의 명성을 안겨준
대표작 「전쟁과 평화」 「안나 카레니나」를 남겼다.
자신의 대립되는 성향 때문에 깊이 갈등했던
톨스토이는 비록 실패에 그쳤지만 만년에
가난한 농부의 삶을 살고자 노력했던 개인주의적
성향의 귀족으로서, 감각주의자로 시작해
엄격한 청교도로 삶을 마감했으며
보기 드물게 정력적인 사람이었지만
항상 죽음을 두려워했다.
대표작: 「전쟁과 평화」 「안나 카레니나」
「이반 일리치의 죽음」 등

인생은 인간이 탐구하려고 하는 물레방아

여기에 물레방아를 돌려서 유일한 생계의 수단으로 삼고 있는 사나이가 있다고 하자. 그의 할아버지 때부터 물레방아를 경영해 왔기 때문에 가루를 곱게 빻으려면 물레방아의 어느 부분을 어떻게 움직이면 된다는 것을 그는 잘 알고 있었다.

이 사나이는 기계학에 대하여는 아무것도 알지 못했지만 빨리 가루를 곱게 빻을 수 있도록 물레방아의 각 부분을 조정하는 기술은 심오한 경지에 이르고 있었으므로 거기서 수입을 올리게 되었고, 생계를 유지할 수가 있었다. 그러나 우연한 동기에서 이 사나이는 물레방아의 구조에 대하여 생각하기 시작했고, 그 복잡한 조립에 대한 설명을 사람들로부터 들어가면서 어느 부분이 물레방아를 빙빙 돌게 하고 있는가를 관찰하기 시작했다.

그리하여 곡식을 붓는 깔대기통에서 절구통으로, 절구통에서 회전축으로, 회전축에서 날개바퀴로, 날개바퀴에서 보(洑), 제방, 물, 이와 같은 순서로 관찰해 나가자 마침내 모든 것이 제방과 냇물에 의존하고 있음을 분명히 깨닫게 된 것을 매우 기뻐했다. 그리하여 그는 전과 같이 나오는 가루의 품질을 검사하면서 절구공이가 오르내리는 것을 조정하거나 절구통을 고루 닦아서 접촉이 잘 되게 하고 피댓줄을 조이기도 하고 늦추기도 하는 것을 중지하고는 냇물의 흐름을 연구하는 데 몰두했다.

그 때문에 그의 물레방아는 엉망이 되었다. 그리하여 사람들은 그에게 그대가 하고 있는 일은 잘못되어 있다고 충고를 했다. 그러나 그는 이런 말에 귀를 기울이지도 않으면서 여전히 냇물에 대한 연구를 계속했다. 이처럼 그는 오직 냇물 연구에만 몰두하여 그의 생각이 옳지 못하다고 충고해 주는 사람들과 크게 언쟁을 벌인 끝에 드디어 그는 냇물 자체가 물레방아라고 확신하게끔 되었다.

그의 사고방식의 잘못을 증명하는 사람들에게 물레방앗간 사나이는 다음과 같이 대답할 것이다.

"어떠한 물레방아라도 물이 없으면 움직이지 않습니다. 그러므로 물레방아를 알려면 먼저 물을 대는 방법을 알아야 하며, 그 흐름의 힘과 그 근원을 알지 않으면 안 됩니다. 따라서 물레방아를 알려면 냇물의 흐름을 알 필요가 있습니다."

논리상으로 물레방앗간 사나이의 이 주장에 반대하기는 어렵다. 그의 환영을 떨쳐버리는 유일한 방법은 어떠한 사색에 있어서나 사색 그 자체보다도 사색이 차지하는 위치라는 것, 다시 말하면 효과적인 사색을 하려면 우선 무엇보다도 가장 먼저 사색할 대상과 내용이 무엇이며, 그리고 그 다음에는 어떻게 사색해야 하는가를 알아야 한다는 것을 그에게 알려 주는 것이다.

합리적인 활동을 비합리적인 활동과 구별할 수 있는 것은 이것이다. 즉 합리적인 활동의 경우 그 중요한 정도에 따라서 가장 먼

저 와야 할 사색과 두 번째 와야 할 것, 세 번째 와야 할 것..... 열 번째 와야 할 것은 무엇인가 하는 것을 결정할 수 있지만, 비합리적인 활동의 경우는 전혀 서열을 정할 수 없다는 것이다. 그리고 그 배열된 순서는 결코 우연한 것이 아니고 사색의 목적 여하에 따라 좌우되는 것이라는 사실도 아울러 설명해 주어야 한다.

모든 사색의 목적은 그 하나 하나의 순서를 결정하고 그에 의해 사상의 계통을 정리하여 어떤 이해에 도달하는 데 있다.

그런데 모든 이론이 하나의 공통된 목적에 의하여 일관되어 있지 않은 사색은 그것이 아무리 논리적인 정당성을 띠고 있다 하더라도 올바른 것이 될 수 없다. 물레방앗간의 목적은 좋은 가루를 만들어 내는 데 있다.

그가 만일 이와 같은 사실을 염두에 두고 있다면 그는 이 목적에 의하여 절구통이나 날개바퀴나 제방이나 냇물을 고찰하는 데 있어서 가장 정확한 배열이나 순서를 결정할 수 있을 것이다. 그러나 그의 사색이 이러한 목적과 관계가 없다면, 이 물레방앗간 주인의 이론이 아무리 훌륭하고 논리적인 것이라 하더라도 그것은 근본적으로 옳지 못한 것이며, 소용없는 것이 될 것이다.

그들의 사색은 마치 고골리의 소설 「죽은 혼」에 나오는 키이파모키에비치의 사색과 같은 것이다. 즉 그것은 만일 코끼리가 새처럼 알에서 부화된 것이라고 한다면 그 알껍데기의 두께는 어느 정도나 될 것인가 하고 생각하는 것과 비슷한 일이라고 하겠다.

현대의 과학이 생명에 대하여 논하는 것도 이와 비슷한 것이라고 나는 생각한다.

인생은 인간이 탐구하려고 하는 물레방아와 같은 것이다. 물레방아는 가루를 곱게 빻는 데 목적이 있으며, 인생은 선량한 사람이 되는 데 그 목적이 있다. 그러므로 인간은 자기가 추구하는 이 목적을 잠시라도 게을리 하면 반드시 사색의 목적을 잊어버리게 될 것이며, 따라서 코끼리의 알을 깨는 데 얼마만한 화약이 필요할 것인가 하고 생각하는 키이파 모키에비치의 사색과 비슷한 것이 될 것이다.

사람이 생명에 대해 연구하는 것은 인생을 보다 빛나게 하기 위해서이다. 지식의 분야에서 인류의 참된 진보를 가져온 사람들은 이와 같은 입장에서 생명을 연구했던 것이다. 그러나 이러한 인류의 참된 스승이며 은인이 되는 사람들의 한 옆에는 사색의 참된 목적을 잊어버린 채 생명의 기원에 대하여 연구 ―물레방아는 왜 돌아가는가? ―하고 이 문제만을 따지는 부류들이 예나 지금이나 많이 있다.

어떤 사람은 그것은 물이 흐르기 때문이라고 말하고, 어떤 사람은 그것을 기계의 구조 때문이라고 단정한다. 이처럼 논쟁은 점점 격화되면 나중에는 논제에서 벗어나 마침내는 전혀 그것과는 상관이 없는 문제로 이야기를 끌고 가게 되는 것이다.

옛 이야기에 어느 유태교인과 어느 기독교인과의 논쟁에 관한 다음과 같은 우스운 이야기가 있다. 기독교인이 유태교인의 교활한 논법을 꺾기 위해 손바닥으로 유태교인의 대머리를 철썩 때리고는 '그 소리가 어디서 나왔느냐? 그것은 당신의 대머리에서 나온 것이냐, 아니면 내 손바닥에서 나온 것이냐?'고 물었다. 그 결과 지금까지의 신앙상의 논쟁은 해결할 수 없는 다른 문제로 대치되고 말았다.

이와 비슷한 일이 인류의 참된 지식인 인생 문제에 관해서도 오랜 옛날부터 논의되어 왔다.

'생명은 어디에서 나왔는가? 비물질적인 근원에서 비롯되었는가? 아니면 여러 가지 물질의 결합에서 비롯되었는가?'하는 문제는 이미 태고적부터 논의되어 왔다. 그리고 이 논의는 오늘에 이르기까지 계속되어 왔지만 아직도 언제나 해결될 것인지 전혀 예측할 수 없다. 왜냐하면 모든 논제는 그 본래의 목적에서 벗어나 있기 때문이다.

생명이라는 말에 있어서도 생명 자체가 아니라 거기에서 생긴 것, 또는 그것에 수반된 모든 현상을 뜻하게 되었다.

오늘날 우리가 평소에 생명에 관하여 이야기를 주고받을 때에도 모든 사람들이 알고 있는 것, 즉 생명 그 자체 —가령 우리가 두려워하고 증오하고 있는 여러 가지 고통이나 우리가 원하고 있는 즐거움이나 기쁨을 가리키는 것이 아니고 —혹은 물리적인 법칙에 따라서 자연에 의해 생기게 된 것이라든가, 혹은 그 자체 속에 어떤 신비한 원인으로 생겨난 것 같은 무엇을 의미하고 있다.

생명이란 말은 그 속에 인생의 중요한 표상(表象)인 고뇌와 희열의 의식이나 선에 대한 갈망 등이 내포되어 있지 않은 어떠한 것으로 간주되고 있다.

'생명이란 죽음에 저항하는 여러 작용의 총화이다. 생명이란 어떤 한정된 시간에 유기체의 내부에서 계속하여 일어나고 있는

여러 가지 현상의 총화이다.'

'생명이란 일반적인 동시에 연속적인 분해와 결합의 이중과정이다. 생명이란 잇따라 일어나는 각종 변화의 일정한 결합이다. 생명이란 활동하는 유기체이다. 생명이란 유기체의 특수한 활동이다. 또한 생명이란 외부 관계에 대한 내부 관계의 적응이다.'

이러한 정의에 나타나 있는 정확하지 못한 점이나 같은 의미의 말이 되풀이 되어 있는 것을 제거해 버리면 그 정의의 본질은 어느 것이나 마찬가지가 된다.

다시 말하면 이와 같은 말에 의해 정의를 내린 것은 생명이라는 말로 모든 사람이 한결같이 이해하고 있는 것을 정의한 것이 아니고 생명에 수반되어 있는 어떤 과정과 다른 여러 가지 현상을 정의하고 있는 것이다.

이러한 정의의 대다수는 생명의 형성 과정에 있어서의 일종의 결정작용이나 유기체 안에서 폐기와 분해 작용을 하고, 선도 악도 존재하지 않는 세포의 개별적인 생존을 다루고 있다.

여기서는 결정체나 원형질이나 원형질 핵이나 인체의 세포 속에서 일어나고 있는 어떤 과정이 자기의 행복에 대한 동경의식과 밀접한 관계를 갖고 있는 것 같은 용어로 불리고 있는 것이다.

생명의 조건을 생명 그 자체인 것처럼 생각하는 것은 마치 냇물을 물레방아 자체라고 말하는 것과 같다. 이와 같은 생각도 어떤 목적을 위해서는 매우 필요한 것이다. 그러나 그것은 그들이 논하려고 하는 제목에는 관여하지 않고 있다. 따라서 이러한 논의에서 나오는 인생에 대한 모든 결론은 허망한 것이 아닐 수 없다.

모든 인간은 자기 자신을 위해, 즉 자기의 개인적인 행복을 위해 살고 있다. 만일 인간이 행복에 대해 아무런 욕구도 느끼지 않는다면 그는 자기가 살아 있다는 것조차 의식하지 못할 것이다. 누구나 행복에 대한 욕구가 없이는 인생을 생각할 수 없다.

인간은 다만 자기 자신 속에서만, 다시 말하면 개인적으로서의 자기 자신 속에서만 삶을 의미한다. 그러므로 인간에게는 무엇보다도 먼저 자기가 바라는 행복이란 오직 자기 혼자만의 행복인 것처럼 생각된다.

인간은 우선 자기만이 참으로 살고 있는 것처럼 생각한다. 그는 남의 생활을 자기 일처럼 생각하지 않는다. 그는 그것을 단지 인생의 겉모양처럼 생각한다.

인간은 단지 다른 사람의 생활을 관찰할 때에만 그들의 생존을 의식할 따름이다. 그러나 그는 자기 자신의 생존을 언제나 알고 있다.

그는 한시도 자기 자신이 살아 있다는 의식에서 벗어날 수는 없다. 그러므로 누구나 자기 자신의 생활만을 진실된 생활이라고 생각하고 자기 주위에 있는 다른 사람의 생명은 그에게 단지 자기 존재의 한 조건으로 생각할 뿐이다.

그가 다른 사람의 재앙을 원하지 않는 것은 다른 사람이 괴로워하는 광경이 그의 행복을 훼방하기 때문이다. 그리고 그가 다른 사람의 행복을 원하는 경우가 있지만 그것은 그가 자기 자신에게 원하고 있는 행복과 결코 동일하지 않다. 즉, 남을 위해 행복을 바라는 것이 아니다. 다만 타인의 행복이 자기 자신의 행복을 증가시키기 때문이다. 그가 자기의 것이라고 생각하고 있는 이 세상의 행복, 즉 개인적인 행복만이 그에게 소중하고 또 필요한 것이다.

그런데 그는 이 자기 자신의 개인적인 행복을 손에 넣으려고 애쓰는 동안에 자기의 행복이 타인에게 의존해 있다는 사실을 알게 된다. 그리하여 타인을 잘 관찰해 보면, 그들은 자기와 같은 생활개념을 갖고 있다는 사실을 알 수 있다.

이들 각자는 자기 자신의 경우와 마찬가지로 그 자신의 생활과 행복만을 의식하고 그것만을 중요시하며 타인의 생활은 단지 그의 개인적인 행복의 수단으로 생각하고 있을 뿐이다.

인간은 다른 모든 생물과 마찬가지로 자기의 조그마한 행복을 위해 타인의 보다 큰 행복을 희생시키며 경우에 따라서는 그 생명까지도 빼앗기를 서슴치 않을 것이다. 그리고 이것을 깨닫게 되면 인간은 자연히 다음과 같은 생각에 사로잡히지 않을 수 없다. 즉, 만일 그렇다면(그는 이것이 의심할 수 없는 사실임을 잘 알고 있다) 다만 한 개 혹은 열 개의 존재뿐만 아니라 이 세상의 무수한 모든 존재는 각자 자기 목적을 달성하기 위해 자기 하나의 생명만이 존재한다고 생각하고 있는 자는 없애버리려고 하는 것이다. 그리하여 그가 인생을 이해하는 유일한 열쇠인 그의 개인적인 행복을 쉽사리 얻지 못할 뿐만 아니라 오히려 제3자에 의해 빼앗기게 되리라는 것을 깨닫게 된다.

인간이 오래 살수록 이러한 견해와 경험에 의해 확인된다. 그리고 서로 헐뜯고 침해하려는 개인의 결합으로 성립된 이 세상의 생활이 자기에게는 행복이 될 수 없을 뿐만 아니라 오히려 큰 불행이 되리라는 것을 알게 될 것이다. 그러나 그 뿐만 아니라 설사 인간이 바람직한 상태에 놓여 있어 타인에게 만족할 수 있고, 자기 자신 위에 아무것도 두려울 것이 없다고 하더라도 이성(理性)과 경험은 다음과 같이 가르치고 있다. 즉, 인간이 개인의 쾌락으로 일생으로부터 누리는 이러한 행복의 유사품은 결코 참된 행복이 아닌 쾌락에 따르는 고뇌를 한층 더 강하게 느끼게 하기 위해 부여된 행복의 견본에 지나지 않는다.

인간은 오래 살수록 쾌락이 점점 감소되고 권태와 무료함과 노고(勞苦)와 번뇌가 점점 늘어 간다는 것을 더욱 분명히 알게 될 것이다. 자기의 힘이 쇠약해지고 건강이 쇠퇴함을 느끼기 시작하거나 또는 다른 사람들의 질병과 노쇠와 죽음 같은 것을 목격하게 되면 그는 더욱 지금까지 참되고 충실한 생명의 거처로 생각하고 있던 자기 자신의 존재까지도 하루 하루 쇠약과 노쇠와 사멸의 길로 가까이 다가가고 있다는 사실을 인정하지 않을 수 없다.

또한 자기 생명이 다른 존재에 의해 파괴될 허다한 사건과 맞서게 되거나 고통을 더욱 많이 당할 뿐만 아니라 생명 자체의 본질에 의해 언제나 죽음 가까이로 다가간다는 사실과 개체의 생명과 함께 어떠한 행복의 가능성도 모두 파괴해 버리지 않고는 견디어 낼 수 없는 상태에 날로 접근해 간다는 사실을 인정하게 마련이다.

또 인간은 자기의 개성 속에서만 생명을 느끼고 있으며, 자기가 하고 있는 일은 싸우지 않을 수 없는 것을 상대로 하여 싸우고 있다는 것, 즉 전 세계를 상대로 하여 싸우고 있다는 것을 인정하게 된다. 그리하여 그가 요구하고 있는 쾌락은 단지 행복의 외모에 지나지 않고 언제나 고통으로 끝난다는 것을 알고 자기 생활을 중단하려고 하여도 불가능한 것이다. 그리하여 그는 자기 자신이 생명도 행복도 가질 수 없다는 사실을 알게 된다.

그런데 그가 요구하고 있는 그 생명과 행복은 그가 느끼지도 않고, 또 느낄 수도 없는 존재 ― 그 실재(實在)에 관하여 알 수도 없고, 또 알고 싶어 하지도 않으며, 그와 전혀 인연이 없는 존재이다. 자기에게 가장 소중한 것, 자기에게 이것만이 필요하다고 생각되는 것, 자기가 생각하기에 이것만이 참으로 살아있다고 생각되는 것, 그의 인격, 나중에는 죽어서 뼈가 되고 구더기가 되어 버릴 것 ― 이것은 실은 그 자신이 아니라 오히려 그에게는 필요도 없고 중요하지도 않으며 살아있다고도 생각되지 않는 것, 즉 끊임없이 변하고 부단히 싸우는 존재자의 세계, 다시 말해서 현실의 인생만이 남아서 영원히 존재할 것이다. 그러므로 인간에게 실감을 주고 그 모든 활동의 원동력이 되어 있는 생명은 못 미더운 존재임을 알 수 있을 것이다.

이와는 반대로 그가 사랑하지도 않고 느끼지도 않으며, 또 알지도 못하는 내면적인 생명이 유일한 참된 생명이다.

그가 느끼지도 않는 이 생명이야말로 그가 소유하고 싶어 하는 여러 가지 특성을 지니고 있는 것이다. 이것은 우울한 기분에 사로 잡혔을 때에만 머리에 떠오르는 관념도 아니고, 또 그것 없이 살아갈 수 있는 관념도 아니다. 사실은 이와는 전혀 반대로 가장 분명하고, 또 의심할 수 없는 진리이다. 만일 그런 관념이 한번 사람의 마음속에 떠오르거나 혹은 타인의 설명이라도 듣게 되면 그는 거기에서 결코 떠날 수도 없고, 그것을 의식 밖으로 몰아낼 수도 없는 것이다.

인생의 유일한 목적으로 우선 사람의 마음에 떠오르는 것은 자기 개인의 행복이다. 그러나 자기 개인을 위한 행복이란 있을 수 없다. 설사 개인적인 행복과 비슷한 무엇이 있다고 하더라도 개인에게만 행복이 가능한 인생 —즉 개인적인 인생 —은 시시각각으로 고통과 해악과 죽음과 파멸의 구덩이로 끌려가게 마련이다.

그리고 이것은 분별력을 가진 인간이라면 누구나 —젊은이나 늙은이나 유식한 자나 무식한 자를 가리지 않고 —다 같이 일할 수 있을 만큼 분명하고 알기 쉬운 일이다. 그리고 이러한 주장은 단순하고 자연스러운 것이므로 분별력이 있는 자라면 누구나 알 수 있는 것이다. 이것은 먼 옛날부터 인류가 주지하고 있는 사실이다.

'무수한 개인이 살고 있는 중에서 단지 자기만이 행복을 위해서 상대방을 멸망에 몰아넣는 생활을 하는 것은 해로울 뿐만 아니라 우스꽝스러운 일이다. 그것은 참된 생활이 아니다.'

이런 말은 옛날부터 오늘에 이르기까지 많은 사람들의 입에 오르내렸으며, 인간생활의 이 내면적인 모순은 인도인이나 중국인, 이집트인, 그리스인, 유태인들이 강력하게 그리고 분명히 강조해 왔던 것이다. 그리고 이미 태고적부터 이룩한 투쟁과 고통과 죽음에 의해 소멸되지 않는 행복의 탐구를 위해 사람들은 끊임없이 노력해 왔던 것이다. 그리고 인류의 진보는 투쟁과 고통과 죽음에도 소멸되지 않는 이 인간의 행복을 더욱 높이고 밝히고자 하는 데 있는 것이다.

아득한 옛날부터 수많은 여러 나라 국민들 사이에서 위대한 인류의 스승들은 여러 가지로 분명히 인생의 정의를 내려 그 내면적인 모순을 해결하고, 인류에게 올바른 생각과 참된 인생이 무엇인가를 가르쳐 왔다.

그런데 이 세계에 있어서의 모든 사람들의 위치가 동일하며 행복을 원하는 마음과 그것이 불가능하다는 의식과의 모순이 모든 사람들에게 동일하기 때문에 인류의 가장 위대한 스승들과 사람들에게 가르쳐 준 참된 행복에 관한 ―따라서 참된 인생에 관한― 모든 정의도 역시 본질적으로 동일한 것이다.

'인생이란 인류의 행복을 위해 하늘에서 내린 빛을 발산하는 곳이다'라고 공자는 그리스도가 태어나기 6백년 전에 이미 말하고 있다.

'인생이란 더 큰 행복에 도달하려는 영혼의 순례이며, 또 완성이다'라고 공자와 같은 시대의 바라문교도들은 말했다.

'인생이란 행복에 도달하기 위한 겸손과 인종(忍從)의 길이다'라고 역시 공자와 같은 시대의 노자는 말했다.

'인생이란 신의 법칙을 지키면서 행복을 얻을 수 있도록 신이 인간의 콧구멍에 불어 넣은 입김이다'라고 히브리의 성인(聖人) 모세가 말했다.

'인생이란 사람들에게 행복을 주는 이성에 따르는 것이다'라고 스토아학파의 사람들은 말했다.

'인생은 사람들에게 행복을 가져다주는 신과 이웃에 대한 사랑이다'라고 예수는 선인(先人)들의 말을 자기의 정의 속에 총괄해서 말했다.

이와 같은 여러 가지 인생의 정의는 이미 수천 년 동안 인간에게 불가능하고 그릇된 개인적인 행복 대신에 진실한 행복을 인류에게 제시하여 인간생활의 모순을 해결하고 거기에 합리적인 의의를 부여한 것이다.

우리는 이러한 인생의 정의를 부인할 수 있다. 그리고 이룩한 정의를 좀 더 적절히 그리고 분명히 표현할 수도 있다. 그러나 이들 정의가 인생의 모순을 제거하고 우리가 도달할 수 없는 개인적인 행복에 대한 동경 대신에 고통에 의해서도 죽음에 의해서도 소멸될 수 없는 또 하나의 행복에의 길을 보여 줌으로써, 인생에 합리적인 의의를 부여한 사실을 부인할 수 없다. 그리고 이룩한 정의는 이론상 옳을뿐더러 실제로 보증을 얻은 것으로 이 인생의 정의를 받아들인 수백만 수천만의 사람들은 사실상 개인적 행복에 대한 동경 대신에 다른 행복, 즉 죽음에 의해서나 고통에 의해 파괴되지 않은 종류의 행복을 동경해 왔으며, 또 현재도 동경하고 있는 것이다.

그런데 이와 같이 인도를 빛낸 큰 인물들에게 의해 표현된 인생의 정의를 참으로 이해하고 거기에 의해 살아간 사람들이 있는 반면, 그 생애의 어느 기간 또는 전부를 전혀 동물적인 생활을 영위하면서 이와 같이 인간 생활의 모순을 해결하는 인생의 정의에 대해 알지 못할뿐더러, 그런 모순의 존재도 사람들이 어느 시대에나 있었으며, 또 오늘날에도 모르고 있는 사람들이 수두룩하다. 게다가 이런 사람들 중에는 그 외형적인 지위로 해서 자기 자신을 인류의 지도자인 것처럼 생각하고, 스스로 인생의 의의에 대해 생각해 보지도 않고 인생의 의의를 남들에게 가르쳐 인간생활을 개인적인 것으로만 간주한 사람들이 적지 않다.

이러한 사이비 스승은 언제나 있었고, 현재도 있는 것이다. 그들은 인류의 스승들의 가르침을 입으로는 떠들지만 ㅡ그들은 그 전통 속에서 자랐던 것이다. 워낙 그 합리적인 의의를 이해할 수 없기 때문에 그러한 가르침을 인간의 과거 및 미래의 생활에 대한 초자연적인 계시로 간주하고, 오직 형식적인 의식의 실행에만 치중하고 있다.

이것은 가장 넓은 의미에 있어서의 바리새교인의 가르침이다. 즉 인생은 그 자체에 있어서 불합리한 것이지만, 형식적인 의식에 의해 얻을 수 있는 내세(來世)에의 신앙으로 능히 메워 나갈 수 있다는 것이다.

그 밖에 어떤 사람들은 눈에 보이는 생활 이외에는 인생의 모든 가능성을 부정하는 동시에 모든 기적과 초자연적인 것을 부정하여 인생은 태어날 때부터 죽을 때까지 동물적인 존재 이외의 아무것도 아니라고 주장한다. 이것은 일부 학자들의 주장으로 인간의 생활에는 동물과 마찬가지로 하등의 죄악도 없다는 것이다.

이 두 사이비 교사들의 가르침은 인간 생활의 근본적인 모순에 대한 몰이해를 기초로 하고 있지만, 양자는 언제나 논쟁을 거듭해 왔으며, 또 지금도 논쟁을 하고 있는 것이다.

이들 두 가지 주장은 오늘날 우리들의 세계를 지배하고 있으며, 피차에 적의를 품고 그들의 논쟁으로 세계를 떠들썩하게 하고 있다. 그리고 이러한 논쟁으로 말미암아 이미 수천 년 전에 인류에게 주어진 인간의 참된 행복에의 길로 인도하는 인생의 정의를 사람들의 눈에서 가리고 있는 것이다.

바리새인들은 인생 문제에 대한 전통적인 가르침 속에서 성장해왔음에도 불구하고 그 스승들이 내린 인생의 정의를 인정하지 않고, 그것을 미래의 세계에 대한 그릇된 가르침이라고 간주하고, 또한 다른 위대한 지도자들이 내린 인생의 정의를 사람들의 눈에서 감추기 위해 이것을 터무니없이 소개하여 그들의 멋대로 내린 해석에 대해 권위를 유지하려고 한다.

그러나 이들 일부 학자들은 바리새인의 교의의 발생 원인으로 된 합리적인 기초에 대해서는 생각조차 해 보려고 하지 않으며, 내세(來世)에 관한 그 모든 가르침을 부정하고 더구나 대담하게도 '그러한 가르침은 아무 근거도 없을 뿐만 아니라 무지한 시대의 조잡한 습관의 유물에 지나지 않는다고 단정하는 동시에 자아(自我)의 문제나 인생 문제를 생각하는 것은 이미 인간의 동물적인 영역을 넘는 것으로 그러한 속에는 인류의 진보를 기대할 수 없다'고 주장하는 것이다.

죽음이라는 병

미끼 기요시(三木清)

일본의 철학자(1897~1945)
그는 철학의 스승으로 니시다 기타로(西田幾太郎)를
만났고, 독일 유학에서는 리케르트와 하이데거
밑에서 학문을 공부했다.
프랑스, 독일에 유학하고 귀국후 호세이대학 교수가 되어
유물사관과 현대의식 등을 통하여 마르크스주의의
인간학적 기초를 탐구하였다.
1930년 공산당의 동조자라는 이유로 검거되어
감옥에 들어가기도 했다.
그 후 교직을 떠나 평론가로서 활약하였는데
1944년 치안유지법 위반으로 다시 검거, 투옥되어
패전 직후 옥사하였다.
주요 저서: 「신일본의 사상원리」 「인생론 노트」
「철학입문」 등

죽음이라는 병

요즘 나는 죽음을 별로 두렵게 생각하지 않게 되었다. 나이 탓일까, 이전에는 그토록 죽음에 대하여 생각도 하고 글도 써온 내가.

날아드는 편지 가운데 뜻밖에 죽음을 알리는 부고가 점차 많아지는 나이에 나도 이르렀다. 요 몇 년 동안에 나는 몇 차례 친척의 죽음을 보아왔다. 그리고 나는 아무리 괴로워하고 있는 병자라 할지라도 죽음의 순간에는 평화가 온다는 것도 목격했다.

산소를 찾아보아도 전처럼 음산한 느낌이 드는 마음이 없어지고, 묘지를 프리이드 호호프(평화의 뜰)라고 부른다는 것이 감각적인 실감을 가장 알맞게 나타내고 있다는 생각이 들었다.

나는 별로 병을 앓지 않는데, 병석에 누워 있을 때에는 이상하게도 마음이 안정됨을 느낀다. 병을 앓고 있는 경우 이외에는 참으로 마음의 안정감을 느낄 수 없다는 것은 현대인의 하나의 현저한 특징이다. 그것은 이미 현대인에게서 볼 수 있는 극히 특징적인 병의 하나이다.

실제로 오늘날의 많은 인간은 컨벌레슨트(병의 회복)라는 것으로밖에 건강을 느낄 수 없는 것이 아닐까. 이것은 청년의 건강에 대한 감정과는 다르다. 회복기의 건강감은 자각적이며 불안정하다.

건강이란 원기 있는 젊은이의 경우처럼 자기가 건강하다는 것을 자각하지 못하는 상태라면 이것은 건강이라고 할 수도 없는 것이다. 이미 르네상스에는 그와 같은 건강이 없었다.

이탈리아의 시인 페트라르카 등이 맛본 것은 병의 회복기에 있어서의 건강이다. 거기에서 생기는 리리시즘이 르네상스적 인간을 특징짓고 있다. 따라서 고전(古典)을 부흥하려고 한 르네상스는 고전적이었던 것이 아니고 오히려 낭만적이었다.

새로운 고전주의는 그 시대에 새로이 일어나고 있었던 과학 정신에 의해서만 가능했다. 르네상스의 고전주의는 라파엘이 아니고 레오나르도 다빈치였다.

건강이라는 것이 회복기의 건강으로밖에 느껴지지 않는다는 데에 현대의 근본적이고 서정적이며, 낭만적인 성격이 있다. 가령 현대가 새로운 르네상스라고 한다면 거기에서 나오는 새로운 고전주의의 정신은 어떠한 것일까.

사랑하는 사람, 친한 사람이 죽는 일이 많아짐에 따라 죽음의 공포는 반대로 희박해지는 것 같다. 새로 출발하는 사람보다 죽어간 사람에게 자기가 한층 더 가깝다고 느끼는 것은 연령의 탓이리라.

30대의 사람은 40대의 사람보다 20대에, 그러나 40대에 들어선 사람은 30대의 사람보다 50대의 사람에게 한층 가깝게 느낄 것이다. 40세를 가지고 초로(初老)라고 하는 것은 동양의 지혜를 보여주는 말이다. 그것은 단순히 신체의 노쇠를 의미하는 것이 아니라 오히려 정신의 노숙(老熟)을 의미한다. 이 연령에 이른 사람에게 있어서는 죽음이 괴로움을 잊게 하는 것이라고 느끼게 한다.

죽음의 공포는 항상 병적으로 과장되어서 이야기 된다. 지금도 나의 마음을 사로잡고 떠나지 않는 파스칼까지도 그랬다. 참으로 죽음은 평화이다. 이러한 감각은 노숙한 정신이 지닌 건강의 징표이다. 어떠한 경우라도 웃으면서 죽어간다고 하는 중국 사람은 세계에서 가장 건강한 국민이 아닌가 싶다.

괴테가 정의한 것처럼 낭만주의란 일체의 병적인 것을 말하는 것이며, 고전주의란 일체의 건강한 것을 말하는 것이라고 한다면 죽음의 공포는 낭만적이며, 죽음의 평화는 고전적이라고 할 수 있을 것이다. 죽음의 평화를 느끼게 됨으로써 비로소 삶의 리얼리즘에 이르게 되는 것이라고 할 수 있을 것이다.

중국 사람이 세계의 어느 국민보다도 리얼리스트라고 하는 데는 의미가 있다.

'내가 아직 삶을 모르거니 어찌 죽음을 알 것인가?'라고 말한 공자의 말씀도 이러한 중국 사람들의 성격을 배경으로 생각해 보면 실감이 난다.

파스칼은 「몽테뉴」를 보고 죽음에 대해서 무관심하다고 비난했지만 나는 「몽테뉴」를 읽고 그에게 무엇인가 동양의 지혜와 같은 것이 있다는 것을 느낀다.

'최상의 죽음은 미리 생각되지 않았던 죽음이다'라고 그는 쓰고 있다. 중국인과 프랑스인이 서로 같은 점이 있다는 것은 주목할만하다.

죽음에 대하여 생각하는 것이 무의미한 것이라는 말은 아니다.

죽음은 관념이다. 그리고 관념다운 관념은 죽음의 입장에서 생긴다. 현실 혹은 삶에 대립하여 사상다운 사상은 그 입장에서 나온다.

삶과 죽음을 날카롭게 대립하는 것으로 본 유럽 문화의 지반 ─ 거기에는 기독교의 깊은 영향이 있다.─ 에 있어서 사상이 형성되었다. 이에 대하여 동양에는 사상이 없다고 말할 수 있다. 물론 여기에도 사상이 없었던 것은 아니다. 다만 그 사상의 의미가 틀린다.

서양사상에 대하여 동양사상을 주장하려고 한다면 사상이란 무엇인가? 하는 인식론적인 문제부터 음미해 보아야 한다.

어떻게 하여 나에게 죽음의 공포가 희박해진 것일까? 나와 친했던 사람이 죽어 이별하는 것이 점차 많아졌기 때문이다. 만약 내가 그들과 다시 만날 수 있다. ─ 이것은 나의 최대의 희망이다 ─ 고 한다면 그것은 나의 죽음, 이것이 아니고서는 불가능할 것이다.

가령 내가 백만 년 산다고 하더라도 나는 이 세상에서 다시 그들과 만날 수 없음을 알고 있다. 그 확률은 제로이다. 나는 물론 내가 죽어서 그들을 만날 수 있을지 또는 없을지 확신할 수는 없으나 그 확률이 제로라고는 아무도 잘라 말할 수는 없을 것이다. 사자(死者)의 나라에서 돌아온 사람은 없기 때문이다.

이 두 가지의 확률을 비교해 볼 때 뒤의 것이 앞의 것보다 크다고 하는 가능성은 있다. 만약 내가 어느 쪽인가에 내기를 걸지 않으면 안 된다고 한다면 나는 후자에 거는 수밖에 없을 것이다.

가령 아무도 죽지 않는다고 하자. 그렇다면 나만은 죽어 보이겠다고 하여 죽음을 피하는 사람이 반드시 나타날 것이라고 생각한다. 인간의 허영심은 죽음까지도 대상으로 할 수 있을 만큼 큰 것이다. 그러한 인간이 허영적이라는 것을 누구나 곧 알아차리고 비웃을 것이다. 그러나 세상에는 이것에 못지않게 허영을 좋아하는 일이 많은 것을 쉽사리 알아차리지 못한다.

집착하는 것이 아무것도 없다는 허구의 마음으로는 인간은 좀처럼 죽을 수 없는 것이 아닐까. 집착하는 것이 있으므로 죽을 수 없다는 것은 집착하는 것이 있으므로 죽을 수 있다는 것이다. 깊이 집착하는 것이 있는 사람은 죽음 다음에 자기가 되돌아가야 할 곳을 가지고 있다. 따라서 죽음에 대한 준비란 어디까지나 집착하는 것을 만든다는 것이다. 나에게 참으로 사랑하는 것이 있다면 그것이 나에게 영원한 삶을 약속한다.

죽음의 문제는 전통의 문제에 연관되어 있다. 죽은 자가 살아나고 또한 오래 산다는 것을 믿지 않고 전통을 믿을 수가 있을 것인가. 되살아나서 또한 오래 산다는 것은 업적이며, 작자가 아니라고 할는지 모른다. 그러나 만들어진 것이 만든 자보다 위대하다고 하는 것은 있을 수 있는 일인가? 원인은 적어도 결과와 같거나 결과보다 크다는 것이 자연의 법칙이라고 생각되고 있다.

그 사람이 만든 것이 되살아나고 또한 오래 산다고 한다면 그 사람 자신이 되살아나고 또한 오래 사는 힘을 그것보다도 더 가지고 있지 않다는 것이 생각되어질 수 있을 것인가? 만약 우리들이 플라톤의 불사(不死)보다도 그의 작품의 불멸을 바란다면 그것은 우리들 마음의 허영을 말하는 것이다. 우리들은 우리들이 참으로 사랑하고 있는 사람이 오래 사는 것보다 그 사람이 만든 것이 더 영속적이기를 바랄 것인가?

적어도 원인은 결과와 같다는 것은 자연의 법칙이지 역사에 있어서의 법칙은 이와 반대로 결과는 항상 원인보다도 크다고 말할 수 있을지 모른다. 만약 그렇다면 그것은 역사의 보다 더 우월한 원인이 우리들 자신이 아니라 우리들을 넘어선 것이라는 것을 의미하는 것이 아니면 안 된다.

이 우리들을 넘어선 것이 역사에 있어서 만들어진 것이 되살아나서 또한 오래 살기를 원하면서도 그것을 만드는데 원인이었던 것이 되살아나고, 또한 오래 산다는 것은 결코 원하지 않는다고 생각할 수 있을까?

나는 지금 인간의 불사(不死)를 입증하려고 한다든가, 또한 부정하려 한다든가 하는 것이 아니다. 내가 말하려는 것은, 죽은 사람의 생명을 생각한다는 것은 산 사람의 생명을 생각하는 것보다도 논리적으로 더욱 용이하다는 것이다.

죽음은 관념이다. 그러므로 관념의 힘에 의해 인생을 살아보려고 하는 자는 죽음의 사상을 파악하는 데서부터 출발하는 것이 보통이다. 모든 종교가 그렇다.

전통의 문제는 죽은 자의 생명의 문제이다. 그것은 살아있는 자의 생장(生長)의 문제는 아니다. 통속적인 전통주의의 오류 — 이 오류는 셀링이나 헤겔과 같은 독일 최대의 철학자까지도 범하고 있다 — 는 모든 것이 과거에서 점차로 생장하여 왔다는 생각을 가지고 전통주의를 생각하려고 하는데 있다.

이러한 근본적으로 자연철학적인 눈으로는 절대적인 진리이고자 하는 전통주의의 의미는 이해할 수가 없다. 전통의 의미가 스스로 자기 자신 속에서 생장하는 것으로부터 구하여지는 한 그것은 상대적인 것에 불과하다. 절대적인 전통주의는 산 자의 생장의 논리가 아닌 죽은 자의 논리를 기초로 한다.

과거는 죽어버린 것이며, 그것은 이미 죽음이라는 의미에 있어서 현재에 살고 있는 것에 대하여 적대적이다. 반쯤 살아 있고 반쯤 죽은 것같이 보통 막연하게 표상(表象)되어 있는 과거는 살고 있는 현대에 대하여 절대적일 수가 없다.

과거는 무엇보다도 먼저 죽은 것으로서 절대적인 것이다. 이 절대적인 것은 다만 절대적인 죽음인가, 아니면 절대적인 생명인가? 죽은 것은 지금 살아있는 것처럼 성장하는 일도 없으려니와 노쇠하는 일도 없다. 그러므로 죽은 자의 생명을 믿는다면 그것은 절대적인 생명이 아니면 안 된다. 바로 이 절대적인 생명이 진리이다. 따라서 말을 바꾸면 과거는 진리인가, 아니면 무(無)인가?

전통주의는 바야흐로 이 양자택일에 대한 우리들의 결의를 요구하고 있다. 그것은 우리들에게 자연적으로 흘러 들어오고 자연적으로 우리들의 생명의 일부분으로 되어 있는 과거를 문제로 삼고 있는 것은 아니다.

이와 같은 전통주의는 이른바 역사주의와는 엄밀하게 구별되어야 한다. 역사주의는 진화주의와 마찬가지로 근대주의의 하나이기 때문에 진화주의가 될 수 있다. 이와 같은 전통주의는 기독교

특히 그 원죄설을 배경으로 하여 생각하면 쉽게 이해할 수 있으나, 만약 그러한 원죄의 관념이 있지 않거나 혹은 잃어버렸다고 한다면 어떠할 것인가? 이미 페트라르카와 같은 르네상스의 휴머니스트는 원죄(原罪)를 원죄로서가 아니라 오히려 병으로서 체험하였다.

니체는 물론 지이드와 같은 오늘날의 휴머니스트에서 찾아볼 수 있는 것도 같은 의미에 있어서의 병의 체험이다. 병의 체험이 원죄의 체험으로 바꾸어진 곳에 근대주의의 처음과 끝이 있다.

휴머니즘은 죄의 관념이 아니라 병의 관념에서 출발하는 것일까? 죄와 병과의 차이는 어디에 있는 것일까? 죄는 죽음이며 병은 역시 삶인가? 죽음은 관념이며 병은 경험인가? 어쨌든 병의 관념에서 전통주의를 이끌어 내는 것은 불가능하다. 그러면 죄의 관념이 없다고 하는 동양사상에 있어서 전통주의라고 하는 것은, 그리고 또 휴머니즘이라고 하는 것은 어떠한 것일까? 문제는 죽음을 어떻게 보는가에 달려 있는 것이다.

우리는 무엇에 가장 가까이 살고 있는가?

소로우(Henry David Thoreau)

미국의 작가(1817. 7. 12~1862. 5. 6)
미 매사추세츠주의 콩코드에서 태어난 그는
어려서부터 생각이 깊었으며 아름다운 고장에서
태어난 것을 무엇보다 큰 행운으로 여겼다.
하버드 대학을 졸업했으나 부와 명성을 쫓는
화려한 생활을 따르지 않고 고향으로 돌아와
자연 속에서 글을 쓰며 인생을 보냈다.
그의 문화적, 사상적 영향력은 날로 커지고 있으며
요즘에 와서는 19세기를 살았지만
21세기적인 환경의식을 지녔던 사람으로
새삼 주목받고 있다. 1862년 5월 6일, 결핵으로
44세의 나이에 눈을 감았다.
대표 저서: 「시민의 불복종」 등

우리는 무엇에 가장 가까이 살고 싶은가?

상쾌한 저녁이다. 이 시간쯤 되면 온 몸이 하나의 감관(感官)이 되어 모든 땀구멍으로 기쁨을 흡수한다. 그는 자연의 일부분이 되어 이상하리만큼 자유스럽게 오고 가고 한다.

내가 셔츠 바람으로 돌이 많은 호수가를 거닐고 있을 때 비록 구름이 끼고 바람이 부는 싸늘한 날씨에는 유달리 마음을 끄는 것이라곤 하나도 보이지 않았는데도 모든 자연현상들은 보통 때와 달리 내 마음에 든다.

왕개구리는 밤을 맞이하기 위해 나팔을 불며, 밤새의 노래소리는 잔물결을 타고 수면을 건너온다. 오리나무와 백양나무의 바람이 흔들리는 잎사귀와 공명하여 나의 숨을 막히게 한다. 그러나 호수같이 맑은 내 마음은 잔물결이 일뿐 거칠어지지 않는다.

저녁 바람에 나타나는 이 잔물결들은 고요히 반사되고 있는 수면만큼 폭풍하고는 거리가 멀다. 이미 이루어졌는데도 바람은 여전히 불어 숲속을 들끓게 하고 있고, 물결은 여전히 부딪치며 어떤 생물들은 다른 생물에게 자장가를 불러주며 달래고 있다. 휴식은 결코 없다. 야수들은 쉬지 않고 그들의 먹이를 찾고 있다. 여우, 스컹크, 토끼 등은 이젠 무서워하지도 않고 들과 숲을 헤맨다.

그들은 자연의 야경꾼 즉, 약동하는 나날을 이어주는 사슬이다.

내가 집에 돌아오면 그간 방문객들이 왔다가 명함을 놓고 갔으며, 그 명함이란 꽃다발이거나 상록수 다발이거나 혹은 노란 떡갈잎이거나 나무 조각에 연필로 적어 놓은 것이었다. 어쩌다 숲에 오는 사람들은 도중에 나뭇가지를 조금 꺾어 손에 쥐고 장난삼아 오게 마련인데 그 가지를 고의로거나 혹은 우연히 남겨 놓고 가는 것이다. 어떤 사람은 버들가지의 껍질을 벗겨 그것으로 고리를 만들어 그 탁자 위에 떨어뜨려 놓고 갔다.

나는 내가 없는 사이에 누가 찾아왔는가는 굽어진 가지나 풀잎으로 혹은 신발자국 등으로 알 수 있었으며, 그들이 남겨 놓은 사소한 흔적들로 떨어뜨린 꽃이라든가 잡아 뽑고는 내던진 한 포기 풀이라든가, 심지어는 이것들이 반 마일이나 떨어진 철도 위에 떨어져 있는 경우도 있었지만, 혹은 여송연이나 대통담배의 아직도 남아 있는 냄새 등으로 그들의 성별, 연령, 신분 등을 대개 맞힐 수 있었다. 아니 나는 60로드나 떨어진 도로 위를 지나가는 나그네를 그의 대통담배 냄새로 알아보는 경우도 흔히 있었다.

우리 주위에는 보통 충분한 공간이 있다. 우리의 지평선은 결코 팔꿈치가 닿을 만큼 가까운 것이 아니다. 울창한 숲이나 호수는 우리 문 앞에 바싹 붙어있지 않다. 그러나 약간은 언제나 개간되어 인간과 친밀하고 인간의 발자국으로 많아지며, 또 어떠한 방법으로 점유되어 담이 돌려지는 동시에 자연으로부터 인간의 소유로 탈취되어 있다.

어떠한 이유에서 이 넓은 범위와 지역이 드문 수 평방마일의 숲이 나의 은둔처로 내게 맡겨진 것일까? 나의 가장 가까운 이웃도 1마일이나 떨어져 언덕 위에서가 아니면 나의 집에서 반 마일 이내에는 집이라고는 전혀 보이지 않는다.

나는 숲으로 경계를 짓고 있는 지평선을 독점하고 있다. 한쪽에서는 철도가 호반과 접촉하는 전방이 멀리 뻗어 있으며, 또 한쪽에서 숲속의 길을 따라 둘러서 있는 울타리가 저 멀리 보인다. 그러나 대체로 내가 살고 있는 곳은 대초원같이 적막하다.

뉴잉글랜드이면서도 아시아나 아프리카와도 같다. 나로 말하자면 나 자신의 태양과 달과 별, 그리고 소우주를 독점하고 있는 것이다.

밤에는 내가 이 숲속에 남아 있는 최초의 혹은 최후의 인간이나 되는 것처럼 내 집을 지나거나 문을 두들기는 나그네 한 사람도 없었다. 그러나 봄에는 오래간만에 마을에서 메기를 낚으러 오는 사람들이 더러 있었다. 그들은 분명히 월든 호수의 고기보다는 스스로의 자연을 더 많이 낚았으며, 그들 낚시에는 어둠을 미끼로 달았다. 그러나 그들은 대개 빈 바구니를 들고 곧 물러가는데 그때 그들은 토머스 그레이의 시 〈세계를 암흑과 나에게〉를 남겨 놓았던 것이다. 그리고 밤의 컴컴한 중심은 어떤 사람이 가까이 온들 어지럽혀지는 일이 없었다.

마녀들이 모두 교살당했고, 기독교와 촛불이 도입되어 있는 데도 인간들은 대체로 말해서 여전히 어둠을 두려워하고 있다고 믿는다. 그러나 내가 가끔 경험하는 것은 가장 감미롭고도 부드럽고, 가장 순진하고도 고무적인 교제는 어떤 자연적인 사물에서 발견될 수 있는데 불쌍하게도 이것은 인간을 싫어하는 사람, 가장 우울한 사람에게 대해서도 마찬가지다.

자연의 한가운데서 살면서도 자기의 여러 감각을 여전히 지니고 있는 사람에게는 그야말로 암담한 우울이란 존재할 여지가 없다. 건전하고 순진무구한 귀로는 어떠한 폭풍우도 바람과 산의 노래로만 들린다. 소박하고 용감한 인간을 속된 슬픔으로 몰아넣을 권리를 갖는 것은 아무 것도 없다.

내가 사계절을 벗삼아 그 우정을 즐기고 있는 동안 나는 나에게 무거운 짐이 되는 생활은 없다고 믿는다. 내 콩밭에 물을 주고, 그리고 나를 오늘 집안에 가두어 놓은 이 부드러운 비는 조금도 쓸쓸하지도 우울하지도 않고 나에게는 좋기만 하다. 그 때문에 나는 콩밭을 메지 못하고 있으나 밭 메는 것 보다 이것이 훨씬 가치가 있다.

비록 비가 오래 계속하여 종자를 땅속에서도 썩게 하고 낮은 지대의 고구마를 망쳐 놓더라도 그 비는 고지(高地)의 풀에게도 좋은 것이니 풀에게 좋다면 나에게도 좋을 것이다.

종종 나 자신을 다른 사람들과 비교해 볼 때 나는 그들보다 지나칠 정도로 신의 은총을 더 많이 받고 있는 것처럼 느껴진다. 마치 나는 남들이 갖고 있지 않는 면허장과 보증서를 신의 손에서 수여받아 특별한 지도나 보호를 받고 있는 것처럼 느껴진다.

나는 나 자신에게 아첨하지 않는다. 그러나 그것이 있을 수 있다면 신들이 나에게 아첨한다. 괴로움을 느낀 적이 한 번도 없었으며, 혹은 조금도 고독감에 사로잡힌 적이 없었다. 그러나 꼭 한

번 있었으니 그것은 내가 숲에 온지 몇 주일이 지나서의 일이었는데, 그때 나는 한 시간 동안을 이웃이 가까이 있는 것이 명랑하고 건전한 생활의 필수조건이 아니겠는가 하고 이리저리 생각했다.

혼자 있다는 것은 좀 불쾌한 일이었다. 그러나 동시에 나의 기분이 좀 이상한 것을 의식했으며, 앞으로 회복될 것을 미리 예측했던 것 같았다.

조용히 내리는 빗속에서 이러한 생각에 사로잡혀 있는 동안 나는 매우 감미롭고 자애스런 우정이 대자연 속에 그리고 내 집 주위에 있는 모든 소리와 풍경 속에 존재하는 것을 갑자기 의식했다. 그리고 나를 받들고 있는 공기와 같은 무한하고도 허용할 수 없는 우정을 의식했으며, 이웃 사람이 있으면 얻어지리라고 생각되는 모든 장점이 무의미해짐을 느꼈다. 그래서 그 후로는 그런 것을 생각해 본 일이 없었다. 조그만 소나무 잎이 조화되어 부풀어서 내게 우정을 베풀었다.

나는 심지어 우리들이 어수선하고 쓸쓸하다고 곧잘 부르고 있는 풍경 속에서 나와 근친적인 무엇이 존재하고 있다는 것을, 그리고 또 나와 가장 가까운 혈연적인 것이나 인간적인 것은 어떤 사람도 아니고, 어떤 마을 사람도 아니라는 것을 명백히 의식하게 되었으므로 나는 어떠한 장소도 내게는 생소해질 수가 없다고 생각했다.

아름다운 토스카의 딸이여!
애도는 슬픈 사람들의 생명을 불시에 빼앗아 가나니

이 세상에서 그들이 사는 날은 길지 않으리라.

나의 가장 즐거운 시간이란 봄과 가을의 긴 풍우기(風雨期)인데 그 때면 나는 오전은 물론 오후에도 집안에 틀어박혀 쉴 새 없는 바람소리와 떨어지는 빗물소리로 마음을 달랬다. 그때 이른 황혼이 긴 밤을 맞으러 오면 그 밤에 많은 사색들이 서서히 뿌리를 박고 스스로 전개되었다.

저 북동쪽에서 몰아쳐 오는 비바람이 마음의 집들을 괴롭히며 하녀들이 홍수의 침입을 막으려고 통과 빗자루를 들고 집 앞에 대기하고 있을 때, 나는 내 집의 단 하나의 입구인 문 뒤에 앉아 완전히 이 집의 보호를 받았다.

무서운 뇌우가 있었던 어느 날 벼락이 호수 저쪽의 큰 소나무를 때려 꼭대기에서 밑까지 길이 1인치 이상, 폭이 4인치 내지 5인치나 되는 나선형의 홈을 아주 뚜렷하고 완벽하리만큼 파 놓았다. 그것은 마치 지팡이에 파놓은 홈과도 같았다.

나는 얼마 전에 그곳을 지난 일이 있는데 8년 전에 무섭고도 저항할 수 없는 번개가 저 악의 없는 하늘에서 떨어졌던 그 자리에 그것보다 더 뚜렷한 흔적이 있는 것을 올려다보고 나는 놀라지 않을 수 없었다.

사람들은 흔히 나에게 이런 말을 한다. '당신은 이곳에서 적적할 것 같은데… 특히 비나 눈이 내리는 날과 밤에는 이곳이 그리워질 것 같은데…'하고.

그러나 나는 그 사람들에게 대답하고 싶다. 즉 '우리가 거주하는 이 지도 전체는 공간의 한 점에 지나지 않는다. 저 별의 표면 넓이는 인류의 기계로는 측정할 수도 없는데 저 별에 살고 있는 가장 멀리 떨어진 두 사람의 거리가 얼마나 될 거라고 생각하느냐? 어째서 내가 적적할 것인가? 우리의 지구는 은하수 속에 있지 않는가? 당신이 한 질문은 가장 중요한 질문이라고는 내게는 생각되지 않는다. 사람을 그의 동포들로부터 절연시켜 그 사람을 고독하게 만드는 공간이란 어떤 종류의 공간인가? 아무리 발이 애를 쓰더라도 두 사람의 마음을 서로 접근시키지 못한다는 것을 나는 알고 있다.

우리는 무엇에 가장 가까이 살고 싶은가? 많은 사람들 가운데 살고 싶지 않은 것만은 확실하다. 사람들이 가장 많이 모여드는 정거장, 우체국, 주점, 교회, 학교, 잡화점, 비이콘 힐 파이브포인트 등에 가까이 살고 있는 것이 아니고 우리는 마치 물가에 서 있는 버드나무가 그 뿌리를 물 쪽으로 뻗듯이 우리의 경험에서 우리가 발견한 생명의 분출구인 우리 인생의 영원한 원천 가까이에 살고 싶은 것이다.

이것은 제각기 그 성질에 따라 달라지겠지만 현명한 사람이라면 그러한 곳에 지하실을 팔 것이다.

어느 날 밤 나는 이른바 '훌륭한 재산'—을 나는 이것을 한 번도 가져 본 적이 없었지만 —을 축적했던 마을 사람을 월든가에서 뒤따라 갔었다.

그는 소 두 마리를 몰고 장터로 가는 길이었는데 어떻게 해서 내가 그 많은 인생의 위안품을 버릴 마음이 생겼는가 하고 묻는 것이었다.

나는 대답하기를 '나도 인생의 위안품을 어지간히 좋아한다'고 말했다. 농담이 아니었다. 그래서 나는 집으로 돌아와 잠자리에 들었고, 그리고 그가 어둠과 질흙을 지나 브라이몰, 아니 브라이튼 타운(밝은 도시)으로 가도록 내버려 두었었다. 그는 아마 다음 날 아침에야 그곳에 도착하리라.

죽은 사람이 눈을 뜨거나 소생할 가망이 있으면 모든 장소와 시기는 문제가 아니다. 그런 일이 일어날 수 있는 곳은 언제나 똑같으며, 그리고 우리들의 모든 감각이 말할 수 없을 만큼 상쾌한 것이다.

대개 우리들은 부분적이고 일시적인 것만을 우리의 일로 삼는다. 그런 것이 실은 우리의 정신을 교란시키는 근원이다. 모든 것에 가장 가까운 곳에는 그것들의 존재를 형성하는 힘이 있다. 우리들의 가장 가까운 곳에서 가장 존엄한 법률이 부단히 수행되고 있다.

우리에게 가장 가까운 곳에는 우리가 고용하고, 우리가 이야기하기를 좋아하는 일꾼이 있는 것이 아니라 그의 일이 되고 있는 일꾼이 있다.

"천지의 정묘한 힘의 영향은 얼마나 광대하며 깊은 것이냐?"

"우리는 그 힘을 인식하려고 하지만 우리의 눈에는 보이지 않으며, 우리는 그 소리를 들으려고 하나 우리의 귀에는 들리지 않는다. 그 힘은 사물의 본질과 일치하며 사물에서 분리될 수는 없다."

"그 힘으로 전 우주의 인간은 그 마음을 순화시키고 성화(聖化)

하며 성장을 하여 조상에게 제물을 바친다. 그것은 정묘한 지혜의 바다이다. 그 힘은 우리의 위, 우리의 좌우편 도처에 있으며 우리를 사방으로 둘러싸고 있다."

우리는 적지 않게 흥미를 주고 있는 한 실험의 주체이다. 우리는 이러한 사정에서도 잠간 동안이나마 우리의 잡담에 참견하지 않고 지낼 수는 없을까? 즉 우리 자신의 사색으로 우리를 즐겁게 할 수는 없을까? 공자도 이렇게 진리를 말한다.

'덕은 홀로 있는 것이 아니라 반드시 이웃이 있다.'

사색을 함으로써 우리는 본심을 잊는 일이 없이 열중할 수가 있다. 우리의 의식은 의식적인 노력만이 행위와 결과에서 혼연히 서 있을 수 있는 것이다. 그리고 만사는 좋건 나쁘건 격류(激流)처럼 우리 곁을 떠나간다. 우리는 자연 속에 전적으로 휩쓸려 있지는 않는다.

나는 물결에 흘러가는 나무토막일 수도 있고, 혹은 하늘에서 그 나무토막을 내려다보는 베다경전에 나오는 인드라신(주 :인도 철학에서 최고의 신 브라흐마에 시종하는 제신 중의 하나로서 뇌우·풍우·뇌성을 장악하는 신)일 수도 있다.

나는 한편의 연극 상연에 영향을 받을 수도 있을 것이고, 한편 나에게 훨씬 더 관계가 되는 것 같은 실제 사건에는 영향을 받지 않을 수도 있을 것이다.

나는 나 자신을 인간적 실재로서 알 뿐이다. 말하자면 여러 사람과 감정의 3장면으로만 알 뿐이다. 그리고 다른 사람으로부터는 물론 나 자신으로부터도 멀리 떨어져 있을 수 있는 어떤 이중성을 나는 느끼고 있다.

나의 경험이 아무리 강력하더라도 나는 나의 일부분이면서 나의 일부분이 아닌 것처럼 나의 경험에도 참여하지 않으나 그것을 주목하고 있는 관객이며, 그것을 당신이 아닌 바와 마찬가지로 나도 아닌 나의 일부분이 존재하며 비평하는 것을 의식한다. 인생극이 비극일지도 모르지만 — 끝나면 관객은 제 갈 길을 간다.

그 인생극은 그 관객에 관한한 일종의 소설이며, 오직 상상의 작품일 따름이다. 이와 같은 이중성은 우리를 불쌍한 이웃이나 친구로 쉽사리 만드는 일이 종종 있을 것이다.

나는 대부분의 시간을 혼자 지내는 것이 건전하다고 보고 있다. 아무리 좋은 사람들과 같이 무리를 이루고 있더라도 곧 싫어지며 지치기 마련이다. 나는 혼자 있기를 좋아한다. 나는 고독보다 더 친하기 쉬운 벗을 발견하지 못했다.

우리는 방안에 머물고 있을 때보다 밖에 나가 사람들 사이에 돌아다닐 때 대개는 더욱 고독하다. 사색하거나 일하는 사람들은 어디를 가든지 고독한 것이니, 그가 있고 싶은 곳에 있도록 하라. 고독이란 자기와 벗들 사이를 가로 막고 있는 공간의 마일 수로 재어지고 있는 것이 아니다.

케임브리지 대학의 혼잡한 밖에서 정말 열심히 연구하는 학생은 사막의 도승(道僧)만큼이나 고독하다.

농부는 온종일 혼자서 들에 나가 풀을 베거나 숲에서 나무를 자르며 일하지만 고독을 느끼지 않는다. 일을 하고 있기 때문이다. 그러나 방에 들어서면 여러 가지 생각이 떠올라 방안에 혼자 앉아 있을 수가 없다. 그래서 사람들은 만나서 속을 풀며 그가 생각한 대로 온종일 고독을 보상할 수 있는 장소에 있을 수밖에는 없는 것이다. 그럼으로 학생이 밤과 낮의 대부분을 집에 앉아 있으면서도 어떻게 권태와 우울을 느끼지 않을 것인가 하고 이상히 여긴다. 그러나 학생은 집에 있으면서도 마치 농부가 자기의 들이나 숲에서 일하듯이 자기 들에서 일하고 있으며, 자기 숲에서 나무를 자르고 있으며, 그 다음은 다소 집중된 권태이기는 하지만 농부가 구하는 것과 같은 오락과 휴식을 구한다는 사실을 농부는 깨닫지 못한다.

교제는 너무 값이 싸다. 우리는 매우 짧은 사이를 두고 만나기 때문에 제각기 새로운 가치를 얻을 시간의 여유가 없다. 우리는 하루 세끼 식사 때마다 만나며 우리 자신이라는 저 곰팡내가 나는 치이즈를 새로이 서로 맛보는 격이다.

우리는 이처럼 자주 만나는 회합을 견딜 수 없을 공공연한 싸움에 부딪치지 않게 하기 위해 소위 예의범절이라는 일정한 규칙을 협정하지 않으면 안 된다. 우리는 우체국에서 만나는가 하면 사교장에서 만나며, 매일 밤 난로가에서 만난다.

우리는 빽빽하게 살고 있으며 서로의 길을 막고 있으며, 서로 걸려 넘어지기도 한다. 그러므로 상호간에 대한 존경심을 잃고 있다고 생각한다. 확실히 자주 만나지 않는 것이 중요한 마음속으로부터의 교제를 위해서 좋은 일이다.

공장에서 일하고 있는 여직공들을 생각해 보자. 그들은 꿈속에서까지 혼자 있는 일은 거의 없다. 내가 살고 있는 곳처럼 1평방마일 안에 단 한 사람만이 사는 것이 좋을 것이다. 인간의 가치란 피부에 있는 것이 아니므로 남의 피부를 만져본다고 하여 그 가치를 알게 되는 것이 아니다.

나는 어떤 사람이 숲속에서 길을 잃어 어느 나무 밑에서 굶주림과 피로 때문에 죽어 가고 있을 때 육체의 쇠약 때문에 병적인 상상력이 그의 주위를 에워싼 괴상한 환영 ―그는 실체라고 믿었는데 ―으로 말미암아 고독을 면했다는 이야기를 들은 일이 있다. 그와 마찬가지로 육체적으로나 정신적으로나 건강하고 힘이 있기 때문에 우리는 이와 같은 그러나 더 정상적이며 자연적인 과제로 인해서 기운이 북돋아지며 우리가 결코 지적하지 않는다는 것을 알게 될 것이다.

내 집에는 많은 친구들이 있다. 특히 아무도 찾아오지 않는 아침이면 더욱 그러하다. 나는 몇 가지 비유를 들겠는데 그 중 어떤 것이 나의 입장에 대한 개념을 전해 줄 것이다. 큰소리로 지저귀는 호수의 병아리나 호수 자체가 고독하지 않듯이 나도 고독하지 않다. 글쎄 그 고독한 호수는 어떠한 법을 지니고 있을까? 그러나 그 호수에는 그 푸른 빛깔의 물속에 푸른 마귀가 아니라 푸른 천사가 있는 것이다.

태양은 홀로 있다. 구름 낀 날씨에는 개인 것 같이 보이는 때도 있지만 하나는 가짜 태양이다. 신(神) 역시 홀로 존재한다. 그러나 마귀는 홀로 있기는커녕 수많은 동료를 만나며 대군(大軍)을 이루고 있다. 그리고 목장의 한 송이 할미꽃이나 진달래나 혹은 콩잎이나 참소리쟁이, 빼꾸기나 통벌 등이 고독하지 않듯이 나도 고독하지 않다. 나는 밀 부르크 개천이나 바람개비나 북극성이나 남풍이나 4월의 소낙비나 혹은 정월의 해동(解冬) 혹은 새 집의 거미와 같이 고독하지 않다.

숲속에 눈이 휘몰아치고 바람이 세차게 부는 밤이면 옛 개척자인 원 소유자의 방문을 종종 받는다. 풍설에 의하면 그 사람은 월든 호수를 파서 석축을 했으며, 그 주위에 소나무를 심었다는 것이다. 이 분이 나에게 고대와 새로운 영원의 이야기를 한다.

우리 두 사람은 사과도 사과주도 없이 사교적인 기쁨과 유쾌한 의견을 서로 나누면서 즐거운 저녁을 이럭저럭 보내는 것이다. 아주 현명하고 유머가 넘치는 친구이므로 나는 그를 무척 좋아했는데 그는 고프(크롬웰의 일당으로 왕정복고 후 장인 위리와 함께 미국으로 도피하여 메사추세츠주에서 살았음)나 훌리보다 비밀을 더 잘 지킨다. 그는 별세했다고 생각되는데 어디에 매장되었는지 아는 사람은 아무도 없다. 그리고 나의 이웃에 늙은 마나님이 한분 살고 있는데 남들 눈에 대개 띄지 않는다.

나는 마나님의 향기로운 약초원을 종종 거닐면서 약초를 캐며 마나님의 이야기를 듣기 좋아한다. 마나님은 비할 바 없는 풍부한 소질을 갖고 있으며, 기억력을 신화 이전까지 거슬러 올라가면 모든 이야기의 기원과 그 이야기의 근원을 댈 수가 있다. 그 사건들은 마나님이 젊었을 때 일어났으니 말이다. 안색이 좋은 데다 튼튼한 늙은 마나님인데 모든 날씨와 계절을 즐기며, 자기의 어느 자녀보다 더 오래 살 것 같았다.

대자연의 ㅡ즉 태양과 바람과 비, 그리고 여름과 겨울 ㅡ뭐라고 말할 수 없는 순수성과 자애성은 그러한 건강과 환희를 영원히 줄 뿐만 아니라 우리 인류에게 대단한 동정을 지니고 있으나 만일 인간이 어떤 정당한 이유에서 슬퍼한다면 자연은 감동할 것이며, 태양의 밝은 빛은 사라질 것이며, 바람은 인간처럼 탄식할 것이며, 구름은 비의 눈물을 흘릴 것이며, 숲은 한 여름에도 잎을 벗어버리고 상복(喪服)을 입을 것이다.

나는 대지와 지적인 교류를 갖는다. 나 자신이 일부분 나뭇잎이며 식물의 양토(壤土)가 아니겠는가?

우리를 건강하게 하고 명랑하게 하고 만족하게 하는 환약이 무엇인가? 나나 당신들의 증조부의 환약이 아니고 우리들의 증조모인 자연의 우주적이며, 식물적이며 식물학적인 약이다. 이 약으로 자연은 항상 젊음을 유지했으며, 그 시대의 파알 노인같은 장수자들보다 더 오래 살아왔으며, 그들의 썩은 지방(脂肪)으로 자기 건강을 지녀 온 것이다.

나의 만병통치약으로 우리가 종종 보듯이 병의 운반용으로 만들어진 저 길고 얇은 흑색 치마 같은 짐수레에서 나온 돌팔이 의사가 저 아케론 강이나 사해(死海)의 물을 떠내서 조제한 엉터리 의사의 물 약병이 아니고 그 대신 붉지 않은 아침 공기를 한 모금 들여 마시는 것이다.

아침 공기! 만일 사람들이 하루의 원천에서 아침 공기를 마시지 않는다면, 글쎄 이 세상에서 아침시간의 예매권을 잃은 사람들을 위하여 아침 공기를 병에 담아 가게에서 팔기라도 하지 않으면 안 되겠다. 그러나 기억해야 할 것은 그것을 아무리 한 지하 실에 넣어둔들 정오 때까지는 가지 못할 것이며, 그 전에 벌써 병 마개를 밀어 젖히고, 새벽 여신을 따라 서쪽으로 행차하리라는 사실을 잊어서는 안 된다.

나는 늙은 한방의(韓方醫)인 이스큐라피스의 딸이며, 한 손에는 뱀을 들고 다른 손에는 그 뱀이 가끔 마실 잔을 들고 있는 하이 지아의 숭배자가 아니다. 오히려 주우노 신과 야생 상추 사이에 태어난 딸이며, 신과 인간의 회춘력을 가지며, 제우스신에게 술을 따라 올린 히이비 여신의 숭배자이다.

이 여신이야말로 아마 옛날부터 지구상에서 완전한 육체적 조건을 가진 건강하고 건장한 단 한 분의 젊은 여장부였다. 그리고 이 여신이 오는 곳은 어디거나 봄이 있었다.

인간의 생명은 여인의 가슴에서

쇼펜하우어(Arthur Schopenhauer)

독일의 철학자(1788. 2. 22~1860. 9. 21)
심오하고 박식한 사상가로 인정받았지만 염세주의자라는
평을 들었던 쇼펜하우어는 부유한 상인의
아들로 태어나 당대 최고의 고급 교육을 받았던
어린 시절, 상류사회 저명인사였던 어머니에게
멸시받으며 자기 비하와 여성 혐오에 빠졌던
일화 등 자신의 개인적 삶에 대한 흥미로운
이야기와 함께 그의 철학적 배경에 대하여 서술했다.
주요 저서: 「의지와 표상으로서의 세계」
「소품과 단편집」「자연속의 의지에 관하여」 등

인간의 생명은 여인의 가슴에서

실러(독일의 시인, 극작가 1795~1805년)의 시 〈여성의 품위〉는 교묘히 사용한 대구법(對句法)과 대조법(對照法)에 의해서 많은 감명을 주지만, 그보다도 더 여성을 찬미하고 있는 것은 내 생각으로는 주이(프랑스의 극작가, 시인 1767~1846년)의 다음 몇 마디 말에 잘 나타나 있는 것 같다.

'여자가 없다면 우리 인생의 초년에는 도움을 받을 수 없을 것이고, 중년에는 쾌락이 없을 것이고, 만년에는 위안이 없을 것이다.'

영국의 시인 바이런도 이와 같은 것을 희곡 「사르다나팔루스」 제1막 제2장에서 보다 가상적으로 표현하고 있다.

'인간의 생명은 여인의 가슴에서 비롯되며
그대가 처음으로 더듬거리는 말은 그녀가 가르쳤다.
그대가 처음으로 흘린 눈물도 그녀가 닦았으며
그대의 맨 나중 숨결도 또한 여인 곁에서 거두지만
이전에 자기를 인도해 준 자의 임종을 지키는 일을
남자가 꺼리며 하지 않을 때에는…'

이 두 편의 시는 모두 여성의 가치에 대한 정당한 관심을 보여

주고 있다.

여자가 정신적으로나 육체적으로 중노동을 감당할 수 없음은 그들의 모습을 보기만 해도 알 수 있다. 여자는 인생에 대한 빚을 행동이 아니라 고통으로 갚는다. 즉 해산의 고통, 아기의 시중, 남편에 대한 복종으로 갚는 것이다.

아내는 남편에 대해 항상 참을성이 있고 쾌활한 반려자가 되어야 한다. 지독한 고통과 희열, 그리고 중노동 따위는 여자에게는 맞지 않는다. 오히려 그 생활은 남성보다 훨씬 더 조용하고 눈에 띄지 않게 평온하게 살아가야만 한다. 그러나 본질적으로 남자의 생활보다 더 행복하다든가 불행하다든가 한 것은 아니다.

여성이 우리들의 최초 유년기에 없어서는 안 될 유모나 교사로서 적합하다는 것은 그들 자신이 유치하고 어리석고 근시안적이기 때문이다. 한마디로 말해서 그들은 전 생애를 통하여 큰 아이들이다. 엄밀한 의미에서 인간인 성인 남자와 어린이 사이의 중간 단계이기 때문이다.

소녀가 하루종일 어린이를 귀여워하며, 어린이와 함께 노래하고 춤추는 것을 보라. 그리고 다음에 한 남자가 그 소녀의 일을 대신한다면 아무리 정성껏 한다고 해도 그가 무엇을 할 수 있을 것인가를 생각해 보라.

자연은 연극 용어로 말하여 이른바 극적 효과라는 면에서 젊은 여자들과 관계를 맺고 있다. 자연은 그들에게 몇 해 안되는 짧은 기간에 한해서 자기가 갖고 있는 아름다움과 매력, 풍만의 전부를 아낌없이 부여하여 그동안 그 여자들이 어떤 남자의 환상을 완전히 사로잡아 남자로 하여금 어떤 형태로서든지 성실하게 여자의 일생을 돌볼 수 있게 해준다. 그러나 남자로 하여금 이런 조치를 취하도록 하기 위해서는 단지 이성만으로써는 충분한 보장을 얻지 못한다. 이리하여 자연은 자기의 모든 창조물에 하는 것과 마찬가지로 여자들에게 그들의 생존을 확보하기에 필요한 무기와 도구를 마련해 주었다.

그들이 그러한 장비를 갖출 필요가 있는 동안에 한해서 이 경우에도 자연은 보통 사용하는 타산을 잊는 일이 없다. 왜냐하면 암개미가 교미를 한 후에는 이제 쓸모없게 된, 아니 실제로 장차 새끼들을 기르는 데 방해가 되는 그의 날개를 잃어버리는 것과 똑같이 여자도 대개는 아이를 하나 둘 낳은 뒤에는 자기의 아름다움을 상실하고 마는데, 아마도 이것은 암개미와 같은 이유에서일 것이다. 따라서 젊은 여자들은 가사나 직업적인 일은 한갓 장난으로밖에 여기지 않는다. 그들의 진지한 관심을 끄는 일은 사랑과 정복과 이에 관련된 모든 것, 예를 들면 화장이나 춤 따위이다.

어떤 사물이고 고상하고 완전한 것일수록 그 성숙은 늦고 더디다. 남성은 28세 이전에 그의 이성과 정신력이 완전히 성숙한다는 것은 거의 불가능하다. 그러나 여자는 18세만 되면 완전히 성숙해 버린다. 그리고 여성의 이성이 극히 협애(狹隘)한 것을 면치 못하는 것도 그 때문이다. 따라서 모든 여자는 한평생 어린이로 머물러 언제나 눈앞의 것만을 보고 현재에 집착하여 피상적인 현상을 실제로 여기며, 가장 중요한 일보다 하찮은 일을 더 좋아하게 되는 것이다.

왜냐하면 인간이 단지 현재 속에서만 사는 짐승과는 달리 과거와 미래를 전망하고 숙고할 줄 아는 것은 그의 이성, 능력에 의한 것이기 때문이다. 여기에서 인간 특유의 근심, 걱정이 일어나고 가끔 번민마저 생기는 것이다.

여자는 이성이 박약하기 때문에 이것으로 인한 이해관계는 남자의 그것보다 훨씬 적다. 오히려 여자는 정신적 근시이기 때문에 그 직관적 오성(悟性)은 가까운 곳에 있는 것은 날카롭게 보지만 시야가 좁은 탓으로 먼 곳에 있는 것을 보지 못한다. 따라서 눈앞에 존재하지 않는 것과 과거의 것이나 미래의 것이 남자의 경우보다도 훨씬 약하게 영향을 미치므로 여자가 훨씬 낭비벽이 심하며 가끔 미친 듯이 낭비하는 경향이 있다.

여자는 마음속으로 돈을 버는 것은 남자가 할 일이요, 될 수 있으면 남편이 살아 있는 동안에, 그렇지 않으면 죽은 후에 이것을 탕진해 버리는 것이 자기의 일이라고 생각하고 있다.

그들의 남편이 살림을 위하여 그가 번 것을 그들에게 넘겨주는 것, 그 자체가 그들로 하여금 이러한 신념을 더욱 굳게 한다. 이 모든 것이 아무리 많은 단점을 가지고 있을지라도 적어도 장점이 없는 것은 아니다.

여자는 남자보다도 현재에 몰두하고 있으며, 만약 현재가 허락만 하면 여자는 그것을 훨씬 멋지게 즐길 줄 안다. 이것으로 하여 여성 특유의 명랑성이 생기고 이것이 고행하는 남편의 마음을 어루만져 주며, 필요에 따라서는 때때로 유력한 위로자가 되기도 한다.

어려운 일에 처했을 때 고대 게르만인의 풍습에 따라 부인에게

상의하는 것은 조금도 나쁘지 않다. 왜냐하면 사물을 보는 여자의 눈은 우리 남자의 눈과는 전혀 다르며, 그들은 자기의 목표에 이르는 지름길을 취하기 좋아하고, 대체로 자기들의 몸 가까이에 있는 것에 눈길을 고정시키는 데 능숙한 반면 우리는 그것이 바로 코앞에 있음에도 보지 못하며, 그것을 넘어서 멀리 내다보는 게 보통이다.

이러한 경우에 우리 남성들은 가깝고 단순한 견해를 다시 얻기 위하여 올바른 데로 복귀할 필요가 있는 것이다. 또한 여자는 무엇을 판단할 적에 우리보다는 결정적으로 냉정하기 때문에 그들은 실제로 있는 것보다 더 많이 사물을 관찰하는 일이 없다. 이에 반해서 우리 남성은 정열이 고조되면 사물을 너무 대단하게 생각하거나 공상적인 것을 덧붙이는 일이 흔히 있다.

여성의 분별력이 약하다는 것은 여자는 불행한 자에게 동정을 표시하며, 그들을 인간적인 사랑과 관심을 가지고 대한다는 것, 반대로 그들은 남자에 비해 정의, 정직, 그리고 성실면에서 열등하다는 것에 잘 나타나 있다. 왜냐하면 여성은 분별력이 약하기 때문에 바로 눈앞에 있는 것, 구체적인 사물에 좌우되지만 반대로 사고의 추상적 원리나 확고부동한 행동법칙, 굳은 결의에 의해 움직이는 일이 없고, 일반적으로 과거와 미래에 대해 고려한다든지 눈앞에 없는 먼 곳에 있는 것을 생각하지 않기 때문이다. 따라서 여자는 덕성을 기르는 데 제1차적인 가장 중요한 요소를 가지고 있으나 이것에 필요한 수단인 제2차적인 것을 가지고 있지 않는 경우가 많다.

이런 점으로 미루어 보면 여자는 간장은 있지만 쓸개가 없는 생물에 비할 수 있을 것이다. 따라서 여성의 성격의 근본적인 결함은 '부정(不正)'이라고 말할 수 있다.

이 결함은 우선 위에서 언급한 바와 같이 이성적 판단과 숙고의 부족에서 생기며, 게다가 여자가 보다 약한 자로서 힘 대신에 무엇보다도 술책에 의지하도록 규정되어 있음으로써 더욱 심하다.

여성이 본능적으로 간직하고 있는 고칠 수 없을 만큼 거짓말을 잘하는 것도 여기에 기인한다. 즉 자연은 사자에게 발톱과 이빨을, 코끼리와 멧돼지에게 앞니를, 황소에게 뿔을, 오징어에게 먹물을 주었듯이 여자에게는 자기 방어를 위한 위장술을 주었다.

자연은 남자에게 체력과 이성이라는 형태로 부여한 모든 힘을, 여성에게는 이런 기만술을 천부적으로 주었던 것이다. 그러므로 속인다는 것은 여자의 천성이며, 우둔한 여자도 이 점에 있어서는 영리한 여성에 뒤떨어지지 않는다. 따라서 여성이 기회 있는 대로 이 능력을 사용하는 것은 저 동물들이 공격할 때 즉시 그 무기를 사용하는 것과 마찬가지로 극히 자연스러운 일이다. 이것은 말하자면 그렇게 하는 것이 자기들의 권리 행사라고 생각하고 있다. 그러므로 성실하고 허위를 일삼지 않는 여성이란 아마도 있을 수 없을 것이다.

이런 이유로 여성은 다른 사람의 거짓을 쉽사리 간파하는 것이다. 여자 앞에서는 거짓말을 해도 별로 효과가 없다. 위에서 열거한 근본적 결함과 그것에 붙어 다니는 결점에서 거짓·부정(不貞)·배신·배은(背恩) 등이 생기는 것이다.

법정에서 위증하는 것은 남자보다 여자가 훨씬 많다. 여자에게 증언을 하게 한다는 것부터가 생각해 볼 문제다. 가끔 부족한 것이 전혀 없는 것은 숙녀들이 상점에서 남몰래 물건을 훔쳐 가지고 도망하는 것을 도처에서 볼 수 있다.

젊고 건장한 남성은 인류의 번식을 위해 진력하도록 자연으로부터 명령을 받고 있다. 이래서 종족은 퇴화하는 것을 면한다. 이것은 자연의 뇌고(牢固)한 의지이며, 이 의지의 표현이 여성의 정열이다.

이 법칙은 강력하고 옛날부터 있었다는 점에 있어서 다른 법칙에 도전하는 주장이나 관심을 표하는 자에게는 재난이 있을 뿐이다. 그가 떠들고 행하는 것은 무엇이든지 즉시로 무자비하게 분쇄되고 만다. 왜냐하면 여성의 선천적인 윤리로 그것이 비록 공식화 되지 않았을지라도 다음과 같이 말하기 때문이다.

'우리는 개체인 우리들에게 얼마 안 되는 관심을 보여 주었다는 것으로 종족에 대한 권리를 획득한 것처럼 생각하고 있는 사람들을 배신할 권리를 갖고 있다. 종족의 성격과 그 행복도 우리로부터 나오는 다음 세대를 매개로 하여 우리 수중에 놓여져 있다. 우리들은 그것을 양심적으로 관리해 가도록 하자.'

그러나 여성은 이 최고의 원칙을 추상적으로 의식하고 있는 것이 아니고, 구체적으로만 의식하고 있기 때문에 어떤 기회가 왔을 때 이 원칙에 따라 스스로 행동을 함으로써 표현하는 외에는 어떤 표현 수단도 가지고 있지 않다. 왜냐하면 그들은 자기들 개인에 대한 의무에 손상을 끼쳤다하더라도 오히려 자기들 개인의 권리보다 무한히 위대한 종주에 대한 의무에 그만큼 더 충실할 수 있을 것이라는 자각을 마음 속 깊이 가지고 있기 때문이다 — 이 궁극에 있어서 여성은 오직 종족의 번식을 위해서만 존재하고, 여성의 천분은 이 속에서만 전개되므로 여성은 대체로 개인보다는 종족을 위해 살고 있으며, 그들의 마음속에서는 개인적인 사건보다도 종족에 관한 사건이 훨씬 진지하게 받아들여진다. 이것이 그들이 존재한 모든 행동에 어떤 경박함과 일반적으로 남성의 방침과는 근본적으로 다른 방침을 주는 것이다. 그리고 이와 같은 경박함과 방침의 차이로 해서 결혼생활에서 흔히 볼 수 있는 불화가 예사롭게 일어나는 것이다.

남성들은 태어날 때부터 서로 무관심하게 지낼 수 있지만 여성들은 태어날 때부터 적의를 품고 있다. 그러므로 이른바 동업자간의 시샘이 각기 그들이 소속되어 있는 동업조합에 한정되어 있지만, 여자의 경우에는 전 여성이 오직 한 가지 직업을 가지고 있기 때문에 그 시샘은 전 여성을 포괄한다.

길가에서 만났을 때도 남자들은 마치 중세 이탈리아에 있었던 2대 정당인 겔프당과 기벨린당처럼 서로 적대시한다.

두 여자가 처음 만났을 때에도 두 남자의 경우보다도 훨씬 딱딱하고 부자연스럽게도 훨씬 우스꽝스럽다. 게다가 또 남성은 자기보다 신분이 낮은 사람을 대할 때라도 항상 어느 정도의 겸손과 인정미를 갖고 이야기를 하지만, 귀부인이 보통 자기보다 신분이 낮은(그렇다고 자기의 하녀도 아닌) 여자에게 거만하고 매정한 태도로 이야기하는 꼴은 차마 눈뜨고 볼 수 없을 지경이다.

이렇게 되는 이유는 아마도 여자에게 있어서는 계급의 차이가 남자에 있어서보다 훨씬 불안정하고 훨씬 변하거나 소멸될 가능성이 크기 때문일 것이다. 왜냐하면 남자들의 운명에는 수없이 많은 문제가 내포되어 있는 데 반해서 여자들에게는 오직 한 가지 즉, 어떤 남자의 마음에 드느냐 하는 것만으로 그 운명이 결정되기 때문이다. 게다가 그들이 모두 같은 직업에 종사하고 있는 여성끼리는 남자들보다 훨씬 가까이 접근하고 있기 때문에 애오라지 지위에 의한 차별만이라도 두려고 하는 것이 또한 그 이유가 되기도 할 것이다.

키가 작고 어깨가 좁고 엉덩이가 넓고 다리가 짧은 이 여자라는 족속을 아름다운 성(性)이라고 일컫는 것은 성욕으로 말미암아 지성이 흐려진 남자뿐이다. 왜냐하면 여성의 아름다움은 모두 이러한 성욕 충동으로 감싸여 있기 때문이다. 여성을 아름다운 성이라 부르기보다는 오히려 '비미학적'인 성이라 부르는 편이 훨씬 정당할 것이다.

음악이나 시에 대해서도, 조형미술에 대해서도 여자는 어떤 감각이나 감수성도 가지고 있지 않으며, 설령 그들이 아는 척하는 태도를 보일 때에도 그것은 남성의 마음에 들게 하기 위함이며, 단지 흉내 내는 것에 불과하다. 이것은 그들에게는 어떤 사물에 대해서 순 객관적인 흥미를 느낄 수 없는 데서 기인하는 것이지만, 내가 생각하기에는 그 근거는 다음과 같다.

남성은 모든 경우에 사물을 직접 —이해하거나 극복함으로써 —지배하려고 하지만 여성은 언제 어디서나 단지 간접적으로, 즉 남자를 통하여 지배하도록 되어 있다. 단지 아내는 남편만을 직접 지배할 수 있다. 그러므로 모든 것을 다만 남자를 손에 넣기 위한 수단으로 보는 것은 여자의 천성이며, 그 밖의 다른 것에 대한 여자의 관심은 한갓 가장(假裝)이요 농간에 불과하다. 말하자면 그것은 미태(媚態)와 모방에 불과한 것이다.

그래서 루소도 달랑베르에게 보낸 편지에서 이렇게 말했다.

—일반적으로 여자는 어떠한 예술에 대해서도 사랑과 이해를 갖고 있지 않으며, 게다가 그들은 어떤 천재성도 보유하고 있지 않다.—

이 말은 피상적으로 보아 넘기지 않고 조금이라도 들여다볼 줄 아는 사람이면 루소가 한 말을 알아차릴 것이다. 음악회나 오페라나 극장에서 여자들이 어떻게 처신하는가를 관찰하는 것만으로도 알 수 있다.

예를 들면 위대한 작품 중에서도 가장 아름다운 장면이 전개되고 있는 중인데도 여자들이 어린애처럼 재잘재잘 지껄이는 것을 보면 잘 알 수 있을 것이다.

그리스인은 여자를 극장에 입장시키지 않았다고 하는데, 그것이 사실이라면 그들은 옳은 일을 한 셈이다. 분명히 그렇게 함으로써 극장에서 적어도 무엇을 들을 수 있었을 것이다.

오늘날에는 '여자들은 교회에서 침묵을 지키라'는 귀절에다 '여자들은 극장에서 침묵을 지키라'는 귀절을 덧붙이든가 아니면 바꾸든가 하여 이것을 큰 글씨로 무대의 막에다 붙여두는 것이 지당한 처사일 것이다. 그리고 전체 여성 가운데서 아무리 뛰어난 두뇌의 소유자라도 미술에 있어서 참으로 위대하고 순수하고 독창적인 작품을 만들어 낼 수 없었거나 일반적으로 불멸의 가치를 지닌 어떤 작품도 세상에 내놓지 못한다는 것을 생각한다면 여자에게서 기대할 수 있는 것은 아무 것도 없는 것이다.

이 점이 가장 두드러지게 나타나 있는 것은 회화에서이며, 이 회화의 기술은 여성에게 있어서 적어도 남성에 있어서와 마찬가지로 정당한 것이므로 여성들도 열심히 그림공부를 하지만, 이때까지 단 한 점의 명화도 제시하지 못했다. 그것은 바로 그들이 그림 그리는데 직접적으로 필요한 정신의 객관성이 결핍되어 있기 때문이다. 즉 어떠한 경우에 여자들은 주관적인 것 속에 갇혀 있기 때문이다.

보통 여자들에게는 전혀 회화에 대한 감수성마저 없다고 해도 지나친 말은 아닐 것이다. 왜냐하면 '자연은 비약하지 않는다'이기 때문이다. 우아르테르(스페인의 의사, 저술가 1580~1590년)도 3백년 전부터 유명한 그의 저서인 「제과학에 대한 고찰의 검토」에서 여자들에게 고도의 재능이 있다는 것을 전적으로 부정했다.

이러한 사실은 개개의 부분적인 몇 가지 예외가 있다고 해서 결코 변할 수는 없다. 전반적으로 여자들은 철두철미 구제하기 어려운 속물들이요, 또한 언제까지나 속물에 머무른다. 따라서 여자들이 남편의 신분과 명예를 공유한다는 극히 불합리한 사회 기구하에서는 여자들은 그들 남편의 야비한 명예욕에 끊임없이 자극을 준다. 나아가서 여자들이 이러한 특질을 갖추고 있기 때문에 여자들이 지휘하고 조종하는 곳에 현대사회의 부패가 빚어진다.

'여자에게는 계급이 없다'라고 말한 나폴레옹의 말은 여자의 사회적 지위를 결정하는데 정당한 기준으로 받아들여야 할 것이며, 그들의 또 다른 성질에 관해서는 프랑스의 작가이며 모럴리스트인 샹포르의 「잠언과 사색」에서 다음과 같은 적절한 표현이 있다.

'여성은 우리 자신의 약점과 우리의 어리석음과 거래하도록 만들어졌지만, 우리의 이성과 거래하도록 만들어지지 않았다. 여성과 남성 사이에는 단지 표면적인 공감이 존재할 뿐이며, 정신 · 영혼 · 성격에 대한 공감은 극히 드물다.'

여자들은 이른바 열등한 성(性)이며, 모든 점에서 남성에 뒤떨어지는 제2의 성이다. 그러므로 그들의 약점은 관대하게 봐주어야 하지만, 그들에게 지나친 존경을 표시하는 것은 우스운 일이다. 따라서 우리는 그들의 눈앞에서 자신을 비굴하게 하는 결과가 된다. 자연이 인간을 둘로 나누었을 때, 그는 한가운데에다 선을 긋지는 않았다. 이렇게 갈라진 양극이 한쪽은 적극적이고 또 한쪽은 부정적인 것만은 사실이다. 그들간의 차이는 질에 있어서 뿐 아니라 양에 있어서도 존재한다.

이것이 고대인들의 여성관이요, 동방인의 여성관이기도 한데, 여자의 특수한 지위에 대한 그들의 판단은 우리 전성기의 여자에게 친절히 해야 한다는 낡아빠진 프랑스적인 관념과, 게르만적 그리스도교의 우둔이 빚어낸 최고의 산물인 어리석은 여성 숭배 관념에 대한 우리의 판단보다 훨씬 정확하다고 아니할 수 없다.

이런 관념들은 여자들을 더욱 안하무인으로 만들어 주고 거만하게 할 뿐이어서 자기들이야말로 신성불가침이라는 의식하에서 자기들 멋대로 모든 것이 될 수 있다는 베나레스(인도의 힌두교 성도)의 성스러운 원숭이를 연상케 한다.

서양 여자, 특히 이른바 '숙녀'는 자기들의 지위가 잘못되었음을 알고 있다. 왜냐하면 고대인들에 의해 '열등한 성'이라고 옳게 불리워진 여자는, 남성의 외경(畏敬)과 숭배의 대상이 되거나 남성보다 우쭐하고 남자와 동등한 권리를 가진다는 것은 불가능하기 때문이다.

여자에게 잘못 부여한 지위에서 발생한 여러 가지 결과에 대해서는 우리는 자주 보아 왔다. 따라서 유럽에도 인간이 사용하는 이 제2라는 숫자가 다시 본래의 자리로 돌아간다는 것은 참으로 바람직한 일이라 하겠다. 그리하여 지금 전 아시아인의 웃음거리로 되어 있을 뿐 아니라 그리스인과 로마인의 조롱을 받아왔을 당치않은 여성 숭배에 종지부를 찍는 것이 바람직하다고 하겠다.

이와 같은 변화로 인하여 우리의 사회적, 시민적, 정치적인 제관점에 이루 헤아릴 수 없을 잇점을 가져올 것이다. 그렇게 되면 살리족(프랑켄족의 한 부족)의 법전도 자명한 이치를 전혀 필요없게 될 것이다.

유럽에 있어서 엄밀한 의미에서 숙녀라는 것은 있어서는 안 될 존재로서 그들은 하나의 주부든가 아니면 주부를 희망하는 처녀들이어야만 하며, 그들이 결코 오만해지는 일이 없도록, 그리고 알뜰하고 순종하도록 길러야 한다. 이런 숙녀들 때문에 유럽에서는 여성의 대다수를 차지하고 있는 낮은 계급의 여자들이 동양에 있어서 보다도 훨씬 불행한 것이다.

바이런경(卿)까지도 토머스 무어의 「서간 및 일기에서」 이렇게 말하고 있다.

'고대 그리스인들 사이에 있어서의 여성의 지위에 대한 생각은 매우 적절하다. 기사도와 봉건시대의 야만적인 유물인 현재의 상태는 인위적이고 비자연적이다. 여자들은 가정을 떠나서는 안 된다. 그리고 잘 먹고 잘 입을 필요는 있으나 역시 결코 사교계에 나가서는 안 된다. 역시 종교 교육을 잘 받아야 하지만 시나 정치 서적을 읽을 필요는 없고, 오직 믿음과 요리에 관한 책을 읽고 있으면 된다. 음악, 회화, 무용 그리고 이따금 약간의 정원 가꾸기와 밭갈이 정도면 족하다.

나는 에피루스(그리이스 서부에 있는 알바니아 국경에 접한 지방)에서 여자들이 훌륭하게 길을 고치는 것을 본 일이 있다. 그래서 건초를 만들거나 젖을 짜는 것과 마찬가지로 이와 같은 일을 시켜서 안 될 이유가 과연 있을 것인가?'

유럽에서 유행하고 있는 혼인법은 여성을 남성과 동등하게 생각하고 있다. 즉 이 법은 어떤 잘못된 전제에서 출발한 것이다. 일부일처제를 원칙으로 하는 우리 유럽 지구에서 결혼한다는 것은 결국 한 남성의 권리는 줄고, 그의 의무는 두 배로 늘어나는 것을 의미한다. 그런데 법률에 여자에게 동등한 권리를 주었을 때 마땅히 여자에게 남자의 이성도 동시에 부여했어야 할 것이다. 그러나 법률이 여자에게 인정한 권리와 명예가 자연적 상태를 초과하면 초과할수록 그만큼 실제로 이 특전을 누리게 되는 여자의 수는 줄어든다. 그리하여 모든 다른 여자들은 자기의 몫을 초과하는 권리를 타인에게 양도하는 만큼 그들의 자연적 권리를 박탈당하고 있다.

왜냐하면 일부일처제와 이에 따르는 혼인법은 여자를 철두철미 남자와 동등하게 생각함으로써 여자에게 자연스럽지 못한 지위를 부여하고 있다. 이는 부당한 것이어서 현명하고 신중한 남자들이 그처럼 큰 희생을 치르면서 그와 같이 부당한 계약을 망설이는 모든 여자가 하나도 빠짐없이 부양을 받고 있는데 반하여, 일부일처제를 채택하고 있는 나라에서는 결혼한 여자의 수가 제한되어 있어 부양자가 없는 무수한 여자가 남게 되는데 그들 중 상류계급에 속하는 여자들은 아무 쓸모없는 노처녀로 무위도식하게 되고, 하층 계급에 속하는 여자들은 적당치 못한 중노동을 하거나 아니면 매춘부가 되는 수밖에 없다.

이들 매춘부들은 전혀 기쁨도 명예도 없는 생활을 보내고 있기는 하지만, 이와 같은 상황에서는 남자들을 만족시키기 위해서 필요한 존재이며, 따라서 그들은 이미 남편을 갖고 있거나 아니면 가질 희망이 있는 팔자 좋은 여자들을 남자의 유혹으로부터 지켜주는 특수한 목적을 지닌 공인된 계급으로서 등장한다.

런던에서만도 이런 여자들이 8만 명이나 된다고 한다. 이 여자들은 일부일처하에서 가장 무서운 피해를 입은 사람들이며, 실제로 이 여자들이야말로 일부일처제의 제단에 바쳐진 제물이 아니고 무엇인가? 여기서 말한 비참한 상황에 놓여 있는 여자들은 허식과 거만에 찬 유럽의 숙녀에 대한 피할 수 없는 상쇄이다. 그러므로 전체적으로 볼 때 일부일처제 쪽이 실제로 여자에게는 유익하다.

또 다른 면에서 볼 때에도 고질병으로 고생하든가, 아이를 낳지 못하든가, 자기에 비해서 점점 늙어가고 있는 아내를 가진 남자가 두번째 아내를 얻어서는 안 된다는 정당한 이유도 없다. 그처럼 많은 사람들이 몰몬교(1827년 미국의 조셉 스미드가 창시한 그리스도교의 일파)로 개종하게 된 동기는 바로 자연법칙에 어긋나는 일부일처제를 폐지한 데 있는 것 같다. 게다가 여자에게 부자연스러운 권리를 부여한 것은 결국 그들에게 부자연스러운 의무를 부과하게 되었고, 이 의무를 하지 않는 일이 반대로 여자들을 불행하게 만들고 있는 것이다.

남자는 자기의 지위나 재산을 고려하여 결혼을—어떤 좋은 조건이 따르지 않는 한—탐탁하게 여기지 않을 것이다. 그래서 남자는 자기 자신이 선택한 여자와 이윽고 태어날 아이들의 운명을 확보하기 위하여 결혼 이외의 조건하에서 여자를 얻으려고 한다. 그러나 이 조건들이 아무리 훌륭하고 합리적이며 적합하고 상황에 알맞은 것일지라도 일단 여자가 정당한 혼인을 통해서만 얻을 수 있는 분에 넘치는 권리를 포기함으로써 남자의 내면 관계의 조건에 동의한다면 정신적인 부부관계란 어디까지나 시민사회의 기저를 이루는 것이다. 그러므로 인간의 본성은 남들의 모순된 의견에도 귀를 기울이게끔 되어 있는 이상 그 여자는 평생을 그늘에서 불행하게 살아야만 할 것이다.

반대로 그 여자가 남자의 조건에 동의하지 않는다면 그 여자는 자기가 싫어하는 남자와 결혼하든가 아니면 노처녀로서 멋없는 인생을 보내든가 하는 모험을 하게 된다. 왜냐하면 그 여자의 결혼 적령기는 극히 짧기 때문이다. 그리고 일부일처제에 대한 이러한 관점에서 토마지우스(독일의 법학자, 철학자 1655~1728년)의 심오한 논문〈첩을 얻는데 대하여〉가 읽을 만하다. 왜냐하면 이 논문은 루터의 종교개혁에 이르기까지에는 어느 문화, 어느 민족, 어느 시대를 막론하고 축첩이 허용되었다는 것, 아니 그것이 어느 정도까지는 법적으로 인정되었을 뿐만 아니라 조금도 불명예로 취급하지 않는 제도였다는 것을 말해 주기 때문이다. 즉, 축첩을 이 단계에서 끌어내린 것은 오직 루터의 종교개혁 때문이라는 것이다.

이 축첩 금지는 성직자의 결혼을 합리화 하기 위한 수단으로서 종교개혁은 내연 관계를 인정하지 않았다. 이렇게 되자, 가톨릭 교회도 이 문제에 있어서 루터교회에 뒤떨어진 생각은 하지 못하게 되었다.

일부다처제의 시비에 관해서는 논의할 필요가 없다. 이것은 도처에 존재하는 사실로서 받아들여야 한다. 단지 문제는 이것을 어떻게 조종하느냐에 있다. 그러면 도대체 진정한 일부일처주의자는 어디에 있는 것일까?

우리는 모두 적어도 어느 기간 동안은 우리들의 대부분은 항상 일부다처의 생활을 하고 있는 것이다. 그리하여 어느 남자고 많은 여자를 필요로 하고 있으므로 많은 여자를 돌보는 것은 남자의 자유일 뿐 아니라 의무인 것이다.

이 이상 올바른 이론은 없다. 이렇게 되면 여자는 종속적 존재로서의 본래의 자연적인 입장으로 돌아갈 수 있으며, 유럽 문명과 게르만적 그리스도교의 우둔이 낳은 괴물이며, 존경과 숭배를 우습게도 요구하는 숙녀가 이 세상에서 자취를 감출 것이며, 오직 본래 의미의 여자를 만나게 된다. 게다가 오늘날 유럽에 충만하고 있는 불행한 여자는 이미 한 사람도 없게 될 것이다.

인도에서는 모든 경우에 여자의 독립은 인정되지 않는다. 그러나 「마누법전」 제5장 제 148절에 따라 여자는 아버지나 남편이나 오빠나 아들의 감독을 받고 있다. 물론 과부가 망부(亡夫)의 시체와 함께 분사(焚死)한다는 것은 비위에 거슬리는 일이지만, 남편이 자식들을 위해서 한평생 앞서 모은 재산을 남편이 죽은 뒤 과부가 그 정부(情夫)와 더불어 탕진하는 것도 역시 비위에 거슬리는 일이다. 중용(中庸)을 지키는 자는 행복하다.

자식에 대한 원시적인 모성애는 동물에 있어서와 마찬가지로 인간에 있어서도 순전히 본능적인 것이며, 따라서 자식들을 육체적으로 원조할 필요가 없을 때 모성애는 소멸된다. 그 후로는 원시적인 모성애를 대신하여 습관과 이성에 바탕을 둔 어머니의 사랑이 나타나야 하는데, 종종 특히 어머니가 아버지를 사랑하지 않는 경우에는 그것이 나타나지 않는다. 자식에 대한 아버지의 사랑은 어머니의 사랑과는 종류가 다른 것으로, 그것보다도 훨씬 지구적(持久的)이다. 왜냐하면 그것은 아버지는 자식 속에 그 자신의 내적 자아를 재인식한다는 것, 따라서 부성애는 그 근원을 형이상학적인 데에 두고 있기 때문이다.

고대, 현대를 막론한 거의 모든 민족에 있어서 심지어는 호텐토트인(남아프리카의 토인)들 사이에서 까지도 재산은 남계(男系)

자손에게만 상속되며, 오직 유럽에서만 그 예외를 볼 수 있다. 하지만 귀족은 별도이다.

남자들이 오랫동안 피땀 흘려 애써 모은 재산도 여자들의 수중에 들어가면 그들의 무지로 인하여 단시일 내에 탕진되거나 아니면 낭비되는 것은 흔히 볼 수 있는 일이며, 지극히 부당한 일이다. 이런 사태는 여자의 상속권을 제한함으로써 예방되어야 한다.

내 생각으로는 과부든 딸이든 간에 남계 후계자가 하나도 없는 경우를 제외하고는 여자는 재산을 저당잡혀 거기서 나오는 이자만을 받아 생계에 쓰게 하고, 결코 부동산 자체나 자본을 건드리지 못하게 하는 것이 최선의 방책일 것 같다.

돈을 취득하는 사람은 남자이지 결코 여자가 아니기 때문에 여자가 재산을 관리할 자격은 없으며, 또한 재산을 무조건 소유할 권리도 없다. 여자는 진정한 의미에서의 상속 재산 즉, 자본 · 토지 · 건물 따위를 결코 임의로 처분해서는 안 된다. 그들에게는 언제나 후견인이 필요하다. 따라서 어떤 경우에도 과부에게 자기 아이들의 후견인이 되게 해서는 안 된다.

여자들의 허영심은 가령 그것이 남자들의 허영심보다 크지 않을 경우에도 전혀 물질적인 사물, 즉 자기 일신을 아름답게 꾸민 다음에는 부 · 사치 · 장려(壯麗)와 같은 면에 열중하는 나쁜 버릇이 있으며, 따라서 여자들이 가장 좋아하는 것은 바로 사교계이다.

이 같은 허영심은 특히 그들의 분별력이 빈약한 때문이기도 하지만, 여자들을 낭비로 흐르게 한다. 그러나 이와는 반대로 남자들의 허영심은 대체로 지성이니 교육이니 용기니 하는 비물질적인 장점에 기울어지는 경향이 있다.

아리스토텔레스는 「정치학」 제2권에서 스파르타인의 경우 그들이 여자에게 상속권과 지참금 등 지나치게 많은 자유를 부여함으로써 여자에게 너무 많은 양보를 허용한 결과 초래된 막대한 손실을 상세히 설명하고 있으며, 또 이러한 양보가 스파르타의 몰락을 얼마나 촉진시키게 되었는가를 상세히 설명하고 있다.

프랑스에서도 루이 13세 이래 끊임없이 증대해 온 여자의 세력이 궁정과 정부를 서서히 부패시켰으며, 나아가서는 최초의 혁명(1789년)을 초래하였고, 그 결과 온갖 정변이 계속해서 일어난 데 대하여 책임을 져야 하지 않을까.

어쨌든 간에 오늘날 여자가 차지하고 있는 이미 '숙녀'라는 존재에 의하여 가장 명백한 징조가 보이듯이 이 여자의 모순된 지위야말로 유럽 사회에 있어서 근본적인 결함이 하나로 되어 있고, 그 문제의 중심으로부터 나오는 이러한 결함이 다방면으로 불리한 영향을 끼치고 있는 것이다.

여자가 천성적으로 복종하게끔 되어 있다는 것은 어떤 여자라도 만약 완전한 독립을 누리는 천성에 위배되는 지위에 있게 되면, 즉시로 어떤 남자와 결합하여 자기를 인도하고 지배해 주기를 스스로 허락한다는 사림만 보아도 자명하다. 왜냐하면 여자는 언제나 주인이 필요하기 때문이다. 그때 여자가 젊으면 주인은 애인이며, 늙었으면 주인은 고해 신부가 되는 것이다.

우정의 의의를 묻는 사람들에게

프랜시스 베이컨 (Francis Bacon)

영국의 철학자, 정치가(1561. 1. 22~1626. 4. 9)
데카르트와 함께 근세 철학의 개척자로
알려져 있는 베이컨은 종래의 스콜라적 편견인
우상을 배척하고 새로운 과학과 기술의 진보에
어울리는 새로운 인식 방법을 제창, 실험에 기초한
귀납법적 연구 방법을 주장했다. 정치가로서
대법관에 취임했으나 수뢰죄로 실각했다.
주요 저서: 「수상록」, 「학문의 진보」 등

우정의 의의를 묻는 사람에게

'무릇 고독을 즐기는 자는 야수가 아니면 신(神)이다'라는 말을 한 철인(哲人)이 있는데, 이것보다 짧은 말 속에다 진리와 오류를 한 번에 담기는 어려웠을 것이다.

왜냐하면 어떤 사람에게 사회에 대해서 생래적(生來的)으로 마음 속 깊이 혐오하고 기피하는 것은 어느 정도 야수적인 데가 있다고 하는 것을 전적으로 진실이라고 할 수 있으나 그것이 신적(神的)인 성격을 어느 정도 가지고 있다고 생각하는 것은 전적으로 진실이 아니다.

고독을 즐기는 데서가 아니라 소상한 영교(靈交)를 위해서 자기 자신을 은둔케 하는 것을 사랑하고 원망하는 마음에서 그렇게 하는 경우는 다르다.

예컨대 약간의 이교도 즉, 칸디아의 에피메니데스(B.C 7세기경의 철학자. 57년간 동굴 속에서 살았으며, 그동안에 여러 가지 지식을 터득했다고 전해 짐)와 로마의 누마(로마의 대왕으로서 오랫동안 산속에 숨어 살면서 귀신과 영통하였다 함), 시실리의 엠페도클레스(고대 철학자, 시인), 티아나의 아폴로티우스(서부 아시아 카파도키아 출신의 철학가)와 같이 사람들이 그러했다고 잘못 꾸며져 전해지고 있는데, 몇 사람의 고대의 은자(隱者)와 그리스도 교회의 신성한 교부(教父)들은 실제로 그러했다. 그러나 고독이란 어떠한 것이며, 그 한계가 어디까지인가에 대해서는 사람들은 거의 알지 못하고 있다. 왜냐하면 군집(群集)은 반려(伴侶)가 아니며, 여러 얼굴들은 다만 초상화의 진열에 지나지 않으며, 그리고 애정이 없는 곳에서의 대화는 심벌즈(Cymbals) 악기가 울리는 소리에 지나지 않는다.

'대도시는 커다란 고독의 땅'이라고 한 로마의 속담은 그것을 어느 정도 잘 나타내고 있다. 왜냐하면 대도시에서는 친구는 산재해 있기 때문에 대개의 경우 비교적 협소한 이웃에 있어서와 같은 친밀한 교제는 없기 때문이다. 그러나 우리는 한 걸음 나아가 진실한 친구가 없다는 것은 참으로 고독하며, 또 가련한 고독이라고 단언하더라도 대체로 옳을 것이다.

그것이 없는 세상은 황야에 지나지 않는다. 이런 의미에 있어서 마저도 천성과 감정에 있어 교우에 적합하지 못한 사람은 모두 야수로부터 그것을 얻는 것이지 인륜으로부터 얻은 것이 아니다.

우정의 주요한 효과는 모든 종류의 감정의 원인이 되어 야기된 마음의 충만과 팽창을 가볍게 하고 발산하는 데 있다. 우리는 폐색과 질식의 병이 신체에 있어서는 가장 위험하다는 것을 알고 있지만, 정신에 있어서도 크게 다를 바가 없다.

긴장을 해소시키기 위해서는 사르시(중앙 아메리카산의 약초)를 쓰는 것이 좋고, 비장을 열기 위해서는 철제(鐵制)를, 폐에는 유황화를, 뇌를 위해서는 해리향을 쓰는 것이 좋다. 그러나 마음을 여는 처방은 진정한 친구 외에는 아무것도 없다.

사람은 진정한 친구에게만 슬픔과 기쁨과 두려움과 희망과 의심과 충고와 그리고 마음을 무겁게 하는 것은 무엇이든지 세속적인 고해(告解)라고나 할까, 고백을 할 수가 있는 것이다.

이러한 우정의 효용에 관해서 위대한 제왕이나 군주들이 얼마나 높은 가치를 인정하고 있는가를 살펴보면 이상할 정도이다. 심하게는 그들은 자신의 안전과 위대함을 온 힘을 기울여 그것을 취득하는 일이 자주 있다. 왜냐하면 군주는 자기의 신분과 신하의 신분 사이의 거리 때문에 이 과일을 따기 위해서는(다만 그들 자신들이 그것을 할 수 있게 하기 위해서는) 누군가를 끌어 올려서, 말하자면 동료처럼 거의 자기와 대등하게 해야 하지만 그렇게 하는 것이 불편할 때가 많다.

이러한 사람들에 대해서 근대어는 총신(寵臣) 또는 심복이라는 이름을 붙이고 있다. 마치 그것이 은총이나 교체의 문제처럼. 그러나 로마의 명칭은 그것이 참된 효용과 원인을 나타내고 있다. 이것을 '근심을 함께 하는 자'라고 부르고 있다. 왜냐하면 그것이 관계를 밀접하게 하는 것이기 때문이다. 그리고 이것은 다만 약하고 감정적인 군주뿐만 아니라 고래로 천하게 군림한 가장 총명하고 가장 술책에 능한 군주도 역시 그러했다는 것을 우리들은 분명히 알고 있다.

그들은 때때로 자기의 신하를 가까이 해서 보통 사람들 사이에서 주고받는 말을 사용함으로써 자기를 스스로가 그를 친구라고 부르고, 또 상대방에게도 그와 같이 부르도록 허용했던 것이다.

L. 실라(로마의 장군, 집정관)는 로마를 지배할 때 폼페이를 높

은 지위에로 끌어 올렸기 때문에 폼페이는 스스로 실라를 능가한다고 호언장담했다. 왜냐하면 그가 실라의 후보 운동에 반대해서 자기의 친구에게 집정관의 자리를 주었을 때 실라가 이에 분개해서 큰소리로 말을 하기 시작하자 폼페이(로마의 장군, 집정관 3인 중 한사람. 시이저의 경쟁자)는 그를 뒤돌아보면서 사실상 입을 닥치라고 명령하는 말을 했다. 즉 '지는 해보다는 솟아오르는 해를 더 숭배하기 때문이다'라고.

줄리어스 시이저에 대해서 데키무스 부르투스가 세력을 가지고 있어서, 시이저는 그의 유서 가운데에 부루투스를 자기의 조카 다음에 제위를 계승할 것을 인정할 정도였다.

그런데 바로 이 사람들이야말로 시이저의 죽음을 불러올 만큼의 세력을 지니고 있었던 것이다. 왜냐하면 시이저가 여러 가지 불길한 전조, 특히 그의 아내 칼푸르니아의 꿈때문에 원로원을 해산하려고 마음을 먹었을 때, 이 사람은 당시의 아내가 더 좋은 꿈을 꿀 때까지 원로원을 해산하지 말 것을 희망한다는 말을 하면서 시이저의 팔을 잡고 살며시 의자에서 일으켜 세웠던 것이다. 그래서 그가 받은 은총은 매우 컸던 것처럼 보였고, 안토니우스가 기케로의 〈필리피쿠스(Philippicus)〉에서 그대로 인용하고 있는 편지에 의하면 그를 마술사라고 부르고 있다. 마치 그가 시이저에게 마술을 건 것과 흡사했던 것이다.

아우구스투스는 아리그파(B.C 62~ A.D 12 로마의 장군이며 정치가)를 미천한 태생임에도 불구하고 지나치게 높은 지위에로 끌어 올렸기 때문에 황제가 자기의 딸 줄리아의 결혼에 관해서 메세나스(아우구스투스 집권시 대재상)에게 상의했을 때 메세나스는 '폐하께서는 황녀(皇女)를 아그리파와 결혼시키든지 그렇지 않으면 아그리파를 죽이든지 두 가지 길 밖에 없으며, 제3의 방법은 없습니다. 폐하께서는 아그리파를 그처럼 위대하게 만들었습니다'라고 기탄없이 진언을 했던 것이다.

티베리우스 시이저(로마의 정치가, 근위대장)에 대해서는 세자누스가 지나치게 높은 자리에 오름으로써 두 사람은 한 쌍의 친구라고 불리어졌으며 또 그렇게 간주되었다.

티베리우스는 세자누스에게 보낸 편지 가운데서 '이러한 일들을 우리들의 우정 때문에 나는 너에게 숨기지 않았노라'고 말하고 있다. 그리하여 원로원은 다 함께 두 사람 사이의 우애가 두터운 것을 느끼고 마치 여신에게 대해서 하는 것처럼 우정에 대해서 하나의 제단을 바쳤다.

이것과 흡사한 또는 이것보다도 심한 일이 셉티미우스 황제(로마의 황제)와 플라우티아누스와의 사이에도 있었다. 왜냐하면 황제는 그의 큰 아들을 플라우티아누스의 딸과 결혼하도록 강요했고, 또 가끔 플라우티아투스가 황태자에게 불손한 짓을 하는 것을 지지했고, 나아가서는 원로원에 보내는 편지 가운데서 다음과 같은 말을 쓰고 있다.

"짐은 그를 매우 사랑하기 때문에 그는 짐보다도 오래 살기를 바라노라."

그런데 만일 이들 군주들이 트라얀 황제나 마카아 다우델리우스 황제와 같은 사람이었다면 이것은 풍부하고 선량한 성질에서 나온 것이라고 생각해도 좋을 것이다. 그러나 이들 황제는 모두 매우 현명하고 강인하여 존엄한 마음의 소유자이며, 극단적으로 이기적인 인물이었기 때문에 그들이 자기 자신들의 행복을(그것은 유한한 인간에게 일어날 수 있는 최대의 것임에도 불구하고) 반 조각으로 밖에 보이지 않으며, 그것을 완전한 것으로 만들기 위해서는 친구를 가져야 한다고 생각한 것은 분명하다.

뿐만 아니라 그들은 처자나 조카를 거느린 군주들이었다. 그러나 이 모든 것도 우정의 위안을 제공해 줄 수는 없었던 것이다.

코미네우스(프랑스의 역사가 1446~1507년)가 그의 최초의 군주인 용맹한 샤를르 공에게 관해서 말한 것을 잊어서는 안 된다. 즉 공은 자기의 비밀을 누구에게도 말하는 것을 원치 않았다. 그리고 자기를 가장 괴롭히는 비밀에 관해서는 특히 그러했다. 만년에 그는 그것에 관해서 더욱 계속해서 말하기를 '그러한 비밀주의는 공의 이해력을 해치고 조금 감소시켰다'고 했다. 확실히 코미네우스는 만일 그러한 의사가 있었다면 그의 제2의 군주인 루이 11세에 대해서도 동일한 판단을 내릴 수 있었을 것이다. 그 역시 비밀주의가 그를 괴롭혔던 것이다.

피타고라스의 비유는 막연하기는 하지만 진실이다. '마음을 먹지 말지어다'라고 말하고 있다. 확실히 혹독한 말로 표현한다면 자기의 흉금을 털어놓을 친구가 없는 사람들은 자기 자신의 마음을 잡아먹는 식인종이다. 그러나 한 가지의 일은 가장 놀랄만하다. 이것을 가지고 나는 우정의 첫째 효용에 관한 결론으로 삼으려고 한다. 즉 자기 자신을 친구에게 전달하는 것은 두 가지의 상반된 결과를 낳는다는 것이다.

왜냐하면 그것은 기쁨을 두 배로 하며, 슬픔을 절반으로 하기 때문이다. 즉, 누구든지 나의 기쁨을 친구에게 전하여 그 기쁨이 더하지 않는바가 없고, 또 자기의 슬픔을 친구에게 전하여 덜하지 않는 바가 없기 때문이다. 그러므로 사람의 마음에 미치는 작용에 관해서는 참으로 연금술사들이 흔히 그 시금석(試金石)이 인간의 육체에 대해서 가지고 있다고 말한 흡사한 효력을 가지고 있다. 즉 그것은 전력으로 상반된 효과를 나타내지만 항상 자연에 대해서 좋고 유익하다는 것이다.

그러나 연금술사들의 도움을 청하지 않더라도 이상의 자연과정 속에서 이 관계를 분명히 나타내는 현상이 있다. 왜냐하면 물체에 있어서는 결합이라는 것이 어떤 자연적인 활동을 강화하고 조장하지만 한편으로는 어떤 격렬한 감명을 약화시키고 둔화시키기 때문이다. 사람의 마음에 관해서도 그와 흡사한 것이 있다.

우정의 제2의 효용은 그 첫째의 것이 감정에 대해서 그러한 것처럼 오성(悟性)을 위해서 건강하며, 더 이상의 유익한 것이 없다는 것이다. 왜냐하면 우정은 감정 속을 폭풍우로부터 맑은 날씨를 만들어 내지만 오성 속에서는 사고의 암흑과 혼란으로부터 백주의 빛을 만들어 내기 때문이다.

이것은 사람의 친구로부터 받아들이는 믿을만한 충고에 대해서만 하는 이야기가 아니다. 그러나 거기에 이르기 전에 누구든지 그의 마음에 많은 사상이 충만되어 있다면 다른 사람과 교제하고 답론함으로써 그의 지력과 이해력이 명석해지고 계발된다는 것은 확실한 일이다.

그렇게 하면 사람은 자기의 사상을 더욱 자유롭게 취급할 수 있으며, 그것을 더욱 정연하게 운용할 수 있게 되어 그것이 말로 표현되었을 때에는 어떻게 보이는가를 알게 된다. 결국 그는 이전의 자기 자신보다도 현명해진다. 그것은 하루의 명상보다도 한 시간의 대화가 더욱 그러하게 한다.

헤미스토클레스(아테네의 정치가, 장군)는 페르샤 왕에게 다름과 말을 했다. 즉, '말이라고 하는 것은 아라스(Arras)천의 비단을 편 것과 흡사하여서 펴놓으면 모양이 뚜렷하게 나타난다. 그러나 단지 생각 속에만 있는 경우에는 마치 그것은 포장되어 있는 것과 흡사하다.'

이 우정의 제2의 효용은 지력을 개발한다는 점에서 충고를 줄 수 있는 친구에 의해서만이 얻어지는 것이 아니라(사실상 그러한 친구가 가장 좋은 친구이지만) 그러한 일이 없다고 하더라도 사람은 자기 자신을 알고, 자기 자신의 생각을 분명히 표현하고 자기의 재치를, 그 자체는 끊어지지 않은 숫돌에다 가는 것과 흡사한 것이다. 요컨대 사람은 자기의 사상을 질식시키는 것보다는 조각이나 그림을 향해서 털어놓는 것이 더 낫다.

이제 우정의 이 둘째 효용을 완전한 넋으로 하기 위해서 더욱 명백하고 보통 사람의 눈에 띄는 다른 점을 부연하기로 한다. 그것은 친구의 마음으로 부터의 충고이다.

헤라클레이토스는 그의 수수께끼 같은 말의 하나 가운데서 '건조한 빛이 언제나 가장 좋다'고 멋있게 말했다. 확실히 사람은 남의 충고로부터 받는 빛은 그 자신의 이해력과 판단력에서 오는 빛보다는 건조해 있으며 순수하다.

그 자신의 이해력과 판단력에서 오는 빛은 항상 그의 감정과 습관에 젖어서 물들어 있는 것이다. 그러므로 친구가 주는 충고와 자기가 자기 자신에게 주는 충고와의 사이는 친구의 충고와 아첨군의 그것과의 차이와 흡사하다.

왜냐하면 세상에는 자기 자신처럼 아첨하는 사람은 없으며, 자기 자신의 아첨에 대한 처방으로서는 친구의 솔직한 충고 이상으로 묘약이 없기 때문이다.

충고에는 두 가지 종류가 있다. 하나는 거동에 관한 것이며, 다른 하나는 업무에 관한 것이다. 첫째 것에 관해서 말하면 마음을 건전한 상태로 유지하기 위한 가장 좋은 예방약은 친구의 솔직한 권고이다. 단지 자신을 엄격하게 견책하는 것은 약이 되기는 하지만 때로는 지나치게 자극이 심하여 부식적(腐蝕的)이다.

좋은 도덕서를 읽는 것은 좀 맥 빠지고 활기가 없다. 자기의 과오를 타인 속에서 관찰하는 것은 때로는 자신에게는 부적당할 수도 있다. 그러나 가장 좋은 처방은 친구의 권고이다.

많은 사람들(특히 훌륭한 사람들)이 그것을 가르쳐 주는 친구가 없는 탓으로 얼마나 큰 과오와 극단적으로 어이없는 일을 저질러 그들의 명예와 운명에 큰 손상을 입는가를 보면 이상할 정도이다. 왜냐하면 성 야곱이 말한 것처럼 그들은 '가끔 거울을 들여다보지만 곧 자기의 모습과 얼굴을 잊어버리고마는'사람들과 흡사하다.

업무에 관해서 말하면 사람이 만일 하고자 한다면 두 개의 눈은 하나의 눈보다 더 잘 보이지 않는다고 생각해도 좋다. 혹은 경기를 하고 있는 사람이 구경꾼들보다 항상 잘 보인다든가 성난 사람이 알파벳트 24자를 되풀이 해서 되뇌이는 사람보다 현명하든가, 총은 팔로 받치고 쏘아도 받침대 위에 올려놓고 쏘는 것처럼 잘 쏘고, 그와 같은 다른 바보스러운 짓과 엄청난 상상을 하여 자기 자신을 가장 훌륭하다고 생각해도 좋다. 그러나 결국 좋은 충고의 도움은 업무를 성공시키는 데 있다. 그리고 만일 어떤 사람이 충고를 받기는 하지만 한 가지 업무에 대해서는 한 사람의 충고를, 다른 일에 대해서는 다른 사람의 도움을 받는 식으로 분할적으로 충고를 받는다면 그것도 좋은 일이다.(말하자면 전혀 충고를 받지 않는 것보다는 낫다) 그러나 그러한 사람은 두 가지의 위험을 범하게 된다. 그 하나는 그는 성실한 충고는 받을 수 없을 것이라는 것이다. 왜냐하면 완전하고 정직한 친구로부터 받는 충고를 제외하고는 충고하는 사람이 갖고 있는 어떤 목적에 맞도록 구부려서 충고를 하는 일이 가끔 있기 때문이다.

또 하나의 충고는 충고를 준다고 하더라도(비록 선의에서 한 것이라도) 해롭고 불안전하며, 이해가 상반되는 충고이다. 그것은 마치 당신의 병을 잘 치료한다고는 생각하지만 당신의 체질에 대해선 잘 모르는 의사를 부르는 것과 흡사하다.

그는 당신을 당장에는 치료할지 모르나 어떤 다른 점에서 당신의 건강을 해쳐 병은 치료하지만 환자를 죽이게 될지도 모른다. 그러나 자기의 사정을 전적으로 알고 있는 친구는 지금 당장의 업무를 추진함으로써 다른 불편에 부딪치지 않도록 조심할 것이다. 그러므로 이것저것 다른 충고에 의존해서는 안 된다. 그것들은 일을 정돈하고 지시하기보다는 도리어 교란하고 오도(誤導)할 것이다.

이들 우정의 두 가지 고귀한 효과(감정의 평화와 판단력의 도움) 다음에 마지막 효과가 뒤따른다. 그것은 석류처럼 많은 씨알로 가득 차 있다. 즉 나는 모든 행동과 경우에 있어서의 도움과 참여를 의미하는 것이다.

이 점에 관한 우정의 다방면의 효용을 뚜렷이 나타내는 최선의 방법은 세상에는 자기 혼자서는 할 수 없는 일이 얼마나 많은가를 헤아려 볼일이다.

그러면 '친구란 또 한 사람의 자기 자신이다'라고 말한 것은, 옛날 사람들의 인색한 말이라는 것을 알게 될 것이다. 왜냐하면 친구라는 것은 자기 이상의 것이기 때문이다.

사람의 생명은 한정되어 있으며, 주로 마음먹은 바를 바라면서도 죽는 수가 많다. 즉 자녀의 결혼이라든가 사업의 완성과 같은 것들이다. 만일 진정한 친구가 있다면 그러한 일에 대한 걱정은 자기가 죽은 다음에도 계속될 것이라는 것은 거의 확실히 기대할 수가 있을 것이다. 그러므로 사람은 자기가 희망에 있어서는 두 개의 생명을 가지고 있는 것과 다를 바 없다.

사람은 하나의 육체를 가지고 있으며, 그 육체는 또 하나의 장소에 한정되어 있다. 그러나 우정이 있는 곳에는 인생의 모든 용무는 그와 그의 대리자에게 그것이 허용되어 있는 것과 같은 것이다. 왜냐하면 그는 친구에 의해서 그것을 처리할 수가 있기 때문이다.

세상에는 얼굴이나 체면만 가지고 스스로 말하고 행동할 수 없는 사람이 얼마나 많은가? 사람은 겸허의 덕을 가지고서는 자기의 공적을 거의 주장할 수 없다. 하물며 그것을 찬양하는 것은 더욱 불가능하다.

사람은 때때로 간청하거나 구별하는 일이 참을 수 없는 경우도 있으며, 그와 흡사한 일이 많이 있다. 그러나 이러한 모든 일은 자신의 입으로 말하면 얼굴이 붉어질 일이지만 친구의 입을 통하면 점잖은 일이다. 그리고 또 개인에게는 여러 가지 특성 관계가 있기 때문에 함부로 이를 무시할 수는 없는 것이다.

어떤 사람이 자식에게 말할 때에는 아버지로서 말할 수밖에 없으며, 아내에게 말할 때에는 남편으로서 말할 수밖에 없으며, 필요한 말을 할 수가 있다. 반드시 그 사람의 신분에 맞출 필요는 없는 것이다. 그러나 이러한 일을 헤아리자면 끝이 없다.

나는 이미 사람은 스스로 적당하게 자기 자신의 역할을 할 수 없는 경우의 규칙을 제기한 바 있다. 만일 이러한 경우에 친구가 없다면 무대를 떠나는 것이 좋을 것이다.

과거에 대하여 후회하지 않는 인생

몽테뉴(Montaigne, Michel Eyquem de)

프랑스의 사상가(1533. 2. 28~1592. 9. 13)
16세기 후반 프랑스의 광신적인 종교 시민전쟁의
와중에서 종교에 대한 관용을 지지했고
인간 중심의 도덕을 제창했다.
그러한 견해를 피력하기 위해, 또는 좀 더 정확히는
그러한 견해가 자신에게 무엇을 의미하는가를
밝히기 위해 에세(essai)라는 문학 형식을
만들어냈다. 그는 「수상록 Essais」을 통해
프랑스에 모럴리스트의 전통을 구축하였고
17세기 이후의 프랑스, 유럽문학에
큰 영향을 주었다.
주요 저서: 「수상록」 「이탈리아 여행」 등

과거에 대하여 후회하지 않는 인생

다른 사람들은 인간을 만든다. 나는 인간을 묘사한다. 그것도 아주 덜된 어느 개인을 그린다. 만약 내가 그를 다시 만들게 된다면, 지금의 그와는 아주 딴 사람을 만들어 낼 것이다. 그러나 이미 저질러진 일이다.

그런데 나의 묘사의 필치는 비록 그때마다 변화하고 다르기는 하지만 결코 정도에서 벗어나지는 않는다. 대지도, 코카서스의 바위들도, 이집트의 피라밋도 공전(公轉)과 자전(自轉)으로 움직이고 있다. 항구불변이란 것조차도 좀 더 미약한 움직임에 불과한 것이다.

나는 나의 대상인 나를 확정할 수가 없다. 그는 태어날 때부터 취해서 몽롱한 채로 비틀거리며 걸어간다. 나는 그에게 관심을 갖는 순간 그의 생긴대로의 모습을 포착한다.

나는 존재를 묘사하지 않는다. 추이(推移)를 묘사한다. 시대마다의 추이가 아니고, 또 사람들의 말마따나 일곱 해마다의 추이가 아니라 하루 하루, 순간 순간의 추이를 묘사하는 것이다.

나는 나의 이야기를 그 때 그 때에 맞추어 나가야 한다. 나의 이야기는 단지 우연에 의해서만 아니라 어느 의도에 의해서도 금방 변하는 수가 있을 것이다.

내가 만들고 있는 것은 잡다한, 때때로 변하는 사람들과 미확정의 상상들이며, 경우에 따라서는 상반되는 상상들의 기록부이다.

내가 딴 사람이 되기 때문인지, 아니면 사물들을 다른 상황과의 고찰에서 파악하기 때문인지, 어쨌든 나는 아마도 자가당착을 잘 저지르는 모양이다. 그러나 그것은 기원전 4세기 아테네의 대웅변가의 한사람인 데마데스의 말과 같이 나는 결코 진실에 반하는 이야기는 말하지 않는다.

만약에 나의 영혼이 어떤 항구적인 성격을 가질 수 있게 된다면 나는 이것저것 시험해 보기를 그만 두고 하나의 확고한 결정을 내릴 것이다. 그러나 나의 영혼은 언제나 수업과 시련의 과정에 있다.

나는 여기서 하나의 낮고 수수한 인생을 드러내 놓는다. 그러나 그것은 아무래도 좋다. 모든 철학은 한낱 단순한 시민의 생활에도, 그것보다 더 호강스러운 생활에도 결부된다. 인간은 누구나 인간 조건의 전모를 지니고 있는 것이다.

대개의 저자들은 어떤 독특하고 기이한 표적을 통해 자기를 사람들에게 알린다. 나는 나의 인간으로서의 실체를 통해서 문장가라든가, 시인이라든가, 법률가라든가 그러한 따위로서가 아니라 미셸 드 몽테뉴로서 나를 사람들에게 알리는 최초의 사람이다.

만약에 세상 사람들이 내가 너무 나의 이야기를 하는 것을 나무란다면, 나는 그네들이 자기 생각마저도 하지 않는 것을 못마땅히 여길 것이다. 그러나 이처럼 개인적인 생활만 하고 있는 내가 세상 사람들에게 널리 알려지려 드는 것은 과연 옳은 일일까?

또 격식과 기교가 그토록 신용 받고 권위를 떨치고 있는 세상에 단순한 미가공의 성과를, 그리고 그나마도 아직 정말 빈약한 자질에서 빚어진 것들을 내놓는 것도 역시 옳은 일일까? 작가로서의 기량도 없이 책을 저술한다는 것은 돌이나 혹은 그것과 비슷한 것도 없이 담을 쌓는 것과 같지 않을까?

음악의 환상들은 우연에 의해 인도된다. 그러나 적어도 이 점에 있어서는 나는 학교에서의 교육대로 규칙을 지키고 있다. 즉 일찌기 그 어떤 사람도 내가 다루기로 한 주제에 관한 나의 경우 이상으로 자기의 다루는 바 주제를 투철히 이해하고, 익히고자 했던 사람은 하나도 없었다는 점, 그리고 이 점에 있어서는 나는 현재 살아있는 그 누구보다도 조예가 깊다는 점 말이다.

둘째로, 일찍이 그 어떤 사람도 자기가 다루는 주제를 나만큼 깊이 파고 든 일이 없었고, 그 각 부분이나 결과를 나 이상으로 유난히 꼼꼼하게 밝혀 볼 사람은 없었으며, 또 자기 일에 있어서 자기가 세운 목적에 나 이상으로 정확하게 완전히 도달한 일이 없었다는 점이다. 그것을 완수하기 위해서는 나는 다만 거기에 충실만을 기울이면 되는 것이다. 그 충실은 이미 다시 없이 진지하고 순수하게 거기에 다 기울어지고 있다.

나는 진실을 말한다. 그리고 늙그막에 이르면서 좀 더 과감해진다. 관습은 이 나이에게는 수다를 떨 자유와 주책없이 자기 이야기를 지껄일 자유를 더 많이 허용하는 것 같기 때문이다.

여기서는 흔히 나의 눈에 뜨이는 바 그 장인(匠人)과 그의 하는 일이 서로 어긋나는 현상 같은 것은 일어날 수가 없다. 그렇게 사귈 맛이 나는 사람이 백주에 이런 바보 같은 글을 썼을까, 또는 이렇게 박식한 책이, 글쎄 그 사귈 맛이 없는 사람에게서 나왔을까 하는 따위의 현상은 생길 수 없다.

만약에 어떤 사람에게 있어 그 대화는 평범한데 작품이 희귀하다면 이것은, 즉 그의 능력은 그의 내면에 있는 것이 아니라 그것을 빌어 온 곳에 있다는 것을 의미한다. 유식한 사람도 만사에 유식하지는 않다. 그러나 유능한 사람은 매사에 유능하며, 심지어는 아무것도 모르는 데에도 유능하다.

여기서는 내가 쓴 책과 나와는 동일 보폭(步幅), 동일 보조로 나간다. 다른 사람의 경우에는 작품을 작가와 분리해서 찬양 또는 비방할 수도 있다. 여기서는 안 된다.

어느 한쪽을 건드리는 사람은 다른 한쪽도 건드리기 마련이다. 이것을 모르고 내 책을 비판하는 사람은 나에게보다도 자기 자신에게 더 큰 잘못을 저지르는 것이다. 이를 알고 하는 사람은 나를 완전히 만족시킨다. 만약에 내가 분별 있는 인사들로 하여금 내가 만약에 학식이 있었다면 능히 그것을 나에게 유리하게 사용할 수 있었던 사람이며, 마땅히 좀 더 훌륭한 기억력의 도움을 받을 만한 인물이었다고 느끼게 할 세상 사람들의 칭찬을 요행히 받을 수만 있다면, 나는 분에 넘치게 행복한 사람이다.

여기서 나는 내가 종종 말하는 바, 나는 후회하는 일이 좀처럼 없고, 나의 양심은 천사나 말의 양심으로써가 아니라 인간의 양심으로써 스스로 만족하고 있다는 것에 대해 양해를 빌어 두기로 한다. 그리고 여전히 또 이 후렴은 격식상의 후렴이 아니라 아무런 다른 속셈도 없는 철두철미한 겸허를 의미하는 후렴이며, 내가 하는 말은 캐묻는 말이고, 아무 것도 모르는 사람의 말이며, 결정에 있어서는 순전히 딴 생각없이 널리 인정되고 있는바 생각을 따른다는 것을 덧붙여 둔다. 나는 결코 설교하지 않는다. 그저 얘기할 따름이다.

무릇 진정한 악덕치고 사람의 비위를 거슬리지 않고, 온전한 판명의 규탄을 받지 않는 악덕이란 없는 법이다. 사실 악덕에는 너무도 뚜렷한 추악과 거북함이 있어서, 아마도 악덕은 우둔과 무지의 소산이라고 하는 사람들의 말이 옳을지도 모른다. 악덕을 알고도 이를 미워하지 않기란 그만큼 상상하기 어려운 것이다. 악의는 자체의 독의 대부분을 들이마시고 그것에 중독된다.

악덕은 마치 종기가 살에 흉터를 남기듯이 영혼에 뉘우침을 남긴다. 그래서 영혼은 항상 자신을 긁어 뜯어 피투성이가 된다. 왜냐하면 이성은 다른 슬픔과 고통을 지워버리지만, 그 대신 뉘우침의 고통을 낳기 때문이다.

그런데 그것은 그 손에서 태어나기 때문에 그만큼 더 고통스럽다. 마치 열병의 오한과 발열이 외부에서 오는 추위와 더위보다도 더 혹독한 것과 마찬가지이다.

나는 이성과 자연이 단죄하는 것들을 악덕으로 간주할 뿐만 아니라, 또한 여론이 악덕으로 몰아버린 것들까지도 악덕으로 간주한다. —각각 정도의 차이는 있지만 —설령 그 여론이 허위요, 오도된 것이라 해도 법률과 관계가 허용하고 있는 이상은 이를 따르는 것이다. 마찬가지로 선으로서 잘 타고난 천성을 즐겁게 해주지 않는 선은 없는 법이다.

확실히 우리 인간에게는 선행을 하면 무언지 모를 흐뭇함을 느끼고, 그것이 우리들 마음속에 즐거움을 주며 어진 양심에 수반되는 고결한 긍지를 느끼는 때가 있다. 뻔뻔스럽게 악덕을 자행하는 영혼은 ―예컨대 몰리에르의 돈 주앙처럼 ―혹 안심은 마련할 수가 있을지도 모르나 이 기쁨과 만족은 도저히 얻을 수 없다.

이토록 썩은 시대의 오염을 모면했다고 스스로 느끼고 마음속으로 누구든 내 마음속 깊이까지 들여다보는 사람이 있다면 아무리 그렇더라도 그는 나에게서 죄가 된 것을 발견하지 못할 것이다.

나는 누구 한 사람도 불행과 파멸에 빠뜨려 놓는 일도 없고, 나라의 법을 어겨 본 일도 없고, 혁신과 혼란을 획책한 일도 없고, 약속을 저버린 일도 없으며, 또 문란한 요즘 세상 풍조가 모든 사람들에게 무슨 짓을 허용하고 충동하더라도 나만은 일찌기 프랑스인의 재산이나 주머니에 손을 대본 일이 없고, 전시에나 평화시에나 오직 내 것만으로 살아 왔으며, 품값을 지불하지 않고서는 누구에게 일을 시켜 본 일이 없다고 말할 수 있는 것은 하찮은 낙이 아니라 양심의 이러한 증언은 영혼을 즐겁게 해 준다. 그리고 이러한 자연이 주는 즐거움은 우리들에게 크나큰 혜택이며, 우리에게 어김없이 베풀어지는 유일한 보수이다.

덕행의 보답을 남의 칭찬 위에 두는 것은 너무도 불안정하고 어지러운 기초를 잡는 것이다. 특히 오늘과 같은 부패와 무지의 시대에 있어서는 민중의 호평이 차라리 모욕인 터에… 도대체 누구에게 칭찬할 만한 대상의 감별을 맡기고 있는가? 제발 나는 날마다 보는 바, 사람마다 자기 명예를 도모해서 쓰는 그러한 묘사가 말하는 식의 선인일랑 되지 않기를 빈다.

'지나간 날의 악덕이 오늘의 세상 풍조로 되었다.' ―는 말은 세네카의 말이다. 나의 친구중 모모 인사는 종종 흉금을 터놓고 나를 꾸짖고 몰아세우려고 들었다. 자기들이 자발적으로 그러기도 했고, 나의 부탁으로 그러기도 했다.

그것은 잘 타고난 영혼에게는 애오라지 유일성에서만이 아니라 감미로움에 있어서도, 또한 우정의 모든 다른 의무를 능가하는 하나의 의무이기에 그랬던 것이다.

나는 그것을 항상 쌍수를 들고 예의와 감사로써 맞아들였다. 그러나 지금 이 시점에서 양심껏 말한다면 나는 흔히 그들의 비난과 칭찬에서 그 평가가 매우 잘못되어 있는 것을 발견해서 그들 식으로 훌륭하게 행동하느니 보다도 오히려 그들이 규정하는 바 과실을 저지르는 편이 더 큰 과실을 저지르지 않는 길이라고 생각될 정도였다.

특히 우리들처럼 다만 우리 눈에 밖에는 뜨이지 않는 사적인 생활을 하고 있는 사람들의 경우에는 모름지기 자기의 내면적 저주를 세워놓고, 이로써 자신의 제반 행동을 시험해 보아야 한다. 이를 시금석으로 삼아 때로는 자기를 어루만져 주고, 때로는 벌을 내리고 하는 것이다.

나는 나를 심판하기 위해 나의 법률과 나의 법정을 가지고 있다. 그리고 다른 곳에 보다도 여기에 더 자주 호소한다. 나는 곧잘 남의 의견을 좇아 나의 행동을 억제하지만 그 대신 이를 확대하는 데는 오직 나의 의견 밖에는 따르지 않는다.

당신이 비겁하고 잔인한지, 또는 충직하고 헌신적인지의 여부를 아는 것은 오직 당신뿐이다. 남들의 눈에는 결코 당신이 보이지 않는다. 그들은 당신의 본성을 보기 보다는 오히려 기교를 본다. 그러니 그들의 판결에 개의치 말라. 당신 자신의 판결을 중히 여겨라.

—그대가 그대에게 내린 판단을 채택할 일이다.(키케로)

—미덕과 악덕의 내면에 있는 양심이야말로 그 무게가 막중하다. 이 양심이 제거되는 날에는 모든 것이 땅에 떨어지고 만다. (키케로)

그러나 사람들이 말하는 바와 같이 후회가 죄의 바로 뒤를 쫓는다고 하는 것은 깊숙이 숨어 있는 우리들의 마음속에 마치 자기 집에 있는 것처럼 숨어 있는 죄에는 적합하지 않은 모양이다.

우리들은 갑자기 우리들을 엄습하고, 걱정이 그 쪽으로 우리들을 밀고 가는 악덕이라면, 그것을 범한 일이 없다고 부인도 부정도 할 수 없다. 그러나 오랜 습관에 의하여 강인한 의지 속에 뿌리를 박고 닻을 내리고 있는 악덕은 그렇게 쉽게 부정할 수가 없다.

후회는 우리들의 의지에 대한 부정이며, 우리들의 사상에 대한 반박이긴 하지만 그것은 우리들을 어느 쪽으로 끌고 나간다. 그것은 그로 하여금 그의 옛 덕과 절제를 부인시키기도 하는 것이다.

왜 나는 젊은 시절에 지금과 같은 마음을 갖지 못하였던가?
아니면 왜 지금의 이 마음에 젊은 시절의 홍안(紅顔)이 돌아오지 않는 것일까?

사생활에 있어서까지 질서를 유지하고 있다는 것은 실로 훌륭한 생활이다. 누구나 연극에 참여하여 무대 위에서 훌륭한 인물의 역할을 할 수는 있다. 그러나 마음속이나 가슴속에서 모든 것이 우리들에게 허용하고 일체의 것이 눈에 뜨이지 않는 곳에서 올바름이 유지된다는 것은 중요한 일이다.

그 다음의 관계는 자기 집에서 누구에게도 일일이 설명할 필요가 없는 일상적 행위에 있어서 하등의 노력도 기교도 필요로 하지 않는 행위에 있어서 올바름을 유지하는 일이다. 그러니까 비아스는 훌륭한 가정의 상태를 묘사하여 '그 집 주인은 자기의 의사로써 집에 있을 때나 바깥에서 법률과 사람의 구설을 두려워할 때나 똑같은 태도를 한다'라고 말하고 있다.

또한 줄리우스 드루수스(기원전 91년 로마 호민관)는 목수들이 '당신의 집을 3천 에퀴로 이웃 사람들에게 보이지 않게 해 주겠다'고 한 제의에 대하여 '6천 에퀴를 줄테니 누구나 어느 곳으로부터도 볼 수 있도록 고쳐 다오.'하고 훌륭한 대답을 했다.

사람들은 아게실라우스가 여행을 하고 있을 때, 그가 자기의 남모르는 행위를 민중이나 신이 볼 수 있도록 하기 위해 신전에는 투숙한 것을 찬양하고 있다.

어떤 사람은 세상 사람들로부터는 경탄을 받으면서 자기 처와

머슴들에게는 무엇 하나 뛰어난 점을 보이지 못했다. 어느 누구도 자기 집에서 뿐만 아니라 자기 나라에 있어서도 예언자일 수 없다는 것은 역사가 말해 주고 있다.

그것은 하찮은 것 없는 일에 대해서도 마찬가지이다. 마음의 하잘 것 없는 예에서도 위대한 모습을 볼 수 있다. 우리의 가스코슈 지방에서는 내가 쓴 것이 인쇄되고 있는 것을 이상하게 생각하고 있다.

나에 대한 지식은 우리 집에서 멀어질수록 나의 값어치는 증가하게 되는 것이다. 이 세상에 살고 있는 동안에 몸을 숨기고 있는 사람은 그러한 일을 바라고 죽어서 이 세상에 없게 된 후에 세상의 존경을 받으려 하고 있다.

나에게는 죽은 후의 존경 따위는 없는 게 더욱 좋다. 내가 세상에 몸을 던지는 것은 살고 있는 동안에 세상으로부터 나의 몫을 받고 싶기 때문이다. 죽은 후에는 그 따위 몫은 받지 않아도 좋은 것이다.

사람들은 공적인 일로부터 돌아오는 사람을 감탄하면서 그의 집 문까지 바래다준다. 그는 옷을 벗으면서 동시에 그의 역할도 벗어버린다. 그러자 그는 그때까지 높이 올라가 있었던 만큼이나 밑으로 떨어지고 만다.

집안에 들어서면 거기에 있는 것은 혼란과 비속한 것뿐이다. 비록 거기에 질서 있는 행위가 보인다 하더라도 그러한 비속하고 사적인 행위 속에 그것을 인정한다는 것은 여간 투철한 판단이 없고서는 안 되는 것이다. 게다가 질서라는 것은 눈에 뜨이지 않는 수수한 덕이다.

성벽의 돌파구를 점령하고 사절(使節)의 선두에 서며, 국민을 통치한다는 것은 화려한 행위이다. 욕을 한다거나, 웃는다거나, 판다거나, 돈을 지불한다거나, 사랑한다거나, 미워한다거나, 가족들을 비롯하여 자기 자신과 즐겁게 이야기를 나눈다거나 방종하지 않고, 모순된 이야기를 하지 않는다거나 하는 것은 그 이상으로 희귀하고 어렵고 더구나 눈에 띄지 않는 행위이다.

그런 점에서 은둔생활이란 누가 뭐라 말하더라도 다른 생활과 마찬가지로, 혹은 그 이상으로 험하고 고된 의무를 지니고 있는 것이다.

아리스토텔레스도 사인(私人)인 경우에 더 공직에 있는 사람들보다 덕(德)에 대하여 어렵고도 커다란 봉사를 하고 있다고 「니코마코스 윤리학」에서 말하고 있다.

우리들은 양심보다는 명예 때문에 사람들 앞에 설 기회에 대비하는 것이다. 그러나 명예에 이르는 가장 빠른 첩경은 우리들이 명예를 위하여 하는 일을 양심을 위하여 하는 일로 바꾸는 길이다. 그리고 나에게는 알렉산드로스가 무대 위에서 보이는 용기는 소크라테스가 평범하고 두드러지지 않는 행위 속에서 보이는 용기에 비하면 훨씬 약한 것같이 생각된다.

소크라테스를 알렉산드로스의 지위에 놓고 생각하는 것은 쉬운 일이지만, 알렉산드로스를 소크라테스의 지위에 놓고 생각하는 것은 어려운 일이다. 전자에게 '당신은 무엇을 할 수 있느냐?'고 묻는다면 '세계를 정복하는 일'이라고 대답할 것이고, 후자에게 묻는다면 '인간의 생활을 그 자연의 상태에 어울리게 하는 일'이라고 대답할 것이다.

이것이 훨씬 보편적이고 보다 중요하며 보다 적합한 지식이다. 영혼의 가치는 높이 올라가는 일이 아니라 질서 있게 행하는 일에 있다.

위대한 영혼은 위대한 신분 속에서는 찾아 볼 수 없으며, 중간 정도의 신분 속에서 찾아 볼 수 있다. 우리들은 내부에서 판단하고 음미하는 사람들은 우리들의 공적인 행위의 화려함에 대하여 그렇게 크게 평가하지 않으며 오히려 그것을 무겁게 가라앉은 진창 속으로부터 샘솟는 몇 줄기의 가느다란 분수에 지나지 않는다고 생각한다. 그러나 똑같은 경우에 우리들은 그 용감한 외모에 의하여 판단하는 사람들은 우리들의 내부의 상태까지도 똑같이 용감한 것으로 결론을 내린다.

그래서 자기들과 같은 평범한 기능과 자기들을 경탄케 하고 자기들이 미칠 수 없는 저 다른 능력을 결부시켜 생각하지 못한다. 그러니까 우리들은 악마에게 무서운 모습을 부여하는 것이다. 그리고 누구나 티무르(아시아의 서반을 정복한 몽골의 영웅. 1336~1405년)에게는 그에 대한 평가에서 받은 인상에 따라 위로 올라간 눈, 크게 벌어진 콧구멍, 무서운 얼굴, 커다란 키를 부여한다.

만약 이전에 내가 에라스무스(네덜란드의 인문학자 1465~ 1536년)를 만나게 되었다면, 나는 그가 머슴에게나 여인숙의 여주인에게 말한 것을 전부 금언과 격언으로 받아들이지 않을 수 없었을 것이다.

우리들은 어떤 직공이 변기라든가, 그의 아내 위에 다리를 벌리고 있는 것을 상상하기는 쉬우나 재능이 뛰어난 일국의 재상이 그렇게 하고 있는 것을 상상하기는 어려운 일이다. 우리들은 그러한 사람들이 높은 왕좌에서 내려와 우리들과 같은 생활을 하리라고는 생각할 수 없다.

악한 영혼이 어떤 외부의 자극에 의하여 좋은 일을 할 수 있는 것처럼 유덕한 영혼도 때로는 나쁜 일을 할 수 있는—만약에 종종 그러한 일이 있다면—영혼이 자기 집에 있을 때 하지 않으면 안 된다. 혹은 적어도 영혼의 보다 안정된 상태에 가깝고, 자연의 상태에 가까울 때가 아니면 안 된다·

생래(生來)의 경향은 교육에 의하여 조장되거나 강하게 되기는 하지만 변화되거나 극복되는 일은 거의 없다. 오늘날에도 몇 천이라는 성질을 상반된 교육의 손에서 빠져 나와, 혹은 미덕에로 혹은 악덕에로 줄달음치고 있다.

좁은 울 속에서 길들여져서 야성을 잊고, 무서운 모습을 버리고, 인간에게 순종하도록 되어 있는 짐승도 한번 마른 그 입에 몇 방울의 피가 들어가기만 하면 갑자기 사납게 되어 피를 맛볼 그 목은 부풀어 오르고, 미친 듯이 날뛰며 겁을 먹은 주인에게 달려든다.(루카누스의〈파르사리아〉)

우리들은 그 타고난 성질을 근절할 수는 없다. 다만 그것을 덮고 감출 뿐이다. 라틴어는 나에게 모국어와 같은 것이며, 나는 그것을 프랑스어보다 더 잘 알고 있다. 그러나 말하거나 쓰는 데 그것을 전혀 사용하지 않은 지가 이미 40년이나 된다. 그런데 내 생애에서 두 번인가 세 번, 극도의 급격한 감동에 사로잡혔을 때, 그리고 그 중의 한번은 그때까지도 건강하시던 부친이 갑자기 실신하여 내 팔에 쓰러진 일이 있었는데, 그럴 때 내 뱃속에서 튀어나오는 말은 언제나 라틴어였다. 자연은 오랜 습관에도 불구하고 머리를 들며 무리하게 얼굴을 내미는 것이다. 그러한 예는 다른 많은 사람에게도 있는 일이다.

현재 새로운 사고(思考)에 의하여 세상의 도덕을 광정(匡正)하려고 한 사람들은 표면의 악덕은 개혁하였으나 본질적인 악덕에 있어서는 그것을 증가하지는 않았다 하더라도 그대로 허용하고 있다. 그리고 그 증가의 위험도 다분히 있다.

우리들은 이 표면적인 임의로운 개혁에 안심하고, 다른 일체의 일을 하는데 게으르기 일쑤이다. 표면적인 개혁이 괴롭지도 않거니와 인정받는 일도 크기 때문이다. 그리하여 우리들은 안이하게 타고난 피와 살이 되어 내부에 뿌리를 박고 있는 여러 가지의 악덕을 만족시키고 있다.

이에 대하여 다소 우리들이 경험한 바를 살펴보기로 하자. 누구나 자기 자신에 귀를 기울인다면 자기 속에 자신의 지배적인 본성이 있어서 그것이 교육에 대하여 또는 그 본성에 반하는 갖가지 감정의 소용돌이에 대하여 투쟁하고 있지 않는 자가 없다. 그러나 나는 그렇게 격정에 좌우되는 편이 아니다.

나는 육중한 물체와 같이 거의 언제나 내 자리에 있다. 비록 내 자리에 있지 않을 때라 하더라도 언제나 그 가까이에 있다. 나의 방종은 나를 멀리 데려가지는 않는다. 거기에는 극단적이고 이상한 것은 하나도 없다. 게다가 나는 건전하고 굳건한 회복력을 가지고 있다.

현대의 사람들에게 공통된 참다운 죄과는 그들의 은퇴의 생활까지도 부채와 부정으로 차 있고, 그들의 광정(匡正)의 관념까지도 때묻어 있으며, 그들의 속죄까지도 그들의 죄와 거의 같을 정도로 병적이고 잘못되어 있다는 것이다.

어떤 사람들은 타고난 애착에 의해서인지 아니면 오랜 습관에 의해서인지, 악덕에 집착하고 있기 때문에 그 더러움을 모르고 있다. 그리고 그 외의 사람들은—그 중에는 나도 있지만—악덕을 부담으로 생각하고 있기는 하지만 그 무게를 쾌락이나 그 외의 이유로써 상쇄하고 있다. 그리하여 그 부담에 견디고 어떤 희생도 치르고서 거기에 탐닉하고 있다. 잘못된 것이기도 하거니와 비겁하게 생각할 일이다. 그러나 우리들은 그 쾌락과 죄의 균형이 너무 동떨어진 것이니까, 그 만큼의 쾌락이 있는 것이라면 다소의 죄는 크게 봐 주어도 좋다고 생각하고 있는지 모른다. 유용한 것이라면 다소의 악덕이라도 크게 보아 주어도 좋다고 생각하는 것과 같은 이치이다.

이것은 도둑질에 있어서와 같이 그 죄의 밖에 있는 부차적인 쾌락뿐만이 아니라 부인과의 교제에 있어서와 같이 그 자체의 행사에 있는 쾌락에 대해서도 마찬가지이다. 후자의 경우 그것에의 자극은 강력하고 때로는 제어할 수 없을 정도라고 한다.

일전에 나의 어떤 친척의 영지(領地)인 아르마냐크로 갔을 때 나는 모두가 도둑놈이라는 별명으로 부르고 있는 한 농부를 만났다. 그는 다음과 같이 그의 생애를 이야기했다.

그는 거지의 자식으로 태어나서 자기 손으로 일하여 빵을 벌었으나 도저히 가난을 이겨낼 수 없다고 생각한 끝에 도둑질을 하기로 작정했다. 그래서 젊은 시절을 줄곧 그 일로써 생활하고 있었는데, 그것은 언제나 아주 먼 곳에서 한 사람이 하룻밤 동안에 도저히 그만큼 어깨에 메고 올 수 있으리라는 상상도 못할 정도의 많은 양을 운반했기 때문이다. 게다가 그는 용의주도하게도 사람들에게 끼치는 손해를 균등하게 나누었던 까닭에 한 사람 한 사람의 손해는 그리 큰 것이 아니었다.

그는 지금은 나이를 먹었지만 공공연히 말하고 있는 이 장사 덕택으로 그와 같은 신분의 사람으로서는 부자이다. 그래서 그 이익에 대하여 신과 화해하기 위해 옛날에 도둑질한 집의 상속인들에게 매일 은혜를 베풀며 보상하고 있다. 만약 자기의 힘으로 그것을 다하지 못할 때는—왜냐하면 한꺼번에 다할 수는 도저히 없기 때문에—자기 상속인들에게 자기만이 알고 있는 사람들에게 준 손해의 액수에 따라서 그 의무를 다하게 한다고 말하고 있다.

거짓인지 진실인지는 모르지만 어쨌든 그렇게 말하고 있는 것으로 보아 이 사나이는 도둑질을 불명예스럽고 가증스러운 행위로 보고 있기는 하지만 그러나 가난보다는 차라리 낫다고 생각하고 있는 것 같다.

도둑질한 것에 대해서는 단순하게 후회하고 있는데, 그것이 그와 같이 보상되고 있는 한에 있어서는 그렇게 후회하고 있지도 않다.

이 예는 우리들을 악덕에다 결부시키고 우리들의 판단력까지도 거기에다 결부시켜 버리는 습관 때문도 아니고, 우리들의 영혼을 뒤흔들어 혼란케 하고 맹목적으로 하며 우리들의 판단력의 전부를 악덕의 세력 속으로 밀어 넣는 저 격정(激情) 때문만도 아니다.

나는 언제나 내가 하는 일을 전력을 다해서 한다. 그래서 전신이 한 덩어리가 되어 나아간다. 어떤 동작에도 나의 이성의 눈을 피하고 숨어버리는 일이란 거의 없다. 나의 속에 모든 부분이 일치한 찬의(贊意)— 거기에는 분열도 모의도 없다 — 에 의해 인도되지 않는 것은 거의 없다.

나의 판단은 그것에 대한 모든 비난과 모든 칭찬을 받아들인다. 그래서 한번 받아들인 비난은 그것을 늘 간직한다. 왜냐하면 나의 판단은 말하자면 탄생 이래로 항상 동일하기 때문이다. 그것은 동일한 경향, 동일한 도전, 동일한 힘을 가지고 있다. 세상 사람들의 의견에 대해서는 나는 어린 시절부터 항상 나의 머무를 장소에 정착하고 있다.

죄 가운데도 충동적이고 급격하며 돌발적인 것이 있다. 그것에 대해서는 언급하지 않기로 한다. 그러나 나는 그 이외의 몇 번씩 심사숙고를 거듭한 죄, 혹은 소질에서 오는 죄, 직업적이 되고 일로까지 되어버린 죄는 그 죄를 소유하는 사람들의 이성이나 양심이 끊임없이 그것을 요구하고 바라는 일이 없는 한, 그렇게 오랫동안 같은 마음속에 머무르고 있었으리라고는 도저히 생각할 수 없다. 그리고 마음이 자랑으로 삼고 있는 저 후회가 꼭 형편 좋을 때 마음에 나타난다는 것도 나에게는 생각할 수가 없다.

나는 피타고라스학파의 '인간은 신탁(信託)을 받기 위해 제신(諸神)의 상(像)에 접근할 때에는 다른 새로운 영혼을 갖는다'는 학설에도 승복하지 않는다. 인간의 영혼에는 그러한 일에 맞는 결정과 순결의 증거가 너무도 적기 때문에 그럴 때는 영혼은 이상한, 새로운 그때에 한한 것이 되지 않으면 안 된다고 하는 의미라면 별문제다.

이와 같이 후회하는 사람들은 스토아학파의 가르침과 전혀 상반된 것을 행한다. 스토아학파는 우리들 속에서 인정하는 결함과 악덕을 고치도록 명하지만, 그것을 너무 염려한다거나 슬퍼한다는 것을 금하고 있다. 그런데 그들은 마음속으로 크게 후회하고 있는 것처럼 우리들을 믿게 한다. 그러나 개선도, 아니 그뿐만 아니라 죄의 중지까지도 전혀 나타내지 않는다. 사실은 병을 쫓아내지 않으면 치유라고는 할 수 없다. 만약 후회가 저울의 한쪽 위에 올라 앉는다면 다른 쪽의 죄는 껑충 올라갈 것이다.

신앙은 만약에 거기에 일상의 품행과 생활을 결부시킨다면 그것처럼 꾸미기 쉬운 것은 없으리라 생각된다. 신앙의 본질은 난해하고 두드러진 것이 못되지만, 그 외관은 따르기 용이하고 화려한 것이다.

나에 대하여 말하면 나는 아주 다른 인간이 되고 싶을 때도 있다.

나의 조제 형식을 전부 비난하고 불만으로 생각할 수도 있다. 그리고 신에게 나를 완전히 다시 만들고, 나의 타고난 나약함을 용서해 달라고 기원할 수도 있다. 그러나 그것을 나는 후회라고 불러서는 안 된다고 생각한다. 그것은 내가 천사도 아니고 가토(로마의 스토아 철학자 B.C95~46)도 아님을 애석하게 여기는 것을 후회라고 불러서는 안 되는 것과 같다. 나의 행위는 나의 존재와 나의 성격에 의해 규제되며, 그것에 적응하고 있는 것이다. 나는 그 이상의 것을 할 수 없다. 후회란 진정한 의미에서는 우리들의 힘이 미치지 못하는 것과는 관계가 없다. 그것은 오히려 유감이라고 해야 할 것이다.

나는 나의 천성보다 높고 훌륭한 천성을 얼마든지 상상한다. 그러나 그 때문에 나의 능력이 좋아지지는 않을 것이다.

나의 팔과 정신이 그 이상 센 다른 팔과 정신을 생각하였다고 해서 강해지지 않는 것과 마찬가지이다. 만약 우리의 것보다 고귀한 행위를 상상하고 희망함으로써 우리들의 행위를 일일이 후회하지 않으면 안 된다고 한다면, 우리들은 우리들의 가장 죄 없는 행위까지도 후회하지 않으면 안 될 것이다. 왜냐하면 우리들이 더 뛰어난 자질의 사람이었다면 그러한 행위를 더 완벽하게 그리고 훌륭하게 다하였을 것이라고 믿는 우리들도 그와 마찬가지로 하고 싶다고 생각하기 때문이다.

나는 이제 나이를 먹어 젊었을 때의 행위를 돌이켜 생각해 보건대, 내 나름대로 대개 질서 있게 처신하였다고 생각된다. 그것은 내가 버티고 견딜 수 있었던 전부이다. 자랑으로 삼는 것은 아니지만 같은 상황 아래서는 나는 언제나 그렇게 할 것이다. 그것은 부분적인 흠이 아니라 나의 전신에 물든 빛깔이다.

나는 표면상의 철저하지 못한 형식적인 후회를 모른다. 후회라고 불리우기 전에 그것은 모든 면에서 나를 공격하고 신이 나를 보살펴 주는 것과 같을 정도로 깊게 그리고 골고루 나의 오장육부를 찢고 괴롭힐 것이다.

일에 관해서 말하면, 나는 실수로 말미암아 많은 행운을 놓쳤다. 그러나 생각 그 자체는 그때 그때의 사정에 따라 여간 훌륭한 것이 아니었다. 그 생각의 실천 방법이란 것은 언제나 쉽고 가장 확실한 길을 취한다는 것이다.

과거의 판단에 대해서는 나는 나의 법칙에 따라 그때 그때의 상황에 슬기롭게 대처한 것으로 생각한다. 그리고 이제부터 천 년 후에도 같은 경우에는 마찬가지로 할는지 모른다. 나는 이제 그것이 어떠한가가 아니라 그것을 생각하고 있었을 때 어떠하였는가를 문제로 하고 있는 것이다.

모든 계획의 적부(適否)는 그 시기에 있다. 그 동기나 사실은 끊임없이 변전한다. 나는 내 생애 가운데서 몇 번이고 실패와 부딪쳤는데 그것은 좋은 생각이 결여되어서가 아니라 행운을 만나지 못했기 때문이었다.

우리들이 다루는 사실에는 비밀의 예견할 수 없는 부분이 있다. 특히 인간의 본성 속에는 밖으로 나타나지 않는, 눈에 보이지 않는 때로는 그 본인도 모르는 성질이 있어서 그것이 어떤 우연한 사정에 의해 나타나고 깨어나는 일이 있다. 그러니까 비록 나의 지혜가 그것을 통찰하거나 예견할 수 없다고 하더라도 나는 그것을 비난하지는 않는다.

나의 지혜의 작용에는 한계가 있다. 결과가 나로 하여금 지게 한 것이다. 그래서 만약 결과가 내가 거부한 쪽으로 운이 돌아가게 한다 해도 어떻게 할 수가 없다. 나는 나를 비난하지 않는다. 나는 나의 운을 비난하지만 내가 한 일을 비난하지는 않는다. 그것이 후회라고 불리울 수는 없다.

포기온(아테네의 정치가, 철학자 B.C400~317)은 아테네 사람들에게 어떤 의견을 부여하였는데 실천되지 않았다. 그러나 결과는 그의 의견과는 반대로 되어 오히려 잘 되었던 것이다.

어떤 사람이 그에게 '어떤가요, 포키온? 이렇게 일이 잘 되었으니 만족한가요?'하고 묻자 그는 '물론 만족하고 있지요. 하지만 나는 그런 의견을 말한 걸 후회하지 않소'하고 말했다.

나는 친구들에게서 의견을 요청받으면 솔직하게 분명히 말한다. 세상의 거의 모든 사람들처럼 '일이 위험하니까 결과는 나의 의견과 반대로 될는지 모른다. 그렇게 되면 모두 나의 의견을 비난할는지도 모른다'하는 따위의 주저를 하지 않는다. 나는 그런 것에 개의치 않는다. 왜냐하면 그것을 비난하는 그들이 잘못이요, 나는 그들에게 그 의무를 거절할 수 없기 때문이다.

나는 나의 과실이나 불행에 대해서는 나 이외의 다른 누구도 비난하지 않는다. 나는 다른 사람의 의견을 형식적, 의례적으로밖에는 전혀 실천하지 않기 때문이다. 학문적인 지식이나 사실의 지식을 필요로 할 때는 별문제이지만 말이다. 그러나 나의 판단만은 실천하면 좋을 사실에 있어서 다른 사람의 사리(事理)는 나의 생각을 지탱케 하는 데는 도움이 되지만, 나의 의견을 번복시키는 데는 거의 도움이 되지 않는다. 나는 다른 사람의 의견은 무엇이든지 반갑게 그리고 정중히 듣는다. 그러나 나의 기억으로는 지금까지 나는 자신의 의견 밖에는 믿은 일이 없다.

나의 생각에 의하면 다른 사람의 의견은 파리나 먼지와 같은 것에 불과하여 나의 의사를 약간 돌리게 할 뿐이다. 나는 나의 의견을 그렇게 중히 여기지 않지만 마찬가지로 다른 사람의 의견도 중히 여기지 않는다.

운명은 나에게 알맞게 보답해 주는 것이다. 나는 다른 사람에게서 의견을 구하지 않으나 다른 사람에게 의견을 제기하는 일은 더욱 드문 일이다. 그리고 어떤 공사의 계획에 있어서도 나의 의견으로써 수정되거나 개정되거나 하는 일은 없다. 어쩌다가 나의 의견에 따른 사람들도 그 후 곧 나와는 다른 어떤 두뇌에 좌우되는 것이었다. 그러나 나는 나의 레저의 권리를 나의 권위의 권리만큼이나 바라지 않는 사람이니까 오히려 그러기를 바라는 것이다. 사람들은 나를 그러한 상태에 내버려 둠으로써 나로 하여금 나의 주장대로 하게 해 준다.

나의 주장이란 내 속에 안주하고 스스로 만족하는 것이다. 다른 사람들의 이해와 그들의 보호를 생각하지 않고 지낼 수 있다는 것은 나에게는 반가운 일이다.

나는 어떤 일이든지 지나가버린 후에는 그것이 어떻게 되든 너무 신경을 쓰지 않는다. 사실 그것은 그럴 수밖에 없었다고 생각하면 마음이 편하다.

주지하는 바와 같이 그것은 전부 이 세계라는 커다란 흐름 속에 스토아학파의 이른바 여러 가지 원인의 연쇄성 속에 있다. 이 세계의 질서가 과거도 미래도 완전히 뒤엎어지지 않는 한 여러분의 사상은 희망에 의해서도 상상에 의해서도 그 중의 일점도 바꿀 수가 없는 것이다. 게다가 나는 나이가 들면 으레 뒤따르는 후회를 싫어한다.

옛날 어떤 사람이 관능적인 욕구에서 해방된 것은 연령에 감사한다고 말했는데(소포클레스) 이 사람은 나의 생각과 다르다. 나는 연령에 의한 무력(無力)이 어떤 이익을 준다고 하더라도 그것에 감사할 마음은 일어나지 않는 것이다.

제 아무리 신이 인간에게 심술궂다 하더라도 인간에게 무력이라는 것이 가장 좋은 것의 하나로 꼽힐 수는 없다.(킨틸리아누스의 「변호술 교정」)

우리들의 욕망은 나이가 들면 희박해진다. 행위 뒤엔 기도는 권태가 우리들을 사로잡아 버린다. 그 점에 있어서 나는 하등 의식의 작용을 인정치 않는다. 노령의 비애와 쇠약이 우리들에게 권태롭고 류머티즘에 걸린 덕성을 남긴다.

우리들은 노령이라는 자연의 변질에서 모든 것을 빼앗기나 그렇다고 해서 판단까지도 퇴화시켜서는 안 되는 것이다.

나는 옛날에는 젊음과 쾌락 때문에 관능적 욕구 속에 있는 악덕의 모습을 분간하지 못한 적이 없었고, 지금도 노령에서 오는 혐오때문에 악덕 속에 있는 쾌락의 모습을 분간하지 못하는 일은 없다. 이제 나는 그 속에 있지는 않으나 그것을 그 속에 있을 때와 마찬가지로 판단한다.

나는 이성을 모질고 주의 깊게 뒤흔들어 보지만 나의 이성은 내가 가장 방탕하였던 시대와 똑같다는 것, 단지 아마도 나이를 먹었기 때문에 그 몫만큼 쇠약하고 감퇴하였으리라는 것을 알 수 있다. 그리고 이성은 나의 신체적 건강을 위해 그 쾌락에 몸을 던지기를 거부하지만, 정신적인 건강을 위한다면 옛날과 마찬가지로 그것을 거부하지 않을 것이라고 생각한다.

나는 나의 이성이 전쟁 밖에 있다고 하여 옛날보다 용감하다고는 생각하지 않는다. 나에 대한 유혹이 너무나 희박해지고 상처입고 쇠약해졌기 때문에 단지 이성이 그것에 대항할 만한 값어치가 없어졌을 뿐이다.

나는 다만 손을 앞으로 내밀기만 하면 그것을 쫓아버릴 수가 있다. 만약에 지금의 이성을 저 옛날의 정욕 앞에 내놓는다면 그것을 참을 수 있는 힘이 없을 것이라고 생각한다.

나의 이성이 젊었을 때와 다른 판단을 조금도 하고 있는 것 같지는 않고, 그리고 어떤 새로운 지혜를 얻으려고 하는 것 같지도 않다. 그러니까 거기에 어떤 회복이 있다고 하더라도 그것은 쇠약해져 버린 회복에 지나지 않는 것이다.

병에 걸린 덕택으로 이성이 건강할 수 있다는 것은 얼마나 비참한 치유라고 할 것인가? 이 의무—정욕을 제어한다는—는 우리들의 불행이 해야 할 일이 아니다. 우리들의 건강한 판단이 해야 할 일이다.

나를 제아무리 병이나 고통으로 공격하더라도 사람이 그것으로 나에게 어떤 일을 시킬 수는 없는 것이다. 나는 다만 그것을 저주할 뿐이다. 그러한 일은 매를 맞지 않으면 눈을 뜨지 않는 사람들에게나 할 일이다.

나의 이성은 행운 속에서 자유로이 생생하게 움직이고 있다. 그것은 쾌락을 소화한다기 보다는 불행을 소화한다는 것에 더 어지럽고 바쁘다.

나는 맑은 날에 사물이 더욱 잘 보인다. 건강은 병보다 더 쾌활하게, 그리고 더 유익하게 나를 충고한다. 나는 건강을 향유하고 있을 때 더욱 회심과 규율 있는 생활을 향하여 전진했다. 만일 노쇠의 비참과 불행이 건강하고 생기 있고, 원기에 찬 행복한 시대보다 바람직하다고 생각한다면, 그리고 내가 존재하였다는 것에 의해서가 아니라 존재하기를 그만둔 것에 의해 세상 사람들에게서 존경을 받는다면, 그 억울함과 굴욕에 나는 참을 수 없는 것이다.

인간의 지복은 행복하게 사는 데서 오는 것이지 안티스테네스(그리스의 철학자 B.C445~371)가 말한 것처럼 행복하게 죽은 데 있는 것이 아니다.

나는 괴물처럼 하잘 것 없는 인간의 머리와 몸뚱이에다 철학자의 꼬리를 붙이는 일을 바라지 않았고, 그 빈약한 꼬리가 나의 생애의 가장 아름답고 충실한 부분을 지워버리거나 배반하기를 바라지 않았다.

나는 자신의 전부를 어느 곳에나 한결같이 나타내고 싶다. 만약 다시 한번 살아야 한다면 역시 지금까지 살아온 것처럼 살 것이다.

나는 과거에 대하여 후회하지 않거니와 미래에 대하여도 겁내지 않는다. 그리고 나의 생각이 틀리지 않는다면 나는 안에서나 밖에서나 똑같이 걸어왔다. 나의 몸의 각 부분이 하나 하나 때를 맞추어 순조로운 추이(推移)를 한 것은 운명으로부터 받은 가장 큰 은혜 중의 하나이다. 그것이 움이 돋고 꽃이 피고 열매를 맺는 것을 나는 보았다. 그것은 실로 행복한 일이었다. 왜냐하면 그것은 자연스럽기 때문이다.

나는 지금 걸린 병도 그것이 올 때에 와서 나의 과거의 오랜 행복을 되새기게 해 주는 것인 만큼 조용히 그것을 참고 있는 것이다.

이와 같이 나의 지혜도 그때나 지금이나 똑같은 크기였을는지 모른다. 그러나 젊었을 때의 것이 지금보다 훨씬 많은 화려한 움직임을 나타내고 싱싱하고 쾌활하며 자연스러웠다. 그것이 이제는 약하고 까다롭고 고통스러운 것으로 되어 버렸다. 그러니까 나는 그러한 우발적이고 고통스러운 개선을 물리치고 있는 것이다.

신이 우리들의 마음을 어루만져 주어야 한다. 우리들의 양심은 정욕의 쇠퇴에 의해서가 아니라 이성의 강화에 의해 자신을 고쳐 나가야 한다. 정욕은 노인의 눈꼽이 낀 흐리멍텅한 눈에 나타난다고 하여 그 자체가 빛깔이 엷어지거나 퇴색하지는 않는다.

우리들은 절제 그 자체를 위해, 그것을 명한 신에 대한 존경을 위해 사랑해야만 한다. 그리고 또한 순결도 마찬가지이다. 카타르에서 주어지는 것, 결석 때문에 받는 것은 순결도 아니며 절제도 아니다.

우리들은 정욕의 매력이라든가 힘이라든가 마음을 녹일 것 같은 아름다움을 본적도 없거니와 알지도 못하면서 그것을 경멸한다거나 정복한다거나 우쭐댈 수는 없다.

나는 그 어느 쪽도 알고 있기 때문에 그것을 말할 자격이 있다. 그러나 나이가 드니까 우리들의 영혼은 젊었을 때보다 번거로운 병이나 결함에 빠지기 쉬운 것 같다.

나는 젊었을 때—모두가 나의 수염이 없는 턱을 비웃을 때—이렇게 말했다. 나는 이제 흰머리가 생기고 권위를 갖게 되었으므로 우리들은 눈앞에 있는 사물에 대한 변덕과 혐오를 지혜라고 부른다. 그러나 실은 우리들은 악덕을 멀리 하는 것이 아니라 오히려 그것을 다른 악덕으로 바꾸고 있다.

어리석고 쓰러져 가는 자존심, 지긋지긋한 수다, 가시 돋친 기분 나쁜 마음과 미신, 쓰지도 않은 돈에 대한 익살스러울 정도의 걱정 따위 이외에도 더욱 나는 거기에다가 부러움이나 부정이나 악이 더 강하게 되는 것을 보는 것이다.

나이가 들면 우리들의 얼굴보다는 마음에 더 많은 주름이 잡힌다. 그러니까 늙으면 시끄럽고 곰팡이 냄새가 나지 않는 일이란 거의 없다. 있다고 하더라도 드문 것이다. 인간은 성장을 향해서도 감퇴를 향해서도 전신으로 나아간다.

소크라테스의 슬기로움과 그의 처형에 대한 여러 가지 사정을 생각해 보면, 나는 그가 일흔 살이나 되어서 그의 풍부한 정신의 작용이 마비되고 여느 때의 명석함이 둔하게 되는 것이 눈앞에 다가왔기 때문에 일부러 꾸미고서 스스로 죽음에 뛰어든 것이 아닌가 생각하고 싶다.

나는 매일 같이 나의 친구들에게서 노령(老齡)이라는 것이 얼마나 큰 면모를 가져오는가를 본다. 그것은 무서운 병이며 우리들이 모르는 사이에 자연히 악화되어 가는 병이다.

우리들은 그것이 우리들에게 주는 여러 가지 결함을 피하기 위해 혹은 그 결함의 진행을 무디게 하기 위해 비상한 노력과 주의를 기울여야 한다. 나는 자신을 보호하기 위해 모든 노력을 하고 있음에도 불구하고 그것이 한 걸음 한 걸음 내 앞으로 다가오는 것을 느낀다.

나는 될 수 있는 한 저항하고 있다. 그러나 마침내는 그것이 나 자신을 어디로 데리고 갔는지도 모른다. 어쨌든 내가 어느 지점에서 쓰러졌는가, 그것만을 모두가 알아준다면 나로서는 더 바랄 게 없다.

나의 운명이 다시 격랑 속으로

루소 (Jean-Jacques Roussea)

프랑스의 계몽사상가 (1712.6-1778.2)
루소는 이성보다 감성의 우위를 주장하였고
'인간은 태어날 때는 좋은 성질을 가지고 있는데
문명이 그것을 나쁘게 만든다'고 하여
'자연으로 돌아가라'고 주창하였다.
또한 그의 대표적인 저서인 「에밀」에서
문명으로 더럽혀진 인간과 사회를 구제하는
유일한 방법은 자연교육, 자유교육, 개성교육이라고
주장하였다. 그의 이러한 사상은 근대 사회개혁을
이룩하는 바탕이 되었다.
주요 저서: 「사회계약론」 「인간불평등기원론」 등

나의 운명이 다시 격류 속으로

나는 항상 배우면서 늙어간다

솔론(아테네의 정치가, 시인)은 만년에 이 싯귀를 자주 되풀이 하곤 했다. 이 싯귀는 노경(老境)에 있는 나 역시 그런 말을 할 수 있을 듯한 의미가 포함되어 있다. 그러나 20년 동안에 걸친 경험이 나에게 가르쳐 준 지식은 정말로 서글픈 지식이다. 그것은 차라리 모르느니만 못한 것이다.

역경이 위대한 스승일지도 모르지만 그 스승은 수업료를 호되게 받으며, 그 수업에서 얻어내는 이익은 거기에 든 비용에 비할 바가 못된다. 게다가 그처럼 만학(晩學)으로 지식을 획득하기 전에 그것을 사용하기에 알맞은 시기는 지나가 버린다.

청년시절은 지혜를 탐구하는 시기요, 노년기는 그것을 실천하는 시기이다. 경험은 항상 공부가 된다고 하는 데 사실 그렇다. 그러나 그것은 자기가 앞으로 살아가는 동안에 도움이 될 뿐이다. 죽어야만 할 때에 어떻게 살아야만 했던가를 배운다는 것은 과연 그것이 시기에 적합하다고 할 수가 있을까?

아아! 자기의 운명에 관해서 또 그것을 만들어 내는 타인의 정열에 대해서 그다지도 뒤늦게, 그다지도 괴롭게 얻어진 지식이 나에게 무슨 소용이 있단 말인가?

내가 인간이라는 것을 보다 더 잘 아는 방법을 배운 것은 그들이 나를 몰아넣은 비참함을 보다 강하게 느끼기 위한 것에 불과했기 때문에 그 지식은 그들의 모든 함정을 명백히 하면서도, 그 중 단 하나도 나로 하여금 피할 수 있도록 해 주지를 못한 것이다.

그 바보 같으면서도 따뜻한 신뢰 속에서 왜 나는 끝까지 머물러 있지 않았던가? 그 신뢰는 오랜 세월에 걸쳐서 나를 그 요란한 친구들의 밥으로, 노리개로 만들었는데 그들의 음모에 휩쓸려 있었던 나는 티끌만큼도 의심을 품지 않았던 것이다.

나는 그들의 놀림감이었고 그들의 희생양이 되었다. 그것은 사실이다. 그러나 나는 그들의 사랑을 받고 있다고 생각하고, 나의 마음은 그들이 품게 해 준 우정을 즐기며 그들에게도 나에 대해서 똑같은 우정을 기대하고 있었다.

그와 같은 달콤한 환상은 깨어져 버렸다. 시간과 이성이 드러내 보여 준 슬픈 진실은 나의 불행을 나로 하여금 환상은 깨어져 버렸다. 시간과 이성이 드러내 보여 준 슬픈 진실은 나의 불행을 나로 하여금 느끼게 하면서 아무런 도리가 없다는 것을, 또 내가 단념하는 수밖에 없다는 것을 나에게 납득시켜 준 일, 그것이다. 이처럼 내 노년기의 경험은 나의 상태에 있어서는 현재의 도움도 될 수 없고, 미래의 이득도 될 수 없는 것이다.

우리는 태어나면 투기장에 들어가 죽어서 그곳에서 나온다. 경기가 끝날 무렵이 되어서야 전차를 더 잘 다루게 되는 것을 배워서 무슨 소용이 있단 말인가? 남은 문제는 다만 어떻게 그곳으로부터 나와야 하는가를 생각하는 일이다.

노인의 공부, 그에게로 배울 것이 아직 남아 있다면 그것은 오직 죽는 것을 배우는 일이다. 그리고 나 정도의 연령이 되면 그것이야말로 게으름을 피우는 공부에 지나지 않는다. 모든 일을 생각하면서 그것만은 제외하고 있다.

노인이라는 것은 모두 애들에 비해서 삶에 한층 더 강한 애착을 가지고 청년보다도 더 애처롭게 삶에서 떠났다. 그것은 그들의 모든 노력이 현세의 생을 목적으로 하고 있었으므로 그들은 마침내 그들의 수고가 헛일이었다는 것을 알게 되기 때문이다.

그들의 모든 조심, 모든 불철주야의 부지런한 노력의 결과 죽을 때에는 그것들을 다 놓고 가는 것이다. 그들은 살아 있는 동안 죽음에 직면해서 가지고 갈 수 있는 것이라고는 하나도 얻어 두려고 생각하지 않았던 것이다.

나 자신에게 그것을 말해야 할 시기에는 그것을 나 자신에게 말한다. 비록 나의 반성에서 보다 많은 이익을 끌어낼 수 없었다 하더라도 그것을 적당한 시기에 반성하지 않았던 탓도 아니고, 그것을 잘 소화시키지 않았던 탓도 아니다.

어린 시절부터 사회의 소용돌이 속에 내던져져서 나는 경험에 의해 이미 내가 그러한 사회에서 살도록 만들어지지 않았다는 것, 그리고 거기에서 나의 마음이 바라고 있는 상태에 결코 도달할 수 없다는 것을 알았다. 그래서 인간들 사이에서는 행복을 발견할 수가 없다고 느꼈기 때문에 거기에서 행복을 찾기를 단념하자.

나의 매서운 상상력은 이제 겨우 시작했음에 불과한 삶의 위치를 마치 나에겐 낯설은 땅이기나 하듯이 뛰어 넘어 내가 안주할 수 있는 고요한 위치에서 휴식하려고 했다.

그러한 감정도 어렸을 때부터 교육에 의해서 길러졌고, 나의 전 생애에 걸쳐서 고난과 불운의 온갖 것을 엮어 모은 오랜 기간을 통해 강화되어 그것은 언제나 나라는 존재의 본성과 낙착할 곳은 다른 어떤 사람에게서도 볼 수 없었던 것 같은 관심과 열성으로 탐구하게 해 주었다.

나는 나보다 훨씬 더 학자적인 입장에서 철학하는 사람들을 많이 보았지만 그들의 철학은 그들에게 있어서는, 말하자면 인연이 먼 것이었다. 딴 사람들보다 유식해지기를 원하므로 그들은 마치 그들의 눈에 띄는 어떤 기계를 연구하는 것과 같이 순전한 호기심을 가지고 우주를 연구하며, 어떻게 그것이 배치되어 있는가를 알려 하고 있다.

그들이 인간성을 연구하는 것은 그것에 관하여 학자답게 이야기를 할 수 있고자 하기 때문이지 자기를 알기 위해서가 아니다. 그들은 타인을 가르치기 위해서 공부를 할뿐 자신의 내부를 밝히기 위해서 하지는 않는다.

그들 중의 몇몇은 책을 쓸 생각만을 하며 사회에서 받아들이기만 한다면 어떤 책이든 그것에는 무관심하다. 그들의 책이 완성되어 출판이 되면 그 내용에 대해서는 여하간에 관심을 갖지 않는다. 다만 타인으로 하여금 받아들이게 하는 것, 혹은 그 책에서 무엇이고 이용해서 스스로 이용을 한다든가, 그 내용이 틀렸는지

옳았는지조차 생각해 보는 일이 없다. 그 책이 반박만 받지 않는 한 말이다.

내가 배우기를 갈망한 것은 스스로 알기 위함이었지 가르치기 위해서가 아니었다. 타인을 가르치기 전에 우선 자기가 충분히 알아야만 한다고 나는 항상 생각했다. 그리고 내가 사람들 틈에서 해내려고 한 연구 중에는 가령 여성을 맡겨야만 할 고도(孤島)에 내버려졌다 하더라도 역시 혼자서 계속했을 것이라고 생각되는 것 외에는 거의 다른 것이 없다.

사람이 해야 할 일은 믿어야만 하는 데에 일이 달려 있는 경우가 많으며, 원시적인 자연의 욕구에 관계가 없는 모든 일 중에서는 우리들의 의견이 행동의 기준이 된다. 그것이 항상 나의 원칙이었는데 그것에 의해서 나는 오랫동안 탐구를 계속하고 나의 일상을 어떻게 활용할 것인가를 생각하며, 그 진실한 목적이 무엇인가를 알려고 노력하여 마침내는 그 목적을 이 세상에서 찾아서는 안 되겠다는 것을 느끼고, 거기서 약삭빠르게 행동하는 천부의 재주가 거의 없는 것에 위안을 느꼈다.

도덕관념과 신앙심이 넘치는 가정에서 태어나 그 후에는 지혜와 신앙심에 넘치는 목사 집에서 곱게 자라난 내가 아주 어릴 때부터 받은 규율과 원칙, 혹 그것을 편견이라고 부르는 사람도 있겠지만 그것은 결코 나를 완전히 저버린 일은 없었다.

아직 어렸을 때 홀로 떨어져서 애무에 이끌리고 허영에 유혹되고, 희망에 속고, 필요에 몰려서 나는 가톨릭 교인이 되었다. 그러나 나는 여전히 기독교 신자였다. 그리고 이윽고 습관의 지배를 받은 나의 마음은 진지한 의미에서 나의 새로운 종교에 결부되었다.

드 봐랑 부인의 교육과 본보기는 나로 하여금 그 결부를 더욱 강하게 만들었다. 내가 청춘의 꽃피는 시절을 보낸 전원의 고독, 내가 완전히 몰두해 버린 양서(良書)들의 연구는, 그 여자의 곁에서 선천적으로 애정에 넘치는 감정을 추구하는 나의 소질을 더욱 강화시켰고, 나로 하여금 케놀롱(프랑스의 성직자, 사상가, 평론가 1265~ 1715년)식의 독신자로 만들었다.

은신처에서의 명상, 자연에 대한 연구, 우주에 대한 정관은 고독한 자로 하여금 끊임없이 조물주에게 향하게 만들었고, 그가 보는 것의 종국과 느낄 수 있는 모든 것의 원인을 달콤한 불안감을 가지고 추구하게끔 한다.

나의 운명이 나를 다시 이 세상의 격류 속으로 던져 버렸을 때 나는 이미 거기에서 순간적이나마 나의 마음을 기쁘게 만들 수 있었던 것을 전혀 볼 수 없었다.

나의 달콤한 한거(閑居)를 아끼는 마음이 어디에 가나 가시지를 않았고, 행운과 명예로 이끌어 가기에 나의 능력의 한도에서 있을 수 있는 모든 것에 무관심과 혐오감을 던졌던 것이다. 불안스러운 욕망 속에서 자신이 없었던 나는 내가 희구하고 있다고 생각되는 모든 것을 내가 획득했다고 하더라도 나의 마음은 그 대상도 확실히 모르고 갈망하고 있는 행복을 거기에서 발견할 수는 없으리라고 생각하고 있었다.

그것은 나를 완전히 이 세상에서 인연 없는 자로 만들어 버리게 된 불행한 사건이 일어나기 전(에밀에 대한 탄압)에 조차도 그러했다. 적빈과 행운 사이에서 지혜와 오류 사이에서 떠돌 때 습관에 의한 수많은 악덕에 가득 찼으면서도 마음속에 전혀 나쁜 경향이라고는 없이 나의 이성으로 확고하게 결정한 원칙도 없이 되어 가는 대로의 생활을 하여 의무를 멸시하는 것은 아니지만 흔히 그것을 똑똑히 인식하지 못하고 소홀히 하면서 나는 마흔 살이 되었다.

청년시절부터 나는 마흔 살이 되는 시기를 성공을 위한 노력의 한계로 정하고 어떠한 종류의 것이든 포부는 거기서 매듭을 짓기로 정하고 있었다. 그만한 나이가 되면 어떠한 경우에 부닥치더라도 거기서 벗어나려고 몸부림치지는 않으며, 장차의 일을 걱정하지 않고 그날 그날을 살아가리라 굳게 결심을 하고 있었다.

마침내 그 시기가 와서 나는 아무런 고통도 느끼지 않고 그 계획을 실행에 옮겼다. 그런데 그 당시에는 행운이 보다 안정된 자리를 나에게 마련해 주려고 하는 것처럼 보였지만, 나는 그 행운이 단념하는 것이 애석하지 않을 뿐만 아니라 차라리 그 편이 정말로 즐거웠다. 그러한 모든 유혹, 헛된 희망에서 해방된 나는 태만과 정신의 휴식에 완전히 몸을 맡겨 버렸다. 그것이야말로 항상 나를 지배하는 취미였고, 변함없는 마음의 동향이었던 것이다.

나는 사교계와 그 화려한 생활을 떠났다. 모든 장신구를 포기했다. 패검도, 시계도, 흰 양말도, 금붙이도, 머리 장식품도 다 버렸다. 아주 간소한 가발, 모직의 검소한 옷을 입었다. 그리고 그 모든 것보다 더 좋은 일은 내가 버린 모든 것에 어떤 가치를 부여하려는 쾌락에 대한 사모와 전망을 나의 마음에서 뿌리채 뽑아버린 것이다.

나는 그 당시 차지하고 있었던 회계관이란 지위를 포기했다. 그것은 나에게는 조금도 어울리지 않는 지위였던 것이다. 그리고 나는 페이지당 몇 푼씩 하는 악보 베끼는 일을 시작했는데 언제나 내가 싫증을 느끼지 않고 재미를 붙일 수 있었던 직업이었다.

나는 나의 개혁을 외부적인 일에 국한하지는 않았다. 외부적인 개혁을 하기 위해서조차도 아마 보다 괴로운, 그러나 보다 절실한 또 하나의 개혁이 나의 상상 속에서 요구된다는 것을 느꼈다. 그래서 이번이야말로 결정적으로 그것을 해 보려고 결심한 나는 나의 내심을 엄격한 시험에 걸어서 나의 여생을 통제하고, 죽음에 마주쳤을 때도 내가 가졌으면 하는 경지에 도달하려고 생각했다.

나의 마음속에 일어난 커다란 혁명, 나의 눈앞에 나타난 새로운 도덕의 세계, 사람들의 몰이해—나는 그것 때문에 얼마나 내가 희생을 치루어야 되는가를 미리 알지 못했지만 그 부조리성은 느끼기 시작하고 있었다. —냄새만 맡고도 당장 싫증이 나버린 덧없는 문학적 명성 따위와는 별개의 행복에 대한 나날이 증대해 가는 욕구, 그리고 앞으로는 내가 지내온 가장 아름다웠던 반생의 길과는 다른, 보다 확실한 길을 걸어가고 싶은 욕망, 이 모든 것이 오래 전부터 그 필요성을 느끼고 있었던 중대한 검토를 나에게 강요하고 있었다. 그래서 나는 일을 시작했다.

그런데 이 계획을 실행에 옮기기 위해서 나는 내 힘으로 할 수 있는 일은 하나도 소홀히 하지 않았다.

내가 세상을 완전히 단념하고 고독한 생활에 대해서 그처럼 강한 흥미를 가지게 된 것은 바로 그 시기부터였고, 그 때부터 고독의 그림자는 나에게서 떠난 적이 없었다.

내가 계획하고 있었던 저작인 「에밀」과 「사회학개론」은 완전한 은둔 생활 속에서만 수행될 수 있었다. 그것은 길고 조용한 명상을 필요로 했는데, 사교계의 잡음은 그것을 허용하지 않았다. 그래서 나는 하는 수 없이 얼마동안 다른 생활양식을 받아들여야만 했는데 그것은 나에게 있어서 즐거운 생활이 되었기 때문에 그 후에 부득이 잠시 동안 중단한 일은 있었지만 가능하면 나는 기어이 그런 생활로 돌아가서 아무런 고통도 느끼지 않고 그 속에 틀어 박혔다. 그래서 그 후에 사람들이 나를 혼자 살아야만 하도록 만들어 놓았을 때, 나를 비참하게 만들기 위해서 격리시켜 놓은 그들은 내가 나의 힘으로 할 수 있는 이상으로 나의 행복을 위해서 이바지해 주었다는 것을 알았다.

나는 그 일의 중요성에 대한 열의, 또 내가 그것이 필요하다고 느낀 필요에 비례하는 열의를 가지고 내가 계획한 일에 몰두했다.

그때 나는 옛 철학자들(디드로, 달랑베즈, 콩디약, 볼테르 등 이른바 백과전서학파)과는 거의 닮은 점이 없는 현대의 철학자들과 생활을 같이 하고 있었다.

그들은 나의 의혹을 거둬 주고, 나의 우유부단에 결정을 내려 주기는커녕 내가 가장 관심을 가지고 알고 싶어하고 있는 이것이야말로 확실하다고 생각하고 있는 것을 모조리 흔들어 놓았다. 왜냐하면 열렬한 무신론이 포교자들이며, 대단히 거만한 독단론자인 그들은 무슨 일에 있어서나 자기네들과 사고(思考)를 달리하는 인간들에게 노발대발하지 않고는 못 배기었기 때문이다.

흔히 나는 나 자신을 변명했지만 그것은 아주 약한 것이었다. 왜냐하면 논쟁에 대한 혐오감 때문에 그러했고, 그것을 계속하는 재주가 없었기 때문이기도 했다. 그러나 결코 나는 그들의 파괴적인 교리를 받아들이지는 않았다. 그리고 그렇게 관용성이 없는 사람들, 그 위에 저희들 딴에는 어떤 견해를 가지고 있었던 사람들에 대한 나의 저항은 그들의 적의를 돋우는 데 적지 않은 이유가 되었다.

그들은 나를 설득시키지도 못했다. 그러나 그들은 나를 불안하게 만들었다. 그들의 논조는 결코 나를 납득시키지는 못했지만 나를 흔들어 놓았던 것이다. 나는 거기에 대해서 적절한 답변을 찾지 못했으나 그것을 찾아 낼 수 있을 것 같은 생각이 들었다. 내가 틀렸다는 것보다는 내가 무력한 것에 화가 났다. 그래서 나의 이성보다 나의 심정으로 그들에게 보다 잘 답변을 하곤 했다.

결국 나는 속으로 이렇게 생각했다. 말을 잘 하는 자들의 궤변에는 나는 영원히 희롱당하고 있어야만 할 것인가? 그들이 설교하는 사상, 그처럼 열심히 타인에게 받아들이게 하려는 그 사상이 정말로 그들 자신들의 것인지조차도 나는 확신할 수 없는 것이다.

그들의 교리를 지배하는 것은 그들의 정열이며, 이것 저것을 믿게 하려고 하는 관심은 그들 자신이 생각하고 있는 속으로 파고들기를 불가능하게 만든다.

당파의 수령에게 성의를 요구할 수 있을까? 그들의 철학은 타인을 위한 것이다. 나는 나를 위한 철학이 하나 필요하다. 나의 여생의 행동에 일정한 기준을 찾기에 아직 늦지는 않았으니 전력을 다해서 그것을 찾자.

나는 지금 성숙한 연령, 즉 오성(悟性)이 가장 발달한 연령에 있다. 이미 나는 인생의 머리 사이에 발을 들여놓고 있다. 만약 더 이상 기다리면 심사숙고를 하기에는 시간이 늦어져서 나의 전력을 다할 수가 없게 될 것이다.

나의 지능은 활동력을 잃어버리고 오늘 내가 최선을 다해서 생활할 수 있는 일을 보다 잘 하지 못하게 될 것이다. 그 유리한 시기를 붙들자. 지금은 나의 외부적이며 물질적인 생활개혁의 시기이다.

나는 또한 그것이 나에게는 지적이고 도덕적인 개혁의 시기이기를 바란다. 나의 사상과 나의 원칙을 분명히 확립해 보자. 그리고 충분히 생각해 본 후에 그래야만 한다고 내가 생각한 대로 나의 여생을 보내자.

나는 이 계획을 천천히 그리고 여러 번 되풀이 해 보았는데, 그것에 대해서 나는 내게 가능한 온갖 노력과 모든 주의를 다 쏟았다. 나는 나의 여생의 휴식과 나의 전 운명이 거기에 달려 있다는 것을 절실히 느끼고 있었다. 거기에서 우선 나는 굉장한 낭패와 곤란·장애·곡절·암흑에 찬 미궁 속에 빠져 버렸다. 그래서 20번이나 모든 것을 포기할까 생각한 나는 헛된 탐구를 단념하고 나의 고찰을 일반적인 주도함의 기준에서 멎게 하여 내가 그다지도 애써 보았던 원칙 안에서 그것을 구하여 보도록 할까 하는 생각까지 들었다. 그러나 그 주도(周到)함이라는 것조차가 나에게는 엄청나게 인연이 먼 것이어서 그것을 획득하는 것이 심히 어울리지 않는다고 나는 생각했기 때문에 그것을 나의 안내자로 삼는다는 것은 바다 위에서 폭풍우를 만나 키도 없고 나침반도 없이 거의 접근할 수도 없는 등대를, 그리고 나에게 어느 항구도 가리켜 주지 않는 등대를 찾으려고 하는 것 이외의 아무것도 아니라는 것을 나는 알고 있었다.

나는 고집을 부렸다. 난생 처음으로 용기를 냈다. 그래서 나는 그 성공의 덕분에 그때부터 전혀 주의를 하지 않고 나를 뒤덮기 시작한 무서운 운명을 견디어 낼 수가 있었다. 아마 인간이 여태까지 아무도 해내지 못했을 가장 열렬하고 가장 진지한 탐구가 있은 후 내 마음에 깃들고 있던 모든 관념에 대해서 평생 변치 않을 태도를 결정했다.

그리고 비록 내가 얻은 결과 중에서 내가 오류를 범하고 있을지도 모르지만 적어도 그 오류는 내 잘못으로 될 수는 없다는 것을 나는 확신한다. 왜냐하면 나는 오류를 면하기 위해서 온갖 노력을 다 했으니 말이다.

나의 어렸을 적의 편견과 나의 마음에서 우러나오는 은근한 소원이 나에게 있어서 가장 커다란 위안이 되는 방향으로 저울대를 기울게 했을지도 모른다는 것을 사실 나는 믿고 있다. 그다지도 열렬하게 희구하고 있는 것을 믿으려 하지 않는다는 것은 어려운 일이다. 그리고 세상에서의 심판을 인정하느냐 않느냐 하는 관심이 거의 대부분의 사람들의 희망이나 두려움에 대한 신앙을 결정한다는 일을 그 누가 의심할 수 있단 말인가.

그런 모든 것이 나의 판단을 작용시켰는지도 모른다. 그것에는 바로 동의하지만 그것은 나의 성의를 흐리게 하지는 않는다. 왜냐하면 나는 무슨 일이나 속는 것이 두려웠기 때문이다. 만약 만사가 이 세상의 생활로서 사명을 다하는 것이라면 나는 그것을 알고 여하튼 내 힘으로 할 수 있는한의 행운을 아직 늦기 전에 거기서 끌어내어 완전히 속지 않도록 해야 할 필요가 있었던 것이다. 그러나 나의 내부에 느끼고 있었던 마음의 상태에서 볼 때 내가 가장 두려워한 것은 나로서는 그렇게 큰 가치가 있다고는 생각되지 않는 이 세상에서의 행복을 누리기 위해서 나의 넋의 영원한 운명을 위태롭게 하는 것이었다. 그러나 인간의 지성이 거의 단서를 갖지 않고 있는 문제들에 관하여 마침내 나의 입장을 결정하려고 결심하면서도, 그리고 어떤 면에서도 뚫고 들어갈 수 없는 신비와 해결할 수 없는 이의를 본 나는 문제 하나 하나에 직접적으로 가장 좋다고 생각되고, 그 자체가 가장 믿을 수 있을 것이라고 생각되는 의견을 채용하고, 내가 해결할 수는 없지만 반대적인 체제에 의하면 역시 강력한 이의에 의해서 반격을 당하는 이외에는 관심을 두지 않기로 한 것이다.

그러한 문제에 대한 독단적인 논조는 협잡꾼들에게나 어울리는 이야기다. 그러나 문제는 자기 자신에 대해서 하나의 느낌을 갖는 일이며, 그러한 경우 가능한 한 완전히 성숙한 판단을 가지고 선택하는 것이 중요하다. 그럼에도 불구하고 우리가 오류를 범한다면 정당한 의미에서 우리들은 그 보복을 받을 수는 없다. 우리에게는 과실이 없으니 말이다. 이것이 나를 보존하는 기초 역할을 하는 움직일 수 없는 원칙인 것이다.

나의 괴로운 탐구의 결과는 그 대충을 그 후에〈사브와의 조임사제(助任司祭)의 신앙고백〉속에 기술했다. 현대의 사람들에 의해서 부당하게도 괴롭힘을 당하고 모멸 받은 그 작품이지만 어느 날 인간들 사이에서 양식과 건전한 신앙이 되살아난다면 거기에 혁명이 일어날 수도 있을 것이다.

그 때부터 그다지도 오랜, 그다지도 곰곰이 생각한 명상 속에서 내가 취한 원칙에 고요히 머무르게 된 나는 그것을 가지고 나의 행동과 신앙의 움직일 수 없는 기준으로 하여 그때까지 해결되지 않았던 의구심에도, 그리고 예견할 수 없이 이따금 나의 정신에 새로 제기되곤 하는 의문들에도 나는 불안을 느끼지 않게 되었다.

이 의구심들은 가끔 나를 불안하게 만들었다. 그러나 그것들이 결코 나의 확신을 흔들지는 못했다. 나는 항상 속으로 이렇게 생각하는 것이었다. 즉, 그 모든 것은 궤변이 형이상학적인 교활에 불과한 것인데, 그것을 나의 이성이 받아들이고 심정이 확인하며, 또한 모든 것은 정념의 침묵 속에서 내심의 찬동을 받은 표적이 있는 기본적인 원칙들에 비한다면 아무 것도 아닌 것이다.

인간의 오성을 훨씬 초월하는 문제에 있어서 내가 해결할 수 없던 하나의 의구심이 이토록 견고하게, 이토록 잘 정돈된 교설의 전 체계를 뒤집어 놓는 것일까? 게다가 이 교설은 거듭되는 명상과 배려로 이룩되어 나의 이성에 나의 심정에 나의 전 존재에 적합하고 모든 다른 교설에는 없는 것처럼 나에게 느껴지는 내심의 찬동에 의해서 강화되고 있지 않는가?

그렇다. 허황된 논법은 나의 불멸의 천성과 이 세계의 구조와 그것을 지배한다고 내가 보고 있는 자연의 질서와의 사이에서 발견되는 융합을 결코 파괴할 수는 없을 것이다. 이것과 상통하는 도덕적 질서와 그 체계는 나의 탐구의 결과인데 그 질서 속에서 나는 나의 비참한 생활을 지탱하기에 필요한 지주를 발견한다. 기타의 모든 체계 속에서도 나는 구원도 없이 희망도 없이 죽어갈 것이다.

나는 피조물 중에서 가장 불행한 존재가 될 것이다. 그러니까 운명이나 인간에 개의치 않고, 나를 행복하게 만들어 주기에 충분하고도 유일한 체계에 집착하자.

이러한 토론과 거기에서 내가 끌어낸 결론은, 나를 기다리고 있었던 운명에 대해서 나를 준비시키고, 그것을 견딜 수 있는 상태에 나를 있게 해 주기 위해 하나님 자신에 의해서 구술로 기록된 것 같지 않은가?

나를 기다리고 있었던 그 무서운 고민 속에서, 그리고 나의 여생 동안에 내가 떨어지게 된 믿을 수 없는 상태 속에서 나는 어떻게 되었을 것인가? 그리고 또 나는 어떻게 될 것인가? 만약 누그러질 수 없는 나의 적들에게서 헤어날 피난처도 없이 이 세상에서 그들이 나의 치욕을 씻어준다는 보장도 없이, 또 의당 내가 받을 자격이 있는 정당한 심판을 가질 희망도 없이 지상에서 어떤 인간도 체험하지 못한 그 무서운 운명에 내가 완전히 빠져 버린다면 어떻게 될 것인가?

한편 아무런 사념도 없이 고요하게 사람들이 나 자신에 대해서 존경과 호의를 가졌다고만 생각하고 있을 때, 개방적이고 신뢰하기 쉬운 나의 마음이 친구들이나 동포들에게 심정을 토론하고 있을 때 배반자들은 지옥의 밑바닥에서 달아진 쇠올가미로 말없이 나를 얽어매어 버리는 것이었다. 다행치고는 정말 의외의 다행이었고, 마음속에 자존심에 찬 영혼을 가진 자에게 있어서는 가장 무서운 일에 급습을 당하여 진흙 속에 끌려 다니면서도 그것이 누구의 것인지 무엇때문인지도 결코 알지 못한 채 지옥의 구덩이에 빠지고 무서운 암흑에 둘러 싸여 그 속에 보이는 것이란 불길한 것들 뿐, 이러한 최초의 습격으로 나는 얼이 빠지고 말았다. 그리고 만약 내가 미리 재기할 힘을 마련해 놓지 않았더라면 나는 그런 종류의 예기치 않았던 불행이 나에게 준 타격으로부터 결코 재기할 수 없었을 것이다.

마침내 내가 정신을 차리고, 나 자신을 반성하기 시작함으로써 역경 때문에 마련해 놓았던 구원의 가치를 수년간의 동요를 거친 후에야 비로소 알아냈던 것이다. 내가 판단을 내려야 할 모든 일에 결단을 내린 내가 나의 방침을, 나의 입장과 비교함으로써 나는 사람들의 철없는 생각이나 짧은 이 세상살이의 사소한 사건에 사실 이상으로 큰 의의를 부여하고 있다는 것을 나는 알았다.

가장 심한 고통일지라도 그 고통 속에서 크고 확실한 보상을 체험하는 자에게 있어서는 그 힘을 잃고야 만다. 그리고 그 보상에 대한 화신이야말로 앞서의 나의 명상에서 끌어낸 중요한 결과이다.

사실 수많은 모욕과 무한히 비열한 행동을 도처에서 받아 억압감을 느꼈던 그러한 환경에서 이따금 불안과 의심이 얼마동안 계속된 일도 있어, 그것이 나의 희망을 흔들고 나의 평화를 방해하곤 했다. 그럴 때면 내가 해결할 수 없는 강력한 이의가 보다 유력하게 나의 정신에 나타나서 나의 운명의 무게가 과중하여 그만 실망에 빠져버리려는 순간에 구체적으로 나를 쓰러뜨리고야마는 것이었다.

내가 가끔 듣는 새로운 논의가 머리에 떠올라서 이미 나를 괴롭게 만들고 있었던 것에 편을 들곤 했다. 그럴 때면 나는 숨이 막힐 정도로 가슴이 조여서 속으로 이렇게 생각하는 것이었다. 아! 누가 이 절망으로부터 나를 구해내 줄 것인가? 가령, 나의 운명의 짓궂음 속에서 이성이 제공해 준 위안 속에서 이제는 환영밖에 보이는 것이 없다면 말이다.

이와 같이 자기 자신의 일을 파괴함으로써 이성이 역경에 대비해서 나를 위해 준비해 준 희망과 확신의 지주들은 온통 뒤엎어 버린다면 말이다. 이 세상에서 나 혼자만을 위로해 주는 환상이 무슨 소용이 있겠는가?

현대의 모든 사람들은 내 것과는 반대되는 체계 속에서 진리와 확충을 발견하고 있다. 그들은 내가 나의 체계를 성의를 가지고 받아들이고 있다는 것조차도 믿을 수 없는 모양이다.

그런데 나 자신은 온갖 의지력을 거기에 쏟으면서도 나로서는 해결이 불가능한, 그러면서도 내가 고집하지 않을 수 없는 극복할 수 없는 곤란한 적을 거기에서 발견한다. 대체 인간 중에서 나만이 현명하고 나만이 지혜 있는 자일까?

사물은 그러하다고 믿기 위해서 그 사물이 나에게 편리하다는 것만으로 충분할까? 딴 사람의 눈으로 볼 때에 조금도 공고한 것처럼 보이지 않는, 그리고 나 자신에게 있어서도 심정이 이성을 지지하지 않으면 허황되게 보일지도 모를 표면적인 것에 신뢰를 가져서 될까?

헛된 방침에 얽매여 적들의 공격을 받으면서도 행동으로 그것을 물리치지 못하고 있는 것보다는 그들의 방침에 받아들여서 동등한 무기를 가지고 싸우는 편이 더 낫지나 않았을까? 나는 스스로를 현명하다고 생각하고 있지만 사실은 나는 헛된 오산을 한 속은 자이고, 희생자이며 수난자에 불과하다.

그러한 의혹과 불신의 순간 몇 번이나 나는 절망에 빠질 뻔했던가! 만약 그러한 상태 속에서 꼬박 한 달을 보냈다면 나의 생활도 나 자신도 끝장을 보았을 것이다. 그러나 그러한 위기가 옛날에는 상당히 닥쳐왔었지만 언제나 짧았었다. 그리고 현재로는 아직 완전히 해방되지는 않았지만 그것은 아주 드물고 아주 짧아서 나의 휴식을 방해할 힘조차도 없다.

그것은 가벼운 불안의 기분으로서 시냇물에 떨어진 한 낱의 새털이 물의 흐름을 흐리게 만드는 정도 이상으로는 내 속에 영향을 미치지 못한다. 이미 그것에 대한 내 태도를 결정해 버린 판단이나 진리에 대한 보다 강한 열의를 가지고 있는 것을 상상해야 한다고 나는 느꼈다.

그런데 그런 경우가 내게는 한 번도 없었고, 또 있을 수도 없는 것이므로 나는 나의 장년기에 정신이 완전히 성숙했을 때에 철저한 검토를 거쳐, 그리고 평온한 생활 속에서 진리를 알고자 하는 것만이 중요한 관심이어서 그 외에 관심이라고는 돌보지 않았던 시대에 받아들였던 생각을 버리고, 현재 절망에서 허덕이고 있을 때 나의 비참한 상태에 박차를 가하는 의견을 받아들이고자 하는 데에도 아무런 확고한 이유가 없었다.

내 마음은 슬픔으로 조여지고 넋은 근심으로 의기소침하고, 상상은 겁이 나고, 머리는 나를 둘러싸고 있는 여러 가지 무시무시한 신비로운 일에 시달린 오늘 날, 모든 기능이 노령과 고뇌 때문에 약해져 그 모든 힘을 잃어버린 오늘 날, 내가 준비해 놓은 모든 구원을 모두 나에게서 즐겨 빼앗아 버린다든가 부당하게 내가 견디고 있는 불행을 보상해 주는 불굴의 왕성한 나의 이성에의 신뢰를 버리고, 이유도 없이 나를 불행하게 만들기 위해 쇠약해지는 나의 이성을 나는 더 이상 믿으려 하고 있는 것일까?

아니다. 나는 중대한 문제들에 대해서 결정을 내렸던 그때보다 더 현명하지도 못하고, 더 배우지도 못하고, 더 깊은 신앙을 갖고 있지도 않다.

내가 오늘날 시달리고 있는 곤란한 일들을 내가 그때 몰랐던 것은 아니다. 그것들은 나에게 방해가 되지는 않았으며, 가령 사람들이 전에는 생각도 해보지 못한 새로운 곤란이 나타났다 하더라도 그것은 미소한 형이상학의 궤변이며, 모든 시대에 있어서 모든 현인들에게 용납되고, 모든 국민들에게 인정받고 소멸될 수 없는 글씨로 인류의 마음에 새겨져 있는 영원의 진리를 동요시킬 수는 없는 것이다.

나는 그러한 문제들을 심사숙고함으로써 인간의 오성은 관능에 의해서 제한을 받고 있어 그것들을 전폭적으로 포옹할 수 없다는 것을 알았다. 그래서 나는 내 힘자라는 범위에 머물러서 그것을 넘어서는 데 까지는 개입하지 않기로 했다.

그 방침은 온당한 것이었다. 나는 그러한 입장을 취했다. 그리고 나의 심정과 이성의 찬동을 얻어서 거기에 나 자신을 한정시켰다. 여러 가지 강력한 동기에 의해서 거기에 매어 있어야만 하는 오늘날 나는 어떠한 근거로 그러기를 단념해야 할 것인가? 그러기를 계속하는 데는 어떠한 위험이 있단 말인가? 그것을 포기함으로써 어떤 이익을 얻을 수 있단 말인가?

적들의 교설을 따라가는 동시에 그들의 모럴을 나는 따라야만 하는가? 책 속에서나 어떤 무대 위에서의 과장된 연기에서 화려하게 늘어놓기는 해도 심정이나 이상에는 조금도 호소하지 못하는 뿌리도 없고 열매도 없는 그들의 모럴을 말이다.

혹은 그들의 모든 추종자들의 내적인 교설로 되어 있어 거기에 대해서 다른 것은 그 가면의 역할을 하는 데에 불과하며, 그 행위에 있어서는 오직 그것을 신용하고 나에 대해서는 그렇게도 교묘하게 실천한 그 비밀의 잔인한 모럴을 따라야 하는가?

그 모럴은 순전히 공격적인 것이고, 방어에는 아무 쓸모가 없으며, 침해에만 좋은 것이다. 그들이 나를 빠뜨린 상태에 있어서 그것은 무슨 쓸모가 있단 말인가?

나의 결백함만이 불행 속에 있는 나를 뒷받침해 준다. 만약 그 유일하면서도 강력한 구원을 빼앗김으로써 그것을 악으로 대치한다면 그것은 나를 얼마나 더 불행하게 만들 것인가?

남을 해치는 기술에 있어서 나는 그들의 수준까지 다다를 수 있을 것인가? 그리고 내가 비록 그것에 성공했다손 치더라도 내가 그들에게 줄 수 있는 그 불행이 내가 겪고 있는 불행의 어떤 것을 덜어줄 수 있단 말인가? 나는 자존심을 잃어버릴 것이고, 그 대신에 얻는 것은 아무 것도 없을 것이다.

이와 같이 나 자신과 말대답을 하면서 머리에 미치는 입론(立論)에도 해결할 수 없는 이의에도 또 다시 능력을 초과하며 아마도 인간 정신의 능력을 초과하는 곤란한 일에도 나의 원칙이 흔들리지 않을 수 있게 되었다.

나의 정신은 내가 거기에 부여할 수 있는 한의 견고한 기반에 머물러서 양심의 보호를 받으며, 거기에 안정하게 되는 습관을 가졌고, 옛 것이건 새 것이건 간에 어떤 낯선 교설도 더 이상 그것을 움직일 수 없고 순간이나마 나의 평화를 어지럽히지는 못했다.

정신이 피로하고 둔해진 나는 어떠한 추론에 의해서 나의 신념과 방침을 세웠는지도 잊어버렸다. 그러나 나는 양심과 이성의 찬동을 받아 거기에서 끌어낸 결론, 앞으로 내가 지켜 나갈 그 결론을 결코 잊을 수는 없다. 모든 철학자들이 와서 트집을 잡는다. 그들은 시간과 노력을 허비할 따름이다. 나의 여생 동안 무슨 일에 있어서나 나는 보다 현명한 선택을 할 수 있을 때 내가 택한편에 집착한다.

이러한 태도에 안주하게 된 나는 나 자신에 만족하여 나의 입장에 필요한 희망과 위안을 발견하고 있는 것이다. 이처럼 완전한, 이렇게도 영원한 그것만으로 그렇게도 비참한 생활, 고독한 현대의 모든 사람이 가지고 있는 항상 예민하고 항상 왕성한 적의, 그들이 끊임없이 나에게 퍼붓는 치욕, 그러한 것이 가끔 나를 낙담케 한다.

흔들린 희망, 용기를 잃은 의심이 아직도 가끔 나의 넋을 괴롭히고 나의 슬픔을 가득 채우기 위해서 나타난다. 그럴 때 나 자신을 안심시키기 위해서 필요한 정신의 조작을 모르는 나는 나의 옛 결심을 상기할 필요가 있는 것이다.

그 결심을 했을 때에 내가 쏟는 배려와 몸가짐, 진지한 마음이 다시 내 가슴에 되살아나서 나의 확신을 전부 찾게 해 준다. 이렇게 하여 나는 새로운 사상과 사람을 미혹(迷惑)하는 외관을 가졌을 뿐이며, 나의 휴식을 채워 주는데 불과한 역겨운 오류로서 배격하는 것이다.

이처럼 좁은 나의 옛 지식의 범위 안에 얽매여 있는 나는 솔론처럼 늙어가면서 매일 배울 수 있는 행복을 갖지는 못했다. 그 뿐만 아니라 앞으로 나는 충분히 알기에는 거리가 먼 것을 배우겠다는 위험한 자부심을 갖지 않도록 해야겠다. 그러나 나에게는 유용한 지식이라는 면에 있어서 기대할 것이 거의 없지만 나의 입장에서 필요한 품성의 면에서는 아주 중요한 것이 남아 있다.

그 방면에 있어서야말로 나의 넋이 끌어낼 수 있는 것을 가지고 나의 넋을 풍부하게 하며 장식해야 할 때다. 그것은 넋을 어둡게 하고 맹목적으로 만드는 육체에서 넋이 해방되어 구름으로 가려져 있지 않은 진리를 봄으로써 우리의 가짜 학자님들이 그다지도 헛되이 자랑하는 모든 지식의 비참함을 알게 될 때 그 넋은 그것들을 얻으려고 이 세상에서 허송한 시간을 생각하고, 신음의 소리를 말할 것이다. 그러나 인내와 애정, 체념, 공명정대, 편견 없는 정의, 이런 것은 자기와 더불어 가지고 갈 수 있는 하나의 재산이며, 그것을 가지고 사람은 항상 자기를 풍부하게 만들 수 있고, 죽음조차도 우리에게서 그것의 가치를 잃어버리게 할 염려가 없는 물건이다.

내가 나의 노년기의 나머지를 바치는 것이 바로 이러한 유일하고도 유익한 연구에 대해서이다. 나 자신에 관한 일로 진보를 함으로써 보다 낮게라고는 못하지만, 그것은 불가능한 일이기 때문이다.

내가 이 세상에 발을 들여 놓았을 때보다는 좀 더 덕성을 가지고 이 세상을 떠나는 것을 배운다면 얼마나 나는 행복할 것인가?

인간은 자연을 위한 위대한 존재

에머슨(Ralph Waldo Emerson)

미국의 시인 · 수필가(1803.5.25-1882.4.27)
에머슨은 유니테리언 교회 목사이자 예술애호가였던
윌리엄 에머슨의 아들로 태어났다.
에머슨은 청교도시대부터 그의 가문의
모든 직계 선조들이
종사해 왔던 성직을 이어받았다.
영국 성공회파 작가나 사상가들 중 에머슨에게
영향을 준 사람들로는 랠프 커드워스,
로버트 레이턴, 제러미 테일러, 새뮤얼 테일러 콜리지
등이었다.
대표 저서: 「명상록」 「오월제」 「삶의 행위」 등

인간은 자연을 위한 위대한 존재

위인을 훌륭하다고 생각하는 것은 당연한 일이다. 우리들의 유년시절 벗들이 영웅으로 출세를 하여 그들의 위풍이 제왕(帝王)과 같이 된다고 할지라도 이것은 결코 우리들을 놀라게 하지는 않을 것이다.

모든 신화는 반신반인적(半神半人的)인 영웅에서부터 출발하는 것이며, 따라서 그 환경은 고귀하고 또한 시적인 것이다. 즉 그들이 타고난 재간은 최고로 탁월한 것이다.

고타마 부족의 전설을 보면 원시시대의 인간들은 흙을 먹고 있었으며, 그러면서도 그것이 달고 맛있는 것이라고 생각하고 있었다.

자연은 우수한 인간을 위해서 존재하고 있는 것 같이 생각된다. 세계는 이와 같은 좋은 사람들의 성실의 힘으로써 유지되고 있으며, 이러한 사람들이야 말로 이 지상을 건전한 것으로 만들고 있는 것이다. 이와 같은 사람들과 삶을 같이 하고 있던 사람들은 인생을 즐겁고 자양(滋養) 있는 것으로 알고 보냈다.

우리들만 하더라도 그와 같은 사회를 신봉할 때 비로소 인생은 아름답고 보람 있는 것이라고 생각되는 것이다. 따라서 우리들은 실제에 있어서나 이념상에 있어서나 그와 같은 탁월한 사람들과 삶을 같이 하게 되기를 원한다.

우리들의 자식이나 토지의 이름을 붙일 때에도 우리들은 그와 같은 사람들의 이름을 따온다. 그들의 이름은 언어의 동사에도 편입되고, 우리들의 가정 안에는 그들의 저서와 초상이 놓여지고, 일상생활의 모든 일에 있어서 그들의 일화가 기억에 떠오른다.

위인을 탐구하는 것은 청년의 꿈이며, 또한 성장한 사람들의 가장 진지한 일거리다. 우리들은 위인의 업적을 찾아보기 위해서 될 수만 있다면 잠깐만이라도 그를 만나보기 위해서 외국을 여행한다. 그러나 우리들은 흔히 행복한 결과를 얻지 못하고 실망해 버리는 수가 많다.

영국인은 실제적이고, 독일인은 손님에 대한 대접이 좋고, 발렌치아의 기후는 극히 온화하고, 사그레멘토의 구능(丘陵)에는 채굴할 수 있는 금광이 많다고 전해지고 있다.

사실 그렇다. 그러나 나는 안락하고 부유하고 친절한 사람들이나 맑은 하늘이나 혹은 값비싼 금괴를 발견하기 위해서 여행을 하지는 않는다. 그러나 만약 이 세상에 인간의 본질에 있어서 진정한 의미로 풍부하고 강한 사람들이 살고 있는 국가와 가정을 향해 지향시키는 자석이 있다면 나는 모든 것을 팔아서 그 자석을 사 가지고 오늘이라도 즉시 길을 떠나겠다.

위인이라는 종족은 자기들의 명예를 우리들과 같이 나누고 있다. 이 도시에 철도를 발명한 사람이 있다는 사실은 시민 전체의 명예를 올리는 것이 된다. 그러나 아무리 막대한 인구를 가지고 있더라도 그들이 모두 거지라면 구데기가 움직이는 치이스나 개미나 벼룩의 구능(丘陵) 같은 생각이 들어서 불쾌감을 줄 뿐이다.

그러한 사람들은 그 수가 많으면 많을수록 더 한층 좋지 못한 인상 밖에는 주지 못하는 것이다. 우리의 종교는 이들 인류의 보호자를 사랑하고 소중히 여기는 일인 것이다.

우화에 나오는 신들은 위대한 인물들의 가장 찬연한 계기가 된다. 우리들은 우리들의 모든 용기(容器)를 모조리 동일한 주형(鑄型) 속에 넣고야 만다.

유태교, 기독교, 불교, 마호멧교와 같은 우리들의 훌륭한 신학은 모두가 인간적 신의 필연적이며, 조직적인 작용이라 할 것이다.

역사학의 연구가는 포목이나 담요를 사러 도매상으로 가는 사람과 흡사한 것이다. 그는 새로운 상품을 손에 넣었다고 생각하고 있다. 그러나 만약에 그가 그것을 만들어 내는 공장에 가 본다면 그는 자기가 산 새로운 상품은 사실 테베스의 피라밋 속 벽에 있는 소용돌이 무늬와 장미꽃 무늬를 모방한 데 불과하다는 것을 알게 될 것이다.

우리들의 유신론은 인간정신의 정화작용이다. 인간은 인간 이외의 것은 아무것도 그리지도 못하고 만들지도 못하고 생각하지도 못한다. 거대한 물질적 요소까지도 그 기인(起因)이 인간의 사상에서 나온 것이라고 인간은 믿고 있다. 따라서 우리들의 철학은 우주에서 단 하나의 원소가 있어 가지고, 이것이 끊임없이 결합되고 분산되는 것이라고 보고 있다.

이제 타인에게 우리가 받아들인 여러 가지 종류의 공로를 조사해 볼 때 우리들은 현대적 연구의 위험성을 자각하고 훨씬 근본적인 속에서부터 이 일을 시작하지 않으면 안 된다. 우리들은 사랑에 적대하는 논쟁을 해서는 안 되며, 또한 다른 사람들의 존재를 부인해서도 안 된다.

자기 혼자서만 독단으로 걸어갈 때 어떠한 일이 우리에게 닥쳐올는지 우리는 알 수 없는 일이다. 우리들은 사회적인 힘이라는 것을 가지고 있다. 타인에 대한 우리들의 사랑은 공급될 수 없는 일종의 이익과 가치를 창조하는 것이다. 자기 혼자만으로는 불가능한 일도 남의 도움을 얻음으로써 성취할 수가 있다. 먼저 자기 자신에게 이야기하지 못할 일이라도 남에게는 이야기할 수 있는 경우가 있다.

요컨대 타인이라는 것은 이것을 통해서 우리들 자신의 마음을 읽을 수 있는 일종의 렌즈인 것이다. 모든 사람은 자기 자신의 자질과 아주 다르고, 그 중에서도 가장 우수한 사람을 구하고 있다.

다시 말하자면 그는 타인을 구하되 자기보다 가장 색다른 타인을 구하고 있는 것이다. 그의 성질이 강하면 강할수록 그 반동도 더 한층 크게 되고, 자기와는 전혀 이질적인 사람을 구하게 된다. 요는 우리들이 구하고 있는 자질이 순진한 것이어야만 한다.

조그마한 제사 같은 것은 우리는 돌보지 않아도 좋다. 인간 상호간의 주요한 차이점은 그들이 자기들의 용무를 수행하고 있는가, 그렇지 않은가에 달려 있다.

인간은 흡사 종려와 같은 내부에서부터 외부로 성장하는 일종의 고귀한 단자엽 식물이다. 자기 자신의 용무란 말하자면, 다른 사람들에게는 불가능한 일이지만 당자는 이것을 민첩하게 힘 안

들이고 할 수 있다.

사탕에 있어서는 달다고 정의하긴 쉬운 일이고, 초산칼륨에 있어서는 쓰라리다고 정의하긴 쉬운 일이다. 아무튼 우리들은 자연히 우리들의 수중에 들어오게 마련된 그 자체에 대해서 대기하고 함정을 만들고 하기에 막대한 수고를 한다.

다른 사람이 힘을 들이고 애를 쓰고 해서 겨우 겨우 도달할 수 있는 사상의 높은 권내(圈內)에 힘을 안 들이고 살고 있는 사람이야말로 위대한 인물이라고 나는 생각한다.

이러한 사람은 단지 눈을 뜨기만 하면 즉시 모든 사물을 진정한 견해와 광대한 연관 속에서 내다볼 수 있는 것이다. 그러나 한편 다른 사람들은 고통스러운 교정(矯正)을 하지 않으면 안 되고, 수많은 과오의 근원에 대해서 항상 조심을 하지 않으면 안 된다.

우리에게 주는 위안의 공로도 이와 동일한 것이다. 우리들의 시각에 미인(美人)의 영상을 그린다는 것은 미인에게 있어서는 어떠한 노력도 필요하지 않을 것이다. 그 미인의 공로가 얼마나 기특한 것인가 보라!

이와 같이 현명한 사람에게 있어서도 자기의 특질을 남에게 전달하는데 조금도 노력이 필요하지 않다. 그리고 현명한 사람은 자기의 특기에 한해서는 이를 가장 손쉽게 할 수 있는 것이다. 세상에서 말하는 '최소한도의 노력으로 최대한도의 성과를 얻는다'는 것이 이것이다. 자연에서 얻는 그대로의 인격을 가지고 우리들로 하여금 결코 다른 사람을 상하게 하지 않는 사람이야말로 위대한 사람이다. 그러나 그 사람은 반드시 우리들과의 관련성을 갖지 않으면 안 된다. 그리고 우리들의 생활은 그에게서 어떤 성공에 관한 해명을 받는다.

나는 내가 알고 싶은 것을 말할 수 없다. 그러나 세상에는 내가 대답할 수 없는 의문에 대해서 인격과 행동으로 능히 대답할 수 있는 사람들이 있다.

어떤 사람은 그 시대의 사람들이 아무도 품을 수 없는 의무에 대해서 대답하고 그 때문에 그는 완전히 고립되어 버리고 아주 없어져 버린다. 아주 없어져 버렸거나 또한 현재 없어져 가고 있는 종교와 철학은 기타의 어떤 의문에 대해서 대답하고 있다.

또한 어떤 사람들은 풍부한 능력을 가지고 있는 것처럼 보이기는 하지만 자기 자신에 대해서 또는 그 시대에 대하여 전혀 무능한 사람들이 있다. ―이것은 아마 헛된 것을 지배하는 어떤 본능의 유희일 것이다. ―그들은 우리들의 간절한 요구에 대해서 말해 주지 않는다. 그러나 위인은 가까운 곳에 있다. 우리는 위인들을 보자 곧 알게 된다. 그들은 기대를 만족시켜 주고 적당한 위치에 자리를 잡고 있다. 우수한 것이란 능률적이며 생산력을 가지고 있다. 즉 그것은 거처할 장소와 먹을 식량과 결합할 수 있는 협력자를 만든다.

싱싱한 사과는 종자를 산출하지만 잡종에서는 그것이 되지 않는다. 사람에게 있어서도 자기의 적소에 있는 사람은 건설적인 것이 되고, 풍부한 생산력을 갖게 되고 남을 매혹하게 되고, 자기의 일을 하려는데 많은 우군(友軍)을 만들게 되고, 이리하여 자기의 목적을 힘들이지 않고 완수할 수 있게 된다.

강은 스스로 강변을 만들고, 정통적인 사상은 제각기 흘러 갈 길을 만들고 환영을 받을만한 지반을 만든다. ―즉 식량을 위한 수확과 표시를 위한 제도, 싸움을 위한 무기, 그것을 전하는 제자를 스스로 만든다. ―진정한 예술가는 지구를 자기의 입각지(立脚地)로 삼는다. 사기꾼은 오랫동안 고생을 치르고 나도 자기 구두의 폭보다 넓은 것을 얻지 못한다.

우리들은 이 범속(凡俗)한 논의에서 위인에게 오는 두 가지 종류의 효용 혹은 이익을 주고 말하고 있다. 직접적인 기여라고도 할 수 있는 것이 있는데 이것은 인간의 원시적인 신앙에 공감을 줄 수 있는 것이다. 이를테면 건강이라든가, 영원한 젊음이라든가, 우수한 상식이라든가, 병을 고치는 힘이라든가, 마술이라든가, 예언 같은 물질적 혹은 정신적 도움을 직접으로 부여하는 것이 이것이다.

소년은 지식을 자기에게 팔 수 있는 교사라는 것이 있다고 믿고 있다. 교회에서는 신을 대항하는 공덕(功德)이 존재한다고 믿고 있다. 그러나 엄밀하게 말하자면 우리는 직접적인 부여를 그다지 믿고 있지는 않다. 인간은 내부에서 외부로 성장하는 것이고, 교육은 결국 자기 표명(表明)에 불과한 것이다.

우리들이 남에게서 받게 되는 조력은 우리들 속에 있는 천품(天稟)의 발견에 비하면 훨씬 무의식적인 것이다. 이와 같이 우리 자신이 스스로 배우게 되는 일은 이것은 실제로 행하는데 있어서도 유쾌한 감이 들며 그 효과도 오랫동안 남아 있게 된다.

올바른 윤리는 중요한 것이며, 그것은 영혼에서 솟아 나와서 외부로 뻗어 나가는 것이다. 증여물이라는 것은 우주의 법칙과는 상반되는 것이다. 타인에게 봉사하는 것은 곧 자기 자신에게 봉사하는 것이다. 자기의 처리는 자기 자신이 하지 않으면 안 된다. 영혼은 이렇게 말하고 있다.

'너의 할 일을 생각하라. 멋을 부리는 자여, 너는 어째서 돌연한 일에 간섭하고 남의 일에 참견하려고 하느냐?'

이제 간접적인 효용에 관한 문제가 남아 있다. 인간은 일종의 상징적 혹은 표현적인 특질을 가지고 있으며, 따라서 지력(智力)을 가지고 자기를 표시하고 있다.

베에멘(독일의 유명한 신비학자 1575~1627년)도 스웨덴보그(스웨덴의 철학자, 신학자)도 만물을 표시하는 것이라고 인정하고 있었다. 인간도 또한 표시를 하는 것이다. 즉 첫째로는 사물의 표시이며, 둘째로는 사상의 표시이다. 식물이 동물을 위해서 여러 가지 광물질을 식물로 변경시키듯이 인간은 저마다 자연 속에 있는 원료를 따서 이것을 인간이 사용할 수 있는 것으로 만들어 놓는다.

불 · 전기 · 자기 · 철 · 납 · 유리 · 비단 솜의 발명자, 도구의 제작자, 십진법을 최초로 고안한 사람, 기하학자, 기계학자, 음악가 — 이러한 사람들은 제각기 불가사의하고 불가능한 혼란을 무릅쓰고 모든 사람을 위해서 손쉬운 방법을 만들었던 것이다.

그들은 모두 내밀적인 친화력에 의해서 자연의 어느 영역과 교섭을 가지고 자기 자신이 그 대리인이 되고, 그 통역인이 되었다.

린네(스웨덴의 생물학자 1778~?)는 식물에 관해서, 휴버(스웨덴의 박물학자 1750~1831년)는 꿀벌에 관해서, 프리이스는 이끼에 관해서, 반 몬스(벨기에의 화학자 1765~1842년)는 배(梨)에 관해서, 달튼(영국의 화학, 물리학자 1766~1844년)은 원자에 관해서, 유클리드는 선(線)에 관해서 뉴튼은 미분(微分)에 관해서 각각 그러한 관계에 놓여 있었다.

인간은 자연을 위한 중요한 존재이며, 액체라든가 고체라든가 물질이라든가 원소라든가의 모든 사물을 통해서 인과(因果)의 실을 끄집어내고 있다. 지구는 회전하고 있는 것이며 모든 흙덩어리와 돌덩이는 반드시 자오선(子午線) 아래에 놓일 때가 온다.

이와 마찬가지로 모든 기관과 기능과 산류(酸類)와 수정체와 심지어는 한 알의 먼지까지라도 이것은 두뇌에 대해서 관계를 가지고 있는 것이다. 그것은 상당히 오랫동안 기다리고 있기는 하지만 그 순번이 반드시 돌아온다.

어떠한 식물이고 그 기생충을 가지고 있지 않는 것은 없다. 증기나 철이나 재목이나 석회석, 자석이나 옥도(沃度)나 곡물이나 솜은 모두 이미 정당한 취급을 받고 있는 것이지만 그러나 그 밖에 아직도 우리들의 기술로서 이용되지 않고 있는 물질이 얼마나 많은지 모르겠다.

수많은 창조물과 품질은 아직도 감추어진 채로 때가 오기를 기다리고 있다. 그 모양은 마치 동화에 나오는 마술에 걸린 공주가 하늘이 정한 구원자를 기다리고 있는 것과 흡사하다. 그들은 모두 마술에서 깨어나서 다시 사람의 모습을 하고 백일하에 대로로 걸어 나오지 않으면 안 된다.

발견의 역사에서 보면 충분히 성숙하고 있으면서도 아직도 사람의 눈에 띄지 않고 가리워져 있던 진리는 그 자체를 위한 하나의 두뇌를 장만하여 이것을 세상에 나타나게끔 했던 것 같이 생각된다.

자석은 길버어트(영국의 의학자, 물리학자 1540~1663년)나 스웨덴보그나 오에르스테드(덴마크의 물리학자 1777~1851년)와 같은 사람들에게서 완전한 형태를 구비하였고, 그 후에 비로소 일반인에게 그 힘을 인정받게 되었던 것이다.

여기에 있어서 우리가 우선 우리들의 가까운 곳에 있는 이익만을 살펴보기로 한다면 ―광물계와 식물계에는 일종의 소박한 미가 부착되어 있으며, 이러한 미가 최고점에 도달하게 될 때 자연의 매력으로서 나타나게 된다. ―스파(광석)의 광채, 친화력의 확실성, 각도의 정확성 같은 것이 그것이다. 광명과 암흑, 열기와 냉기, 기갈과 식물, 단 것과 신 것, 고체와 액체 그리고 기체는 우리들의 주위를 원(圓)을 그리며 순환하고 있으며, 이것들의 유쾌한 투쟁에 의해서 우리의 일상생활에 위로를 주고 있다.

눈은 매일 같이 만물에 대해서 '신은 그가 만든 모든 것을 좋다고 보셨다'라는 태초의 찬사를 되풀이 하고 있다. 우리들은 만물을 발견할 수 있는 처소를 잘 알고 있다. 그러나 이와 같은 연기를 하는 자연물을 상등민족인 것처럼 행세하는 사람들의 약간의 경험을 겪은 후에는 더 한층 완상(玩賞)의 대상이 된다. 또한 우리는 이와 같은 목전의 사물을 제쳐 놓고 그 이상의 더 한층 높은 이익을 받을 자격이 있는 것이다. 즉 과학은 그것이 생활에 허용되어 인간미를 띄게 될 때에 비로소 완전한 것이 될 수 있다.

대수표(對數表)에 불과한 것이고, 식물학 · 음악 · 과학 · 건축학에 있어서의 그 생기 있는 활용은 그와는 전연 별개의 것이다. 수학 · 해부학 · 건축학 · 천문학도 그것들이 인간의 지력과 의지와 더불어 결합됨으로써 생명을 얻게 되고, 희화와 인격과 정치로서 재현되게 될 때 처음에는 상상하지도 못했던 일대 진보를 비로소 이루게 되는 것이다. 그러나 이것은 차후에 이야기하기로 한다.

우리들은 지금 단지 만물 자체의 영역 내에 있어서 우리들과 그들이 서로 친밀하게 지내고 있는 것 또한 이러한 자연물이 어느 천재를 매혹해서 그 전 생애를 하나의 사물을 위해서 바치게 만드는 그 경로에 대해서 이야기 하고자 한다. 해석의 가능성은 관찰하는 사람과 관찰되는 사물과의 일치에 있다.

모든 물질은 제각기 성스러운 일면을 가지고 있다. 즉 그것은 인간성을 통해서 필연적으로 도달하게 되는 정신계에 옮겨지게 되고, 거기에서 그 밖의 모든 것과 같이 변함없는 불멸의 역할을 하게 된다. 따라서 그것의, 그리고 그들의 목적을 위해서 만물이 끊임없이 올라가는 것이다.

창공을 향해서 집결하고 연금술적인 핵은 식물이 되어서 발육되고, 네 발 짐승이 되어서는 걸어 다니고 인간이 되어서 사색한다. 그러나 또 한편 대표자의 선출을 결정하는 것은 선거민 전체다. 대표자는 단지 대표자일 뿐만 아니라 그는 또한 참여자인 것이다.

동류(同類)는 다만 동류에 의해서만 인정될 수 있는 것이다. 동류가 동류를 알아보게 되는 이유는 그가 바로 그것들의 일부분이기 때문이다. 즉 그는 방금 자연 속에서 나왔거나 혹은 그 사물의 일부분인 영역 속에서 벗어 나왔기 때문이다.

생기 있는 염소는 염소에 대해서 알고, 구체화한 아연은 아연에 대해서 안다. 그 인간의 여러 특질이 그 인간의 영역을 만들고 있다. 따라서 그 인간은 여러 가지 자기의 미덕을 나타내고 있는 것인데, 이것은 이러한 것들로써 자기 자신이 구성되어 있기 때문이다.

세상의 먼지로서 만들어진 인간은 쉽사리 자기의 근본을 잊어버리지 못한다. 따라서 오늘날 까지는 아직 생명이 부여되지 않는 것도 어느 날엔가는 이야기할 수 있고 사고(思考)할 수 있는 날이 올 것이다.

숨어 있는 자연도 앞으로 그의 전 비밀을 이야기 할 날이 올 것인가. 석영(石英)이 산을 산산히 무너뜨리면 그 안에서 무수한 베르너(독일의 생물학자, 지리학자1750 ~1817년)와 본 북흐(독일의 지리학자, 여행가 1774~1853년)와 보오몽(프랑스의 지질학자)이 나올 것이고, 대기의 실험실은 어떠한 베르젤리우스(스웨덴 화학자 1779~1846년)와 데이비스(미국의 화학자 1778~1829년)를 용해(溶解)하여 가지고 있는지 알 수 없다고 말해도 결코 그것은 과언이 아닐 것이다.

이리하여 우리는 난로 옆에 앉아서 지구의 양극(兩極)을 쥐어 잡고 있다. 이러한 외견상의 광대한 편재성은 능히 우리들의 허무한 인간적 조건을 보충해 주고 있는 것이다.

하늘과 땅이 서로 융합되어 그 아름다움을 누리는 복된 날이 오면 우리는 그와 같이 아름다운 날을 다만 단번에 지내 볼 수밖에 없는 것을 억울하기 그지없게 생각한다.

1천 개나 되는 머리와 1천 개나 되는 신체가 한데 모여서 그 무한한 미(美)를 여러 가지 방식으로 장소에서 축하할 수 있었으면 좋겠다는 생각이 든다. 이것은 과연 공상에 지나지 않는 것일까? 아닌게 아니라 진정한 의미에서 우리들의 대리인들에 의해서 몇 곱절이나 더 많이 번성되어 왔다.

우리들은 극히 용이하게 그들의 노력을 이용하고 있는 것이다. 미국에 오는 선박은 어떠한 선박이고, 콜럼부스에게서 그 해도(海圖)를 빌려오고 있다. 소설이라는 소설은 모두가 호메로스에게 부채를 지고 있다. 대패로 널빤지를 다듬고 있는 목수는 잊어버린 어느 발명가의 천재를 빌리고 있는 것이다.

인생은 과학의 12궁으로서 그의 전 주변을 감고 있는 것이며, 이 12궁은 우리들의 천공에 특질적인 광명을 부가하기 위해서 힘쓰며, 죽은 여러 사람들의 공헌으로 이룩된 것이다.

공업가 · 중개업자 · 법률가 · 의사 · 도덕가, 그리고 모든 사람은 그가 어떠한 과학을 몸에 지니고 있는한 다 같이 우리들의 신변의 경위도를 확정하고 지도를 작성한 사람인 것이다.

이와 같이 각 방면에 길을 개척한 사람들은 모두가 우리들을 부유하게 만든다. 우리들은 되도록 삶의 범위를 넓히고 우리들의 관계를 몇 갑절이라도 더 증가하지 않으면 안 된다. 이리하여 우리들은 구세계에서 새로운 재산을 얻음으로써 전연 새로운 세계를 따로 획득한 것만 믄 이익을 보게 되는 것이다.

우리들은 이러한 물질적 혹은 반물질적 원조를 수용하는 데 있어서 너무나 수동적이다. 우리들은 결코 포대나 위장 같은 것이 되어서는 안 된다. 더 한걸음 나가서 이야기 하자면 우리들은 우리들의 융화를 통해서 훨씬 더 많은 이익을 우리들 자신이 얻을 수 있다는 것이다.

활동은 전염성을 가진 것이다. 다른 사람들이 보고 있는 곳을 보고 언제나 동일한 사물에 접하고 있으면, 우리들은 그 사람들을 유혹한 마력을 포착하고야 만다.

나폴레옹은 '동일한 적과 너무 많이 싸워서는 안 된다. 우리는 모든 전술을 적에게 모조리 가르쳐 주게 될 것이니까'라고 말했다. 어떠한 사람이든 간에 원기 왕성한 정신을 가진 사람과 많은 이야기를 하는 것이 좋다. 그러면 우리들은 곧 그 사람과 동일한 견지에서 사물을 관찰하는 습관을 얻게 되고, 모든 일이 생길 때마다 우리들은 그 사람의 사상을 예상하고 일을 시작할 수 있게 된다.

인간은 지력과 애정을 통해서만 남에게 도움이 될 수 있다. 다른 종류의 도움이라는 것은 나는 그것을 허위적인 형태라고 밖에는 생각할 수 없다.

여러분이 만약에 내게 빵과 물을 주겠다고 하더라도 나는 이에 대해서 충분한 댓가를 지불해야 할 것을 알고 있기 때문에 결국에 있어서는 나는 그리 좋아하지도 않으며, 그리 나빠하지도 아니하므로 있으나마나한 것이 되고마는 것이다. 그러나 정신적,

도덕적인 모든 힘은 적극적인 이득이 있는 것이다.

여러분이 좋아하지 않든 좋아하든 간에 그것은 자연히 여러분에게서 노출되어 나와서 여러분이 생각지도 않은 사람에게 이득을 준다.

나는 그 종류의 여하를 불문하고 사물을 성취시키는 위대한 힘인 활기라는 말을 듣기만 해도 새로운 결의를 느끼지 않을 수 없다. 적어도 인간이 성취할 수 있는 모든 일에 대해서 우리들은 경쟁심을 가지고 있다.

세실(영국의 정치가 1565~1612년)은 월터 롤리(영국의 학자, 시인)경에 대해서 '그는 무서울 정도로 고생에 견디어 나갈 수 있는 사람이라는 것을 나는 잘 안다'고 평했는데 이 말이야말로 몸이 찌르르 할 만큼 정확하게 알아맞힌 말이다.

클라렌든(영국의 정치가 1608~1674년)이 햄프덴(영국의 정치가 1594~1645년)을 묘사하여 '그는 여하한 노력에 대해서도 피로를 느끼지 않고 싫증이 나지 않을 만한 강렬한 정열과 조심성을 가지고 있으며, 또한 아무리 민감하고 예리한 사람에게도 속지 않을 만한 재질을 가지고, 그밖에 이에 탁월한 재질에 못지않은 담력을 가지고 있었다'고 말하고, 또한 롤클랜드(영국의 정치가, 군인 1610~1642년)를 묘사하여 '가장 엄격한 진리의 숭배자이었기 때문에 허위에 탈을 쓰느니 보다는 오히려 도둑질을 하는 편이 기분이 좋다고 생각했다'고 말한 것은 이와 동일한 적절한 말이다.

우리들은 전신의 피가 용솟음치는 것 같은 갈등이 없이는 「플

루타크」를 읽을 수 없다. 그리고 나는 중국의 맹자의 말에 지극히 신뢰를 갖는다. 즉 그는 이렇게 말했다.

'성인은 백대(百代)의 사표이다. 백이(伯夷)의 풍습에 대해 귀담아 들으면 어리석은 자도 슬기로운 사람이 되고, 겁이 많은 졸장부도 강한 사람이 되는 법이다.'

이미 이 세상에서 떠난 사람은 막상 그의 이름은 길이 후세에까지 전해지지 않을 사람이라 할지라도 현재 우리들과 같이 살고 있는 동시대의 사람만큼 감동을 주기도 어려운 것이다. 어떠한 고독한 처지에 있더라도 거기에는 우리들이 타고난 재질을 도와주고 이상하게도 우리들에게 자극을 주는 사람들이 있는 것이다. 그러나 또 한 번도 생각해 본 일이 없는 사람을 다시 상기시켜 본댓자 그것이 무슨 소용이 있을 것이냐? 애정은 그 당사자보다도 더 훌륭하게 남의 운명을 예측하는 힘을 가지고 용감한 과정을 거쳐 그 사람을 자기의 직무를 지키도록 해 놓는 힘이 있다.

우리들이 가지고 있는 모든 미덕(美德)에 대해서 느낄 수 있는 숭고한 애착이야 말로 우정으로서의 훌륭한 표적인 것이다. 이리하여 우리들은 자기 자신에 대해서 혹은 인생에 대해서 다시는 그것이 보잘 것 없는 값싼 것이라는 생각을 갖지 않게 될 것이다.

우리들은 확고한 어느 목적을 위해서 자극을 받고 있는 것이며, 철로공의 일을 할지라도 다시는 우리에게 부끄러운 느낌을 주지 않을 것이다.

모든 계급의 사람들이 그 시대의 영웅, 즉 코리올라누스(로마시대 전설상의 영웅), 그라쿠스(로마 호민관의 시조)에서부터 핏트(영국의 정치가 1757~1806년), 라파옛트(프랑스의 군인, 정치가), 웰링톤(영국의 명장 1769~1852년), 웹스터(미국의 정치가 1782~1852년), 라마르틴(프랑스의 문호 1761~1869년)에 이르기까지의 여러 영웅들에게 대해서 바치는 순결한 것이라고 나는 생각한다.

존경은 역시 이와 동일한 대열에 들어가는 것이다. 거리에서 외치는 고함소리를 들어보라! 이 사람들은 저 영웅을 똑똑히 볼 수 없다. 그들은 어느 한 사람을 좋아한다. 여기에 그의 머리와 그 동체(同體)가 있다든가, 얼마나 아름다운 얼굴이냐라든가, 얼마나 고운 눈이냐라든가, 거인같은 어깨와 거대한 기계를 움직일 만한 얼마나 정신력이 왕성, 용감한 모습인가 하고 떠들어 댄다.

자기들의 개별적 경험에 있어서 항상 구속받고 지장이 되고 있던 바로 그것을 충분히 표현한다는 이 통쾌감은 보다 더 고상한 발전을 가져 오는 것이며, 동시에 이것은 문학적 천재에 대한 독자의 희열의 비결이기도 한 것이다. 여기에서는 아무 것도 억제를 받는 것이 없다. 이를테면 철의 산을 녹일 수 있을 만한 불덩어리가 여기에 있는 것이다.

세익스피어의 주요한 장점은 그가 어떤 사람보다도 영국을 잘 알고, 자기가 말하고 싶은 것을 마음대로 말할 수 있는 점에 있다고 할 수 있다. 그러나 이와 같은 억제할 수 없는 표현의 운하와 수문(水門)은 결국은 그의 건강, 즉 하늘이 준 행운의 재질에 불과한 것이다. 따라서 세익스피어의 이름은 그의 이름과는 전혀 다른 순전한 지적 은전(恩典)을 암시하고 있다.

원로원이나 제왕(帝王)은 훈장이라든가 검(劍)이라든가 문장이라든가 하는 것은 가지고 있지만 인간에 대해서 미리 지력을 주기 위하여 어느 숭고한 견지에서 사상을 전한다든가 하는 고귀한 선물은 가지고 있지 못하다. 이와 같은 영광은 개인적인 교제에 있어서는 일생에 두 번도 얻기 어려운 일이지만 천재는 끊임없이 이것을 나누어 주고 있으며, 그 제공물이 백년에 한 번이나 두 번쯤 돌아오더라도 그것은 만족한 것이다.

사상을 지시하는 사람이 출현하면 물건의 가치를 지시하는 사람은 그 지위가 훨씬 저락되어 일종의 요리사나 과자 직공 같은 것으로 되어 버린다.

천재는 보통 감각으로는 알아낼 수 없는 높은 정신의 영역의 박물학자나 혹은 지리학자이며, 그러한 영토의 지도를 그리고 있다. 따라서 우리들을 위해서 활동의 새 영역을 소개하고 이것으로 구세계에 대한 우리들의 집착을 냉각시킨다. 이러한 새로운 세계가 일단 현실로서 용납되면 이제껏 우리들이 사귀어 온 세계는 조소의 대상이 되고 만다.

근육의 힘과 육체의 미를 보기 위해서 우리들은 체육관과 수영장으로 가는 것인데 이와 마찬가지로 기억력이라든가 수학상의 종합력이라든가, 추상력의 위력이라든가, 상상력의 자유스러운 변화라든가, 변통자재한 재능이라든가, 집중력 같은 모든 종류의 지적 작용을 목격함으로써 육체의 미를 보는 것과 동일한 쾌감 내지 그 보다 한층 더 고상한 소득을 얻는 것이다.

이러한 활동은 눈에 보이지 않는 정신의 기관과 부분을 노출하는 것으로서 그것들은 하나 하나가 육체상의 각 부분과 긴밀한 연결을 가지고 있는 것이다. 그러므로 우리들은 전연 새로운 체조장에 들어가서 플라톤과 같이 '눈이나 그 밖의 다른 감각의 도움을 받지 않고 곧장 진리와 실재를 향해 나갈 수 있는 사람들을 선택하기 위한' 교육을 받고 가장 진실한 기준에 의해서 사람들은 분별할 줄 알게 된다.

이러한 활동 중에서 제 1위에 속하는 것은 상상력으로서 행해지는 재주넘기, 마술, 소생 같은 것이다. 이러한 힘이 일단 생겨나게 되면 사람은 자기가 가진 힘의 10배 내지 천배의 힘을 가지고 있는 것 같은 생각이 든다.

이것은 무한대의 확대라는 쾌감의 문을 열어주고 호담한 정신상의 기질을 만들어 준다. 이리하여 우리들은 탄약에서 발생한 가스와 같은 강한 탄력을 갖게 되고 책 속의 한 구절이나 희화 속에 담겨진 한 마디는 우리들의 공상을 자유롭게 해방시키고 우리들의 머리를 즉시 하늘의 은하수에서 감고, 우리들의 발은 지옥의 마루청을 디딜 수 있게 되는 것이다. 그리고 이러한 이득은 결코 가공적인 것이 아니다.

어째서 그러냐 하면 우리들은 본시 이와 같은 확대를 할 수 있는 자격을 가지고 있는 것이고, 또한 한도를 일단 넘어서서 이 경지에 까지 나오게 되면 다시는 눈 뜨고 볼 수 없을 만큼 가련한 이전과 다름없는 현학자(衒學者)의 위치로 되돌아 갈 수는 없기 때문이다.

지력(知力)의 고도의 기능은 상호간에 연관성을 가지고 있기 때문에 탁월한 정신을 가지고 있는 사람들은 누구나 할 것 없이 어떤 상상력을 가지고 있는 것이 통례이다. 일류 수학자에 있어서까지도 이러한 것이 보이며, 특히 사색하는데 있어 직관하는 습관이 있는 묵상적인 사람들에 있어서 더 현저하다.

이러한 종류의 사람들은 만물 합치의 인식과 반작용의 인식을 가지고 있기 때문에 우리들에게 도움을 준다. 플라톤, 세익스피어, 스웨덴보그, 괴테의 눈은 이러한 법칙의 어느 것에 대해서도 간과하지 않는다. 이러한 법칙에 대한 인식은 일종의 정신의 계량기인 것이다.

정신의 결핍은 이와 같은 법칙을 보지 못한 데서 생겨난다. 이러한 향연에도 역시 체중은 있다. 이론에 대한 지나친 환희는 이 이론을 전하는 사람을 우상으로 전략시킨다. 특히 강한 규율을 가진 사람이 다른 사람들을 교화하게 될 때 우리들은 거기에 압박의 실례를 발견하게 되는 수가 많다.

아리스토텔레스의 주권 천동설파의 천문학, 루터와 베이컨, 로크(영국의 철학자 1760~1869년)의 공적 —종교계에 있어서 성직자의 역사, 성도의 역사, 교조의 이름을 받아 가지고 내려오는 종교 같은 것이 바로 이것이다.

아! 모든 인간은 슬프게도 이러한 희생이 되기 쉽다. 인간의 약한 마음은 항상 이와 같은 뻔뻔스러운 권위를 받아들이고 있는 것이다. 보는 사람의 눈을 현혹시키며 그것을 맹인으로 하는 것은 야비한 재능을 가진 사람이 즐기는 일이다. 그러나 진정한 천재는 오히려 자기 자신에게서 우리들을 방어해 준다.

진정한 천재는 우리들을 가난하게 만드는 일이 없으며, 우리들에게 참다운 해방을 주고 새로운 의미를 부여해 준다. 가령 우리들의 마음에 한 사람의 새로운 현인이 나타났을 때 그는 자기가 이야기하는 사람들에게 아직도 관찰되지 않는 이득에 대해서 눈을 뜨게 함으로써 부(富)에 대한 전연 새로운 인식을 창조할 것이다.

그는 움직일 수 없는 평등감을 확립하고 우리들이 결코 속임을 당할 수 없다는 확고한 보증을 가지고 우리들에게 안정을 줄 것이다. 여기에서 모든 사람은 생활조건의 전제와 보장을 깨닫게 되는 것이다.

부자는 자기들의 과오와 결점을 알게 될 것이다. 가난한 사람은 자기들의 활동과 자기들의 풍부한 근원을 알게 될 것이다. 그러나 자연은 이와 같은 모든 것을 적당한 시기가 왔을 때 차례차례로 가져다 준다. 순환이야말로 자연이 갖는 치료 방법이다.

사람은 오랫동안 주인에게 봉사하기를 싫어하고 변화가 있기를 몹시 바란다. 주부는 충실하게 일을 해 온 식모를 가르치되 '저 사람은 나하고 어지간히 오랫동안 살아왔으니까'라고 짜증을 낸다. 이것을 우리들은 경향이라고 할까, 그렇지 않으면 오히려 증상과도 같은 것이며, 우리들 중의 한 사람도 완전한 사람은 없다.

우리들은 스치고만 지나간다. 따라서 수많은 삶의 물거품 같은 것을 마신다. 순환은 자연의 법칙이다. 자연이 한 사람의 위대한 인간을 제거하면 사람들은 시야가 미치는한 모조리 뒤적이어 그 후계자를 찾으려고 한다. 그러나 그러한 사람은 오지 않고 또 앞으로도 오지 않을 것이다.

그와 같은 종류의 사람은 그 사람의 일대(一代)에서 끊어지고 마는 것이다. 그밖에 전연 판이한 방면에서 다음 사람이 나타날 것이다. 즉 그것은 제퍼슨도 아니고 프랭클린도 아닌 대판매 상인이라든가 도로 청부업자라든가 수산학자라든가, 수중 수렵을 위한 탐험가라든가, 서부 미지의 반야만적 장군이라든가, 이러한 사람으로서 나타날 것이다. 이리하여 우리들은 우리들의 거칠은 재능의 댓가에 대하여 대항을 할 수 있게 되는 것이지만 그 중의 가장 훌륭한 댓가에 대해서는 별도의 보다 더 좋은 치료법이 있다.

그들이 전달하는 힘은 본시 그들의 것이 아니다. 우리들이 사상에 의해서 향상을 하게 될 때 우리들은 그 은혜를 플라톤에게 힘입고 있는 것이다. 우리들은 특히 어느 단일 계급의 사람들로부터 깊은 은혜를 입고 있다는 것을 잊어서는 안 된다.

인생은 여러 개의 계단으로 된 층계다. 위인과 위인과의 사이에도 각각 넓은 간격이 있다. 인류는 모든 시대에 있어서 그가 회포(懷抱)하고 있는 훌륭한 사상에 의해서 혹은 그의 거대한 포괄력에 의해서 만민의 지도자가 되고 입법자가 될 수 있는 자격을 가진 그 국민의 인물을 사모해 왔다.

이러한 인물들은 우리에게 근본적인 자연의 특질을 가르쳐 주고 ― 우리들을 이끌어서 사물의 조직 속으로 집어넣는다. 우리들은 매일 같이 환영(幻影)의 강물 위에서 헤엄을 치고 있으며, 공중에 떠 있는 가옥과 도시를 보고 대단히 기뻐하고 있다. 그리고 이러한 점에서 우리들도 우리의 주위에 있는 사람들도 다 같이 속임을 당하고 있다. 그러나 인생은 원래가 엄숙한 것이다. 마음이 맑아질 때마다 우리는 가끔 이렇게 말한다.

'진실로 들어가는 문을 나를 위해 열어 달라. 너무 오랫동안 요술쟁이의 모자를 쓰고 있었다'라고. 우리들은 우리들의 경제와 정치의 의미를 알고 싶어진다. 그 암호를 우리들에게 풀어 주었으면 좋겠다. 그리고 인간과 사물이 천국의 음악의 악보라면 우리들에게 빨리 그 곡조를 읽을 수 있게 해 주었으면 좋겠다.

우리들은 이성을 빼앗기고 속아 살아왔다. 그러나 세상에는 부를 향유하고 생활을 즐긴 건전한 사람들도 있었다. 그들의 지식은 우리들을 위한 지식이다. 새로운 인간이 나타날 때마다 자연의 새로운 비밀로 노출되는 것이고, 최후의 위인이 태어날 때까지는 성서는 닫혀 놓을 수 없는 것이다.

이와 같은 사람들은 동물적 정신의 착란을 고정하고 우리들에게 신중한 사려를 줌으로써 우리들로 하여금 새로운 목적과 힘에 종사하게 한다. 인류는 특히 이러한 인물들을 숭배하고 이들을 최고의 지위에 올려놓는다. 모든 도시와 촌락과 가옥과 지위의 선박에 있는 수많은 입상(立像)과 희화(戲畵)와 기념비 등이 그들의 천재를 회상시키고 있지 않느냐....

그들의 환영은 언제나 우리의 앞에 솟아오른다.
우리의 귀한 형제들이여
그러나 피를 같이 나눈 우리의 동포
잠을 잘 때도 밥을 먹을 때도 우리들을 다스린다.
아름다운 모습과 부드러운 말로서.

독특한 사상상(思想上)의 이득, 즉 일반인의 마음에 도덕적 진리를 주입하는 사람들에 의해서 행해지는 공덕을 어떻게 설명해야 좋을는지 모른다.

나는 모든 나의 생활에 있어서 언제나 댓가라는 세금을 지불하지 않으면 안 되는 것이 여간 괴롭지 않다.

마당에 나가서 사과나무에 손질을 하고 있으면 그것이 퍽 재미가 나서 언제까지라도 그 일을 놓지 않고 계속할 수 있을 것 같은 생각이 든다. 그러나 그 날을 보내고 나면 무엇 하나 귀중한 일을 치룬 것 같은 마음은 들지 않는다.

보스턴이나 뉴욕에 가서 볼 일을 보려고 여기 저기로 뛰어다니면 볼 일은 다 보게 되지만 그날은 그것으로 또한 다 보내 버리게 된다.

사소한 이득을 위해서 지불한 이 댓가를 회고해 볼 때 정말 마음이 괴로워진다. 누구든지 그 위에 앉기만 하면 많은 소원이 성취는 되지만 그 대신에 하나의 소원이 이루어질 때마다 한 장 한 장씩 줄이 간다는 녹피의 이야기를 나는 생각하지 않을 수 없다.

자선가의 집회 같은 데에 가면 아무나 당파나 인물에 대한 일이나 혹은 캐롤리나 큐바에 관한 시사문제 같은 것은 거의 아는 것이 없지만 이와 같은 특수한 일을 처리하는 근본 법칙을 표명하고, 이것으로써 모든 교활한 허위의 연기자들을 격파하고 모든 이기적 인물들을 파산시킬 수 있는 공명정대한 대도(大道)를 내게 입증하고, 국가와 시대와 혹은 일신상의 여하한 상태에도 조금도 구애받지 않는 자주성을 내게 가르쳐 준다면, 그 사람이야말로 나를 해방시켜 주게 되고, 나는 즉시로 시계 같은 것은 잊어버리고 만다.

나는 사람들에 대한 고통스러운 관계에서 떠나 내 가슴의 상처를 잊어버리고 부패될 수 없는 선을 나 자신이 가지고 있다는 깨달음으로써 영원한 존재가 될 수 있다. 우리나라에서는 언제나 빈부의 대경쟁이 벌어지고 있다. 우리들은 단지 어느 정도 한정된 분량의 밀, 양털, 토지 밖에는 없는 하나의 시장 속에 살고 있다. 따라서 만약 내가 얼마간의 물건을 더 가지고 있을 때에는 다른 사람들은 모두가 그만큼 적게 가지고 있지 않으면 안 된다.

나는 예의를 잃지 않고서는 좋은 물건을 가질 수 없는 것 같은 생각이 든다. 남이 기뻐하는 것을 좋아하는 사람은 한 사람도 없다. 따라서 우리들의 제도는 전쟁의 제도라는 것이다. 즉 강한 사람이 약한 사람을 해치는 제도다.

색슨민족의 자손들은 다른 사람들의 선두에 서기를 원하도록 교육되어 있다. 이것이 우리들의 제도다. 따라서 세상 사람들은 그의 경쟁자들에게 받은 회한과 질투와 증오감의 분량 여하에 따라서 그 인물의 대소를 측량하게 된다. 그러나 이러한 새로운 경쟁의 마당에는 자부심 같은 것도 없고, 배타심 같은 것도 없는 그야말로 공백의 장소가 놓여있는 것이다.

나는 사실을 대표하는 인물이건 사상을 대표하는 인물이건 간에 모든 종류의 위인을 존경한다. 나는 거칠은 것이든 유순한 것이든 '신의 채찍'이라고 불리우는 것이든 인류의 애인이라고 불리우는 것이든 다 같이 이것을 좋아한다.

나는 시이저, 스페인의 차알즈 5세, 스웨덴의 차알즈 12세. 리처어드 플랜타지네트'프랑스의 나폴레옹을 좋아한다. 나는 장교로서 재상으로서 의원으로서 자기의 직책을 다 할 수 있을 만한 충분한 역량을 가진 사람들에게 박수갈채를 보낸다. 확고부동하게 철각(鐵脚)을 디디고 서 있는 문벌이 좋고, 부유하고, 미목(眉目)이 청수하고 언변이 유창하고, 주체하기 어려울 만한 수 많은 편의를 제공하고, 신기로운 매력으로써 온갖 사람을 끌어서 저절로 자기의 수하에 들게 하고, 자기의 권력의 후원자로 만드는 수령을 나는 좋아한다.

칼과 몽둥이, 혹은 칼과 같은 재능이나 몽둥이와 같은 재능이 세계의 대업을 운영하고 있는 것이다. 그러나 여기에 어느 한 사람이 나와서 자기 자신과 세상의 모든 영웅을 폐기하고 인간관계를 떠나서 사리(事理)의 본령(本領) 속에 몰두하여 그 세련된 힘과 거역할 수 없는 향상력을 우리들의 사상에 주입하여 이기주의를 전폐해 버릴 수 있다면 나는 그 인물을 위대하다고 생각한다.

그 힘이야말로 말할 수 없이 위대한 것이기 때문에 한 나라의 군주도 그의 앞에서는 무색하게 되는 수밖에 없는 것이다. 그때 그는 자기의 민중에게 법을 수여하는 제왕이며, 인간의 평등을 설유(說諭)하며 야만적인 복종에서 그의 노예들을 해방시키는 법왕이며, 자기의 제국까지도 아낌없이 내 놓을 수 있는 황제인 것이다.

나는 사실은 위인의 공헌에 대한 두세 가지 요점을 조금 더 상세하게 논할 예정이었다. 자연은 조금도 아낌없이 고통과 시름을 잊어버릴 수 있는 마취제를 나누어 주고 특히 자연은 자기의 창조를 잘못 만들어 놓았을 때 이를테면 불구자라든가 병신을 만들어 놓았을 때는 그 흠이나 상처 자리에다 부족함이 없도록 마약을 바른다. 따라서 피해자는 세상 사람들이 아무리 매일같이 그것을 보고 손가락질을 하고 웃더라도 조금도 화근을 생각하지 않고, 또한 그것을 알지도 못하고 그대로 일생을 희희낙낙하게 보내고 만다.

세상에서 보잘 것 없는 시시한 자나 남에게 불쾌감 밖에 주지 않는 하찮은 자는 항상 자기 자신을 세상에서 가장 난폭하게 박대받고 있는 사람이라고 생각하고, 자기를 시대의 배은망덕과 이기적인 근성에 대해서 조금도 놀라지 않는다.

우리들의 지구는 위인이나 천사에게 있어서 뿐만 아니라 잡담가나 유모 같은 사람에 있어서까지라도 그의 숨은 미덕을 발견한다. 생명을 가지고 있는 창조물에 대해서 그에게 알맞은 타성, 즉 보존하고 저항하는 정력과 봉변을 당하거나 큰일을 당했을 때 분격하는 마음을 가지도록 한 것은 참으로 보기 드문 조물주의 간계가 아니겠는가?

대체로 사람에게는 각자의 지적 역량과는 별도로 자기 자신의 의견에 대한 긍지가 있는 것이고, 이것이 자기가 정당한 것이라는 보장을 주고 있는 것이다. 유약한 천치 같은 촌뜨기까지라도 얼마 되지 않는 지각과 능력을 이용하여 자기의 의견만이 옳다고 생각하고 자기 이외의 사람들을 모두 바보 같이 보고 낄낄거리고 비웃고 있다. 자기 자신과 차이가 있다는 것이 세상의 부조리를 판단하는 표준이 된다.

어떤 사람이든 자기가 잘못 되었다는 의심을 가지고 있는 사람은 없다. 시멘트 중에서도 가장 단단하게 고착하는 역청(瀝靑)을 가지고 사물을 밀착시켜 놓았다는 것은 얼마나 명석한 자연의 고안이냐? 그러나 이와 같은 자기 만족의 웃음을 짓고 있는 틈을 타서 테르시테르라도 능히 사랑하고 존경할 수 있는 2, 3인의 인물이 지나간다.

우리들이 걸어가고 있는 길의 선두에 서서 우리들을 안내해 주는 사람이 바로 이 사람이다. 그가 베풀어 주는 조력은 무한정한 것이다. 플라톤이 없었던들 우리들은 사리를 분별하는 서적이 이 세상에 존재할 수 있다는 확신을 거의 상실하게 되었을는지도 모른다. 신성한 책은 단 한 권만 있으면 좋겠다고 생각된다.

이 한 권은 우리에게 없어서는 안 된다. 우리들의 감수성은 무한한 것이기 때문에 우리들은 영웅적인 인물들과 교제하기를 좋아한다. 위인들과 접촉을 함으로써 우리들의 사상과 태도는 훨씬 용이하게 위대해지는 것이다.

활동력에 있어서는 탁월한 사람이 극히 드물지만 포용력에 있어서는 우리들은 모두 우수하다. 하나의 단체 안에 단 한 사람의 현명한 사람이 있으면 충분하다. 그러면 주위의 사람들은 모두가 현명하게 된다. 그러한 전염력이란 그만큼 속도가 빠른 것이다.

이리하여 위인들은 우리들의 두 눈에서 자가도취를 씻어버리고 우리들로 하여금 다시 사람들과 그들의 임무를 볼 수 있도록 하는 일종의 안약인 것이다. 그러나 세상에는 불행하게도 전 민중과 전 시대에 부수되어 있는 악덕과 우둔이 퍼져 있다.

사람은 언제나 그들의 조상들 보다는 그들과 동시대의 사람들을 더 많이 닮는다. 늙은 부부나 혹은 오랫동안을 한 지붕 밑에서 같이 살아 온 가족들을 보면 그들은 모두가 서로 비슷 비슷하다. 따라서 가령 그들이 아주 오랫동안을 더 같이 살게 되면 거의 누구인지 분간하지 못할 정도로 될지도 모를 일이다.

자연은 자칫하면 세계를 한 덩어리로 녹여 버리려 드는 이와 같은 순종을 대기(大忌)하고 되도록 그러한 감상적인 융합적 경향을 깨뜨려 버리려 조바심을 한다. 이와 비슷한 동화작용이 하나의 도시, 하나의 종파, 하나의 정당 안에 있는 사람들 사이에서 역시 진행되고 있다.

요컨대 시대사조하는 것은 도처에 공기와 같이 침투되어 있어 이것을 호흡하는 사람은 모두가 그것에 감염되지 않을 수 없는 것이다. 조금만 더 높은 지점에서 내려다본다면 여기에 있는 뉴욕이나 저기에 있는 런던시나 소위 서구문명이라는 것은 광인(狂人)의 집단처럼 생각될 것이다.

우리들은 서로 침착한 태도를 보이고 있지만 기실은 상호간의 경쟁에 의해서 시대의 광증(狂症)을 더 한층 악화시키고 있는 것이다. 양심의 가책을 받지 않고 산다는 것이 일반적인 관습으로 되어 있다. 이것은 일반적인 관습이라기 보다는 특히 우리들 시대의 사람들의 관습이라는 것이다.

또한 우리들의 동료들과 마찬가지로 현명해지는 것은 선량해지거나 극히 용이한 일이다. 동시대의 사람들에게서 그들이 알고 있는 것을 배우려면 우리들은 아무 노력도 필요치 않다. 그것은 거의 피부의 털구멍을 통해서 극히 자연스럽게 이쪽으로 들어온다.

우리들은 그것을 교감에 의해서 포착한다. 즉 아내가 지식이나 도덕에 있어서 자기의 남편과 자연적으로 정도가 동일하게 되는 것이나 마찬가지다. 그러나 동시대의 사람들이 걸음을 멈추게 되는 경우에는 우리도 역시 걸음을 멈추게 되는 것이다. 거기에서 한 걸음 더 앞으로 내디딘다는 것은 여간 어려운 일이 아니다. 위대한 사람, 즉 보편적 사상에 충실함으로써 굳게 자연을 파악하고 세속적 풍조에서 전연 초월해 있는 사람은 이와 같은 공통적인 과오에서 우리들을 구해 주는 구세주이며, 따라서 우리들 시대의 온갖 사람들의 유혹에서 우리들을 방어해 준다.

만인이 다 같이 동일한 성장을 하고 있는 가운데서 그들만은 우리들이 요구하고 있는 이례(異例)의 인물인 것이다. 외래의 위대성이야말로 붕당주의(朋黨主義)의 해독제인 것이다.

이와 같이 우리들은 천재에게서 영양분을 얻어 옴으로써 우리들의 동료들과의 과도한 교제에서 오는 폐단을 고치고 그가 우리들을 인도하는 곳에서 발견되는 자연의 심오한 경지에서 우리는 기쁨을 느낀다. 한 사람의 위인이야말로 천만인의 소인에 못지않은 가치가 있는 것이다.

세상의 어머니들은 모두가 다른 자식들은 다 범인이라도 좋으니 다만 그 중의 한 자식만이라도 천재가 되어 주었으면 하고 원하고 있다. 그러나 여기에 새로운 위험성은 위인의 영향을 너무 지나치게 받는 데 있다.

그의 강한 인력(引力)이 우리들로 하여금 우리의 위치를 기울어지게 한다. 즉 우리는 그로 인해서 심부름꾼이 되고 지적 자살자가 되어 버린다. 그러나 저기 저 지평선 위에는 우리들의 구원이 이에 나타나고 있다. ―다른 종류의 위인, 새로운 특질과 평형주(平衡鑄)와 견제의 손잡이가 이미 저편에 나타나고 있다.

우리는 하나 하나의 특수한 위대성에는 곧 물려 버린다. 어떠한 영웅이든간에 드디어는 우리에게 지루한 감을 주게 되지 않는 사람은 하나도 없다.

불테르는 악의적인 인물은 아니라고 보이지만 그는 선량한 예수에 대해서 '제발 나한테 그 이름을 다시 들려주지 않도록 해 주시요'라고 까지 말했다 한다. 걸핏하면 모두들 조오지 워싱턴의 공덕을 가지고 떠들어 대지만 ―워싱턴 같은 것은 제발 꺼꾸러져라! 하고 과격당은 한 마디로 그를 격파해 버린다. 이러한 인간으로서는 어쩔 수 없는 필연적인 방어책인 것이다.

구심력이 강할수록 원심력도 그만큼 강하게 된다. 우리들은 어느 한 사람에 대한 균형을 취하려고 할 때 반드시 그와 반대되는 힘을 이용한다. 국가의 건강 상태는 시이소에 의뢰하고 있다. 그러나 영웅의 효용에는 민속한 제한이 있다. 모든 천재는 통용될 수 없는 특질을 수많이 가지고 있는 것이며, 이것으로써 타인의 접근을 방어하고 있다.

그들은 대단히 강한 인력을 가지고 있기 때문에 멀리 떨어져서 그들을 볼 때 그들의 천재는 이미 우리들의 소유로 화해 있는 것 같은 착각을 준다. 그러나 사실상 우리들은 접근을 못하도록 사면에서 방해를 받고 있는 것이다.

우리들을 끌어 당시는 인력이 강하면 강할수록 우리들의 반발하는 힘도 그만큼 강하다. 우리들을 위해서 이 주어진 그 이득에도 견실치 못한 점이 보인다. 아무리 훌륭한 발견이라 할지라도 발견자는 자기 자신을 위해서 그것을 한다. 따라서 그 발견자의 친구의 입장에서 볼 때 발견자가 그것을 실증해 보이기까지는 그 발견이란 친구에게는 하나의 가공적인 것에 불과하다.

신은 이 세상에 보내는 하나 하나의 인간의 의상을 다른 사람에게는 결코 전달할 없는 특수한 미덕과 힘으로써 만들고, 그 인간이 이 세상을 향해서 출발할 때 그 인간의 의상 위에 '남에게 양도해서는 안된다. 이번 여행에 있어서만 유효하다'고 적어 놓은 것 같이 생각된다.

마음과 마음의 교감에는 무엇인지 사기적인 것이 있다. 그 한계선은 눈에 보이지 않는 것이지만 그러나 그것들은 결코 피차간에 월권행위를 하지 못한다. 거기에는 나누어 주려는 호의와 받아들이려는 호의가 있어서 쌍방이 지금이라도 서로 합쳐서 하나가 되려는 기백이 보이지만 그러나 개성의 법칙은 어디까지나 그 비밀의 힘을 거두어 들여 너는 너고, 나는 나다라는 식으로 우리들을 영원히 갈라놓는다.

자연은 모든 사물이 그대로 있기를 원하고 있다. 따라서 개성은 성장하면서 남을 배척하고 남을 배척하면서 성장하여 우주의 극단까지라도 뻗어 나가서 그 존재의 법칙을 다른 모든 생물 위에 강요하려고 노력하고 있지만 자연은 어디까지나 이것을 반대하고 각자의 개성을 보호하는 것을 목적으로 하고 있다.

모든 사물에는 자기 자신을 방어하는 힘이 부여되어 있는 것이다. 적당하지 않은 장소에 활동력을 계속해서 주입할 때 은혜를 베푸는 사람이 도리어 해를 가하는 악인이 되고, 어진 아이는 우둔한 양친의 마음대로 과도한 희롱을 당하고, 거의 모든 사람들이 너무나 사교적이고 너무나 흔히 남의 일을 간섭하게 되는 이 세상에서는 개성이 개성에 대항하여 서로가 자기 자신을 지키는 힘보다도 더 현저하게 나타나는 것은 없다.

어린 아이에게 수호신이 붙어 있다는 말을 잘 쓰는데 이것은 가장 이치에 맞는 말이다. 그들이 나쁜 사람들의 감화나 야비한 취미나 뒤떨어진 사상 같은 것에 감염되지 않는 것을 보면 참으로 놀라울 만한 것이 있다. 그들은 자기 자신의 풍부한 미를 그들이 보는 대상에다 발산하는 것이다. 그렇기 때문에 그들은 우리들 성인들이라는 하찮은 교육가의 손아귀에는 들지 않는다. 만약 우리들이 위협하고 꾸짖고 하면 그들은 곧 태연한 모습으로 돌아가서 일종의 자부심을 갖게 된다. 저희들이 하고 싶은대로 내버려두면 그들은 또한 어디서든 자연적으로 능력의 한도를 배우게 되는 것이다.

감화가 아무리 과도한 것이 될지라도 우리는 이것을 두려워할 필요는 없다. 훨씬 더 큰 신뢰심을 가지고 접해도 무관하다. 위인에게는 봉사해야 한다. 어떠한 굴욕이 있더라도 참고 나가야 한다. 그대가 할 수 있는 모든 역할을 아낌없이 다 해야 한다. 그들의 신체의 수족이 되고 그들의 입의 호흡이 되어야 한다. 그대의 자존심을 훨씬 줄여야 한다. 그것으로 해서 그대가 조금이라도 광대하고 고귀한 사람이 될 수 있는 만큼 그러한 것은 조금도 개의치 않아도 좋다.

보즈웰식의 조롱 같은 것도 무시해야 한다. 행여나 소매가 더러워질까 하고 걷어 올리는 그 불쌍한 궁지에 비해 볼 때 앞뒤를 가리지 않는 헌신이야말로 오히려 위대함에 가까운 일이다.

요컨대 사람이 되라는 것이다. 그대 자신으로 머물러 있지 말고 플라톤파가 되라. 한 사람의 인간으로 머물러 있지 말고 그리스도의 제자가 되라. 한 사람의 박물학자로 머물러 있지 말고 데카르트의 학도가 되라. 한 사람의 시인이 아니라 세익스피어 숭배자가 되라.

경향의 차량은 잠시 동안도 무의미하게 정직하지 않을 것이고, 타성(惰性)과 공포 혹은 애정의 큰 힘을 기울여 보았댔자 거기에 그대를 붙잡아 둘 수는 없는 일이기 때문이다.

나가라, 영원히 앞으로 나가라. 현미경으로 보면 물속을 떠돌아다니고 있는 적충(滴蟲) 사이에는 하나의 단자(單子), 즉 차중(wheel-insert)이라는 것이 보인다. 이 차중 위에는 곧 하나의 흑점이 커 가지고 한 가닥의 틈이 벌어진다. 그리고 이 틈이 갈라져서 두 개의 완전한 동물이 된다.

끊임없이 계속되는 이와 같은 분리작용은 사상계에 있어서나 사회에 있어서도 역시 나타나고 있는 것이다. 어린아이는 그의 양친이 없이는 도저히 살아갈 수 없는 것처럼 생각이 든다. 그러나 당사자들은 깨닫지 못하고 있을 때부터 벌써 이 흑점은 나타나기 시작해서 여기에 분리작용이 일어나는 것이다. 이리하여 어떠한 사건이 일어날 때 그들의 독립성은 드디어 노출되고 마는 것이다. 그러나 '위인'이라는 이 언어부터가 벌써 해로운 것이다. 특히 이러한 종족이 따로 존재하고 있단 말인가? 또한 이처럼 하늘이 지정한 운명이 따로 있단 말인가? 덕으로 인도한다는 그 약속은 어떻게 된 것인가? 생각하는 청년들은 자연의 과중한 대조를 슬퍼하고 있다. 그는 이렇게 말한다.

'여러분이 존경하고 있는 영웅은 정말 관대하고 훌륭하다. 그러나 한 대의 외바퀴 손구루마를 국가처럼 생각하면서 일하고 있는 저 불쌍한 농민들을 보라. 영웅의 국가는 저러한 농민들로 된 것이 아니냐?'고.

역사가 시작된 이후로 오늘날에 이르기까지 어째서 저 군중들은 항상 칼과 탄환의 밥이 되고 있는 것인가? 이렇게 해서 위엄을 갖게 되는 것은 감정을 가지고 의견을 가지고 사랑을 가지고 헌신적 열성을 가지고 있는 그 3명의 지도자에 불과한 것이다. 그들은 또한 전쟁과 죽음을 신성한 것으로 만들고 있지만 그러나 그들이 고용하고 살육한 그 불쌍한 사람들에 대해서 과연 어떠한 보수가 있느냐 말이다.

인간이 너무나 값싸게 취급받는 것은 일상적인 비극이 아닐 수 없다. 다른 사람들이 너무나 천박한 지경에 몸을 떨어뜨리고 있는 것은 우리들 자신이 그와 같이 몸을 떨어뜨리고 있는 것이나 마찬가지이다. 그것은 또한 현실적인 대손실이다. 어째 그러냐 하면 우리들은 서로가 사회를 형성하고 있지 않으면 안되는 존재들이기 때문이다.

이와 같은 문제에 대해서 사회는 페스탈로찌 유파의 학교이며, 사회의 구성원 전원은 서로가 교대해 가면서 교사가 되었다가 학생이 되었다가 하는 것이라고 말하면 그 답변이 되겠는가?

우리들은 자기가 받음으로써 또한 남에게 나누어줌으로써 다 같이 공헌을 받고 있는 셈이다. 피차 동일한 사물만을 알고 있는 사람들은 언제까지라도 최상의 벗이 될 수는 없다. 그러나 누구에게 대해서든지 전연 별종의 경험을 가진 총명한 사람을 그에게 짝지어 줘 보라. 그야말로 낮은 지대를 터놓아 호수의 물을 흘러내리게 하는 것이나 다름없이 될 것이다. 그것은 일종의 기계적인 이득같은 생각이 든다. 그러면서도 쌍방은 지금 자기 자신에 대해서 자기의 사상을 장식할 수 있기 때문에 피차가 막대한 이득을 보게 된다.

각자의 마음속에는 우리들이 위엄을 잃고 재빠르게 남에게 예속된다는 기분이 든다. 따라서 아무도 자기의 위치를 빼앗아 가지 않고 언제나 이쪽을 위해서 봉사하고 있는 것 같이 보인다면 이것은 우리들이 각자의 능력의 교재를 위해서 오랜 기간을 두고 충분히 동료들을 관찰하고 있지 않기 때문이다. 이른바 군중이라는 것, 즉 범인에 관해 말하면 이 세상에는 범인이란 한 사람도 없다.

모든 사람은 결국에 가서는 일정한 크기에 도달하게 되는 것이고 따라서 모든 기능은 어떠한 지점에 도달했을 때 반드시 신격화 되는 것이라는 확신을 기초로 해서만 비로소 진정한 예술은 성립될 수 있는 것이다.

경기장에서 정정당당히 그리고 씩씩하게 시합을 하고 승리자가 누구이건 그 사람에게 세상에서 가장 신성한 월계관이 주어지게 되어 있다. 그러나 하늘은 모든 생물을 위해서 평등한 기회를 마련하고 있다.

모든 사람들은 저마다 자기가 감추어 가지고 있는 광휘를 창공에서 연출하고 자기의 재능을 극치에 까지 앙양시키기 전에는 결코 마음을 놓지 못한다.

목하(目下)의 영웅들이 비교적 위대한 인물들이면 그 성장에 있어서도 훨씬 조숙하다. 또 그들은 그가 성공한 순간에 있어서 그 당시에 요구되고 있는 체내에서 완전히 원숙되어 있는 것이다. 따라서 다른 세월이 오면 또한 다른 종류의 특질이 요구될 것이다.

어떤 광휘 같은 것은 보통 수준의 관찰자의 눈에는 띄지 않는 것이 있다. 이러한 것은 정밀하고 적합한 눈을 갖고 있지 않고서는 볼 수 없는 것이다. 그 이상 위대한 사람이 없느냐고 위인에게 물어 본다. 그의 동료들이, 즉 그러한 사람들인 것이다.

사회가 그들을 보지 못한다고 해서 그들의 위대성이 감소되는 것이 아니고 오히려 더 한층 큰 것이 되는 것이다. 자연은 이 지구에 위인을 보내되 반드시 그 위인의 비밀을 다른 사람에게 숨김없이 이야기 한다.

이상과 같은 연구에서 하나의 아름다운 사실이 나타나고 있다. 즉 우리들의 사람에는 진정한 승천(昇天)이 있다는 사실이다. 19세기가 명예로 보는 것도 후일에는 오히려 그 야만성을 증명하기 위해서 인용되는 날이 올는지도 모른다. 인도(人道)의 정수야말로 그 경력이 우리들의 연대기에 기록되어야 할 진정한 제목인 것이다.

우리들은 많은 일을 추리해서 기록에 있는 많은 간극(間隙)을 보충하지 않으면 안 된다. 우주의 역사는 징조와 같은 것이고, 인생은 단지 기억을 돕는 방편에 지나지 않는다.

수많은 유명한 사람들 가운데서 이성 그 자체이며, 광명 그 자체이며, 우리들이 바라고 있는 본질 그 자체인 것 같은 사람도 없다. 그들은 다만 여지껏 보지 못했던 새로운 가능성을 어느 면에 있어서 표시하여 주었다는 것에 불과하다.

우리들은 어느 날이고 이와 같은 현저한 여러 가지 미점을 종합한 무한히 거대한 인물을 완성하는 날이 오기를 바랄 따름이다. 수많은 개성을 연구하여 볼 때 우리들은 자연히 그 개성이 소멸되고 모든 것이 그 발달의 절정에 있어서 서로 접촉되고 있다는 본질적인 영역에 도달하게 된다. 이러한 경지에서 나타나는 사상과 감정은 개성이라는 울타리로 막아버릴 수는 없다. 이것이 최대의 위인의 힘을 밝히는 열쇠가 되는 것이다.

그들의 정신은 저절로 주위에 유포된다. 새로운 정신의 특질은 낮이고 밤이고를 가리지 않고, 그 원천에서 동심원형(同心圓形)으로 퍼져나가서 미지의 방법에 의해서 그 자태를 나타낸다.

모든 정신의 일치는 그 사이에 대단히 밀접한 관계가 있는 것 같이 보인다. 즉 어느 하나의 정신에 용납된 것은 이것을 어느 다른 정신이 배격할 수 없는 것이다.

어느 한 면에 있어서 조그만치라도 진리나 혹은 신력(神力)을 획득한 사람이 있으면 그만큼 인민 전체에 대한 이익이 되는 것이다. 모든 개인을 각자의 발전을 완성할 수 있을 만한 충분한 여유 기간을 가지고 있는 것으로서 볼 때 그 능력과 지위의 차이 같은 것은 전혀 소멸되어 버리고마는 것이라면 우리들은 모든 개성의 중심이 발전하여 동일해지고 그들이 만물에 명령하고 만물을 움직이는 본질 그 자체로서 형성되어 있다는 것을 알 때에 불공평하게 보이는 세상의 모든 부동(不同)같은 것은 한층 현저하게 소멸되고마는 것이다.

인도(人道)의 정수야말로 역사의 올바른 입각지이며 이 장점은 보존되고 있다. 다만 이것을 표시하는 사람들이 때로는 적거나 사멸해 버리기도 하는 것이지만 그 장점은 여전히 남아 있어서 다른 사람의 이마 위에 머물러 있게 된다. 이것보다 더 치밀한 경험이 또 어디 있겠는가?

사람들은 일찍이 불사조를 보았다. 그것이 지금은 사라졌다. 그러나 그렇다고 세계가 매력을 잃은 것은 아니다. 신비로운 상징이 그려진 고대 질그릇들은 오늘날에 와서는 보통 도기(陶器)나 다름없이 되었다. 그러나 그 회화의 의의는 여전히 신성한 것이고, 그것들은 오늘날 세계의 많은 벽에 전사(轉寫)되어서 우리들이 이것을 볼 수 있다.

잠시 우리들의 교사들은 진보의 측정기로서 혹은 이정표로서 우리들을 친히 인도해 주었다. 그들은 지난날에 있어서는 지식의 천사였으며 그들의 존재는 실로 하늘을 찌를만한 것이었다.

그 다음에 우리들은 그들 옆으로 가까이 접근하여 그들의 실력과 그들의 교양과 그들의 한계점을 보게 되자 그들은 자기들의 지위를 다른 천재에게 양보해 버리고 말았다.

우리들이 그 옆에 가까이 접근해 보아도 도무지 해득할 수가 없고, 세월도 비교도 그 서광을 빼앗지 못하리만큼 높은 자리에 앉아 있는 사람이 불과 두 세 사람이라도 있다면 참으로 다행한 일이다. 그러나 결국 우리들은 인간에 있어서 완벽을 바라는 마음을 버리고 그들의 사회적 또는 대표적 특질을 가지고 만족하지 않으면 안 되게 될 것이다.

개인에 관한 모든 것은 개인 자신이 항상 자기의 협소한 한계에서 탈각하여 광대한 조직에도 향상하려고 하는 것과 마찬가지로 덧없는 것이며 동시에 예상될 수 있는 것이다.

우리들이 천재를 하나의 근본적인 힘이라고 믿고 있는 한 우리들은 결코 그에게서 진정한 최선의 이익을 얻을 수는 없다. 천재가 원인으로서 우리들을 도와주지 않게 되는 순간에 비로소 그는 우리들을 결과로서 더 많은 것을 도와주기 시작한다. 이리하여 그는 한층 광대한 마음과 의지의 대표적인 인물로서 나타난다. 혼탁한 자아는 '제1원인'인 절대의 광명에 의해서 투명해지는 것이다.

그러나 인간의 교육과 활동이 도달할 수 있는 한계 내에서 본다면 원인은 그보다 더 위대한 사람이 나타나기 위해서 존재하는 것이라고 말해도 무방할 것이다. 개량(改良)은 유기화 된 자연의 운명이다. 따라서 이것이 어디까지 가서 정직하게 될지는 아무도 아는 사람은 없다.

혼돈계를 길들이는 것은 인간이 해야 할 일이다. 기후·곡식·동물·인간을 한층 온화하게 하고, 사랑과 이득의 싹을 한층 더 번식시키기 위해서 인간은 살아있는 동안 모든 면에 과학과 시(詩)의 종자를 뿌리는 일에 종사하는 것이 그의 임무인 것이다.

원숭이는 인간에 무엇인가?

니이체(Friedrich Nietzsche)

19세기 독일의 철학자(1844. 10. 15~ 1900. 8. 25)
전통적인 서구의 종교·도덕·철학에 깔려 있는
근본 동기를 밝히려 노력했다. 많은 신학자 · 철학자 ·
심리학자 · 시인 · 소설가 · 극작가 등에게 깊은
영향을 미쳤다.
'신은 죽었다'는 그의 주장은
20세기 유럽 지식인의 주요한 구호였다.
대표 저서: 「짜라투스투라는 이렇게 말했다」
「인간적인 너무나 인간적인」「이 사람을 보라」 등

원숭이는 인간에게 무엇인가?

1

짜라투스트라는 30세 때 고향의 호수를 떠나 산으로 들어갔다. 여기서 그는 고독을 즐기며 10년 동안 조금도 권태를 느끼지 않고 지냈다. 그러나 마침내 그의 마음은 변하고 말았다.

어느 날 아침, 그는 먼동이 트자마자 자리에서 일어나 태양을 향해 이렇게 외쳤다.

'오! 위대한 천체여! 만일 그대가 비춰야 할 것을 갖지 못했다면 그대의 행복은 무엇이었을까? 10년 동안 그대는 나의 동굴을 비추어 왔다. 만일 내가 없었다면 또 나의 독수리와 뱀이 없었다면 그대는 그대의 빛과 궤도에 염증이 났으리라. 그러나 우리들은 매일 아침 그대를 기다리고 그대의 과잉을 흡수하고, 그리고 이에 대해 그대를 축복하였노라. 보라! 나는 자신의 지혜에 지쳐버렸다. 꿀을 너무나도 많이 모은 꿀벌들처럼. 이제 그것을 구하려고 내미는 손이 있어야 하리라. 나는 그것을 나누어 주련다. 인간들 중의 현자가 또다시 그 어리석음을 기뻐하고 가난한 자가 다시 한번 그 풍요함을 기뻐하게 되기까지. 이를 위해서 나는 낮은 곳으로 내려가지 않으면 안되노라. 마치 그대가 저녁마다 또 다시 빛을 하계(下界)에 가져다주기 위해 바다 저편으로 가라앉을 때처럼. 오호! 그대 넘칠듯이 풍요한 천체여!

나도 또한 그대처럼 밑으로 내려가야 하노니, 이제 내가 내려가려는 그곳 사람들은 이를 몰락(沒落)이라 부른다. 그럼 나를 축복해다오. 그대 조용한 눈동자여, 한없이 위대한 행복조차도 시기하는 마음없이 바라볼 수 있는 눈동자여! 바야흐로 넘쳐흐르려는 이 잔을 축복해 다오. 이 물이 황금빛으로 흘러가는 곳마다 그대의 기쁨의 반사를 전하도록! 보라, 이 잔은 또 다시 비워지기를 원하노라. 그리고 짜라투스트라는 다시금 인간이 되기를 원하노라.'

—이리하여 짜라투스트라의 몰락은 시작되었다.

2

짜라투스트라는 홀로 산을 내려갔다. 아무도 만나지 않았다. 그러나 그가 숲속에 들어가자, 갑자기 한 노인이 그의 앞에 나타났다. 숲속에서 풀뿌리를 구하고자 그의 성스러운 오두막집을 나온 노인이었다. 노인은 짜라투스트라에게 이렇게 말을 걸었다.

"이 나그네를 나는 본 적이 있어. 몇 년 전에 이곳을 지나간 일이 있지. 짜라투스트라라는 이름이었는데 지금은 아주 딴 사람으로 변했군. 그때 그대는 그대의 재(灰)를 산으로 옮겨 갔었지. 이제 그대는 그대의 불을 골짜기로 옮기려고 하는가? 그대는 방화자의 형벌을 두려워하지 않는가? 그래, 바로 이 사람이 짜라투스트라다. 그의 눈은 맑고 그 입가엔 구토(嘔吐)의 흔적도 없다. 그래서 이 사람은 마치 춤추는 사람같이 걸어오지 않는가. 짜라투스트라는 변했다. 짜라투스트라는 어린애가 되었다. 짜라투스트라는 이제 잠에서 깨어난 사람이다. 이제 새삼스레 저 잠자고 있는 사람들에게 가서 무엇을 하려고 하는 것일까?

그대는 바다 속에서 사는 것처럼 고독 속에서 살아 왔다. 그리고 바다는 그대를 보살펴 주었다. 그런데 어찌하여 그대는 육지에 오르려고 하는가? 오오, 이제 그대는 스스로의 육체를 다시금 스스로 이끌고 가려 하는가?"

짜라투스트라는 대답했다.

"나는 인간을 사랑하노라."

"어찌하여..."

하고 성자는 말했다.

"어찌하여 내가 숲속과 황야에 들어왔는가? 그것은 곧 내가 너무나도 인간을 사랑하였던 까닭이 아니었던가. 지금 나는 신을 사랑한다. 인간을 사랑하지는 않는다. 인간은 나에게 있어 너무나도 불완전한 것이다. 인간에의 사랑이 나를 죽게 하리라."

짜라투스트라는 다시 대답했다.

"내가 사랑에 대해 무엇을 말하리오. 다만 나는 인간에게 선물을 주고자 하오."

"인간에게는 아무것도 주지 말라."

하고 성자는 말했다.

"오히려 그들에게서 무엇이든 빼앗아라. 그리고 그 짐을 그들과 함께 짊어져라. 이것이 그대에게는 한낱 보잘 것 없는 기쁨에 지나지 않을지라도 그들에게 있어서는 무상의 은혜일 것이다. 그들에게 무엇인가를 주기를 원한다면 다만 보시로서 족하리라. 그리고 그것도 그들로 하여금 구걸토록 할 것이다."

"아니오."

하고 짜라투스트라는 대답했다.

"나는 보시 같은 것은 하지 않는다. 보시할 정도로 나는 가난하지 않노라."

성자는 짜라투스트라를 비웃으며 이렇게 말했다.

"그렇다면 그들이 그대의 재보(財寶)를 받아들이도록 시험해 보라. 인간은 외로이 사는 자에 대해서는 의심이 많아 우리가 선물을 주기 위해서 온 것을 믿지 않는다. 우리의 발걸음 소리는 그들의 거리에서는 너무도 쓸쓸하게 울린다. 마치 한밤중 태양이 뜨기 훨씬 전에 잠자리에서 행인의 발자욱 소리를 들을 때처럼 그들은 자기 자신에게 물어보리라. '도둑은 어디로 가는 것일까'라고. 인간에게로 가지 말라. 숲속에 머물라. 오히려 짐승에게로 가라. 어찌하여 그대는 나처럼 되고자 하지 않는가? 나는 곰 중의 곰, 새 중의 새."

"성자는 숲속에서 무엇을 하는가?"

하고 짜라투스트라는 물었다.

"나는 노래를 지어 부르고, 노래를 지으면서 나는 웃고, 울고, 중얼거린다. 이렇게 나는 신을 찬양하노라. 노래하고, 울고, 웃고 중얼거림으로써 나는 나의 신을 찬양하노라. 그러나 그대는 우리에게 무엇을 선물로 가져 왔는가?

하고 성자는 말했다.

짜라투스트라는 이 말을 듣고 성자에게 절하며 말했다.

"당신에게 줄 무엇을 내가 가졌단 말인가? 내가 당신들에게서 무엇이든 빼앗는 일이 없도록 나로 하여금 빨리 이곳을 떠나게 하라!"

이리하여 그들, 노인과 젊은이는 서로 헤어졌다. 마치 소년들이 웃듯이 웃으면서. 그러나 짜라투스트라는 홀로 있게 되자 자기 자신에게 이렇게 말했다.

"도대체 이런 일이 있을 수 있는 일인가? 저 늙은 성자는 숲속에서 신은 죽었다고 하는 것을 아직 듣지 못한 것이다."

3

짜라투스트라는 숲을 끼고 있는 어느 마을에 이르렀을 때 그곳 광장에 군중들이 모여 있는 것을 보았다. 광대가 줄타기를 한다고 이미 예고되어 있었기 때문이다.

여기서 짜라투스트라는 군중들을 향해 이렇게 말했다.

"나는 그대들에게 초인(超人)을 가르치노라. 인간은 극복되어야 할 그 무엇이다. 인간을 극복하기 위해 그대들은 무엇을 하였는가? 이제까지 만물은 스스로를 초월한 그 무엇을 창조해 왔다. 그럼에도 그대들은 이 위대한 만조(滿潮)가 간조(干潮)되기를 원하는가. 인간을 극복하기보다 오히려 동물로 되돌아가기를 원하는가? 원숭이는 인간에게 있어 무엇이란 말인가? 웃음거리이든가 비참한 수치이다. 그리고 인간은 초인에게 있어서 바로 이와 같은 것으로, 즉 웃음꺼리이든가 비참한 수치일 뿐이다. 그대들은 구더기에서 인간으로의 길을 더듬어 왔다. 그러나 그대들 가운데에는 아직도 많은 것들이 구더기로 남아 있다. 일찍이 그대들은 원숭이었다. 그러나 아직도 인간은 어떤 원숭이보다도 더한 원숭이인 것이다.

그대들 중의 가장 현명한 자라 할지라도 식물과 유령과의 분열, 또는 잡종에 불과하다. 그러나 내 어찌 그대들에게 식물이나 유령이 되라고 명령하겠는가? 자, 나는 그대들에게 초인을 가르치리라. 초인이란 대지(大地)의 참뜻이다. 그대들의 의지는 '초인이야말로 대지가 지닌 참뜻이어야 한다'고 말해야 한다. 나는 그대들에게 간절히 바라건대, 형제들이여, 항상 대지에 충실하여라. 초지상적인 희망을, 사람들의 말을 믿지 말라! 그들이야말로 의식적이든 무의식적이든 간에 독을 주려는 자들이니라. 그들이야말로 생명의 모멸자요, 사멸(死滅)해 가는 자, 또 스스로 독을 품은 자들이다. 대지는 이러한 인간들에게 지쳐버렸다. 그러므로 그들로 하여금 떠나는 대로 내버려 두어라!"

전에는 영혼은 육체를 멸시했다. 그대는 이 경멸이 최고의 것이었다. 영혼은 육체가 야위었고, 처참해지고, 그리고 굶주리기를 희망했다. 이렇게 함으로써 영혼은 육체와 대지로부터 벗어나려 했었다.

오오! 이 영혼이야말로 스스로 야위고 처참하고 굶주리고 있었던 것이다. 이 영혼은 잔혹을 쾌락으로 삼았다. 그러나 내 형제들이여, 내게 말하라. 그대들의 육체는 그대들의 영혼에 대해 무엇이라고 고하였는가? 그대들의 영혼은 실제로 빈곤과 불결과 가련한 안일이 아니었던가?

참으로 인간은 더러운 강(江)과도 같다. 스스로 더러워지지 않고 불결한 강을 받아들이기 위해서는 모름지기 바다가 되어야 하노라.

자, 나는 그대들에게 초인(超人)을 가르치노라. 초인이야말로 바로 그 바다와 같다. 그 속에서 그대들의 커다란 경멸은 몰락할 수 있을 것이다. 그대들이 체험할 수 있는 최대의 것이란 무엇인가? 그것은 커다란 경멸의 시간인 것이다. 그것이 바로 그대들의 행복도, 또한 그대들의 이성과 도덕도 구토증을 느끼게 되는 시간을 말하는 것이다. 그 때에 그대들은 말하리라.

"나의 행복이란 무엇인가? 그것은 빈곤과 불결과 그리고 가련한 안일이다. 이와 반대로 나의 행복은 생존 그 자체가 이를 뒷받침하는 것이어야 한다!"라고.

그 때에 그대들은 말하리라.

"나의 이성이란 무엇인가? 그것은 사자가 먹이를 쫓듯이 이성은 지식을 쫓고 있는가? 이성은 빈곤과 불결과 가련한 안일일 뿐이다!"라고.

그 때에 그대들은 말하리라.

"나의 정의가 무엇인가? 자기가 불꽃도 석탄도 아님을 깨닫지 못한다. 그러나 정의의 사람은 불꽃이며 석탄이다!"
라고 말할 것이다.

그 때에 그대들은 말하리라.

"나의 동정이란 무엇인가? 동정이란 인간을 사랑하는 사람이 십자가에 못박히는 것이 아닌가? 그러나 나의 동정은 십자가에 달리는 일이 아니다."라고.

그대들은 이미 그렇게 외치는 것을 들었더라면 좋았으련만. 그대들의 죄가 아니고, 그대들의 과욕함이 하늘을 향해 외치는 것이다. 그대들의 죄 속에 있는 인색함이 하늘을 향해 외치는 것이다. 불꽃의 혀로 그대들을 핥는 번갯불은 어디에 있는가? 그대들에게 접종되어야 할 광기(狂氣)는 어디에 있는가?

"자, 나는 그대들에게 초인을 가르치노라. 초인은 바로 이 번갯불이다. 이 광기이다."

짜라투스트라가 이렇게 말했을 때 군중 속의 한 사람이 외쳤다.

"우리는 줄타기에 대한 이야기에는 이미 지쳤다. 자, 실제로 보여 달라."

군중들은 모두 짜라투스트라를 비웃었다. 그러나 줄타는 광대는 이 말이 자기를 가리키고 있는 줄 알고 곡예의 준비를 하였다.

4

짜라투스트라는 군중을 의아하게 생각하여 그는 이같이 말하였다.

"인간은 동물과 초인 사이에 걸쳐 놓은 하나의 밧줄이다. 심연(深淵) 위에 걸쳐진 밧줄이다. 건너가는 것도 위험하고 도중에 있는 것도 위험하며, 돌아다보는 것도 위험하다. 겁이나 몸부림치며 멈춰서는 것도 위험하다. 인간이 위대한 것은 인간이 교량이며, 목적이 아닌 점에 있다. 인간이 사랑을 받을 수 있는 것은 인간이 하나의 과도이며 몰락이라는 점에 있다.

나는 사랑하노라. 몰락해 가는 자로서가 아니면 살줄을 모르는 인간들을. 왜냐하면 이 같은 사람이야말로 건너가는 사람이기 때문이다. 나는 사랑하노라. 위대한 경멸자를. 왜냐하면 이 사람이야말로 위대한 숭배자이기 때문이며, 또한 피안의 절벽을 향하려는 동경의 화살이기 때문이다.

나는 사랑하노라. 몰락하여 희생이 되는 이유를 별들의 배우에서 찾지 않고 대지가 언젠가는 초인의 것이 되도록 대지에 스스로 몸을 바치는 사람들을. 나는 사랑하노라. 인식하기 위해 사는 자를. 언젠가 초인이 나타날 것을 위해 인식하려는 자를. 이러한 자는 스스로의 몰락을 희구한다.

나는 사랑하노라. 초인을 위해 집을 짓고 초인을 위해 대지와 동물과 식물을 준비하려고 일하고 발명하는 자를. 이리하여 그는 스스로의 몰락을 희구하므로.

나는 사랑하노라. 스스로의 도덕을 사랑하는 자를. 도덕은 몰락에의 의지이며 동경의 화살이므로. 나는 사랑하노라. 한 방울의 정신도 스스로를 위해서는 아끼지 않고, 정신을 자기 도덕의 정신으로 하려는 자를. 이같이 함으로써 이 자는 정신으로써 교량을 건너갔다.

나는 사랑하노라. 스스로의 도덕을 방향으로 숙명을 삼는 자를. 이렇게 함으로써 이 자는 스스로의 도덕 때문에 살고 또한 죽으려고 희구한다. 나는 사랑하노라. 너무도 많은 덕을 가지려고 하지 않는 자를. 하나의 덕은 두 개의 덕보다 우월하다. 왜냐하면 하나의 덕은 숙명이 이어지는 보다 많은 매듭이기 때문이다.

나는 사랑하노라. 낭비하는 영혼을 가진 자들. 감사를 받기를 원하지 않고, 또한 보답을 바라지 않는 자를. 왜냐하면 그는 항상 남에게 주기만 하고 스스로를 위해서는 여축하기를 원치 않으므로.

나는 사랑하노라. 주사위가 행운을 가져 왔을 때 부끄러워하는 자를. 그때 자기는 부정한 도박자인가 하고 스스로 묻는 자를. 왜냐하면 그는 멸망하기를 원하기 때문에.

나는 사랑하노라. 황금과 같은 말을 행위하기에 앞서 던지고 항상 약속 이상으로 책임을 다하는 자를. 왜냐하면 그는 스스로의 멸망을 원하기 때문에. 나는 사랑하노라. 미래의 사람들을 정당화 하고 과거의 사람들을 구제하는 자를. 왜냐하면 그는 현재의 사람들에 의해 멸망하기를 원하기 때문에.

나는 사랑하노라. 스스로의 신을 사랑함으로써 스스로의 신을 책임하는 자를. 왜냐하면 그는 스스로의 신의 노여움으로 멸망해야 되기 때문에. 나는 사랑하노라. 상처를 입고도 영혼에 깊이가 있는 자를. 또한 작은 체험으로도 멸망할 수 있는 자를. 그렇게 함으로써 그는 기꺼이 교량을 넘는다. 나는 사랑하노라. 그 영혼이 넘쳐흐르고 이 때문에 자기 자신을 잃고, 일체를 자기의 내부에 감추는 자를. 이리하여 일체의 것이 그의 몰락이 된다.

나는 사랑하노라. 자유로운 정신과 자유로운 심정의 소유자를. 그의 두뇌는 그의 심정의 내장에 불과하지만 그의 심정은 그를 몰락으로 몰아넣는다. 나는 사랑하노라. 인류 위에 걸려 있는 검은 구름에서 뚝뚝 떨어지는 무거운 빗방울과 같은 이 모든 사람들을. 그들은 번갯불이 올 것을 예고한다. 그리고 예언자로서 멸망해 간다.

보라! 나는 번갯불을 예고하는 자다. 구름에서 떨어지는 무거운 빗방울이다. 그 번갯불은 초인(超人)이라 불리운다."

5

짜라투스트라는 이 말을 마치고 다시 군중을 바라보고는 입을 다물었다. 그는 자기 마음에다 이렇게 말했다.

"그들은 서 있다. 그들은 웃고 있다. 그들은 내 말을 이해하지 못한다. 나는 이런 자들의 귀에 대고 말하기 위한 입이 아니다. 그들이 눈으로서 들을 수 있고, 배우게 하기 위해 우선 그들의 귀를 두드려 부수어야 할 것인가? 복을 치며 회개를 권하는 설교사처럼 외쳐야만 한단 말인가? 또는 이들은 다만 어물어물 말하는 자만을 믿고 있는 것인가? 그들은 자랑할 만한 것을 가지고 있다. 그들은 자랑스럽게 하는 것을 무엇이라 하는가? 교양이라고 그들은 부르고 있다. 그러므로 그들은 스스로가 염소를 치는 자보다도 뛰어났다고 한다. 이 때문에 그들은 '경멸'이란 말이 자기에게 쓰여지는 것을 기뻐하지 않는다. 그렇다면 이제 나는 그들의 자랑을 향해 이야기하리라. 여기서 나는 가장 경멸할 만한 인간에 대해 말할 것이다. 그것은 즉 말인(末人)인 것이다."

이리하여 짜라투스트라는 군중을 향해 이렇게 말했다.

"아직 인간의 땅은 이렇게 하기에 충분히 풍요하다. 그러나 이 땅은 언젠가는 가난해지고 야성(野性)을 잃을 것이다. 그 어떠한 큰 나무도 이미 거기에서 자라나지 못할 것이다. 슬픈 일이다. 인간이 인간을 초월하여 동경의 화살을 간직하지 않으면 안 된다. 그 속에서 춤추는 별을 탄생시키기 위해서.

나는 그대들에게 말하노라. 그대들은 아직도 이 혼돈을 자기 속에 가지고 있다고. 슬픈 일이다. 인간은 멀지 않아 어떤 별도 탄생시키지 못할 시기가 올 것이다. 슬픈 일이다. 이제는 스스로를 경멸할 수도 없는 가장 경멸할 만한 인간의 시기가 올 것이다. 보라! 나는 그대들에게 이 같은 말인을 보이겠노라. 사랑이란 무엇인가? 창조란 무엇인가? 동경이란 무엇이며, 또한 별이란 무엇인가?"

말인은 이렇게 묻고는 눈을 깜박인다.

이때 대지는 작아져 버리고 그 위를 일체를 작게 하는 말인이 되어 뛰어 다닌다. 그 종족은 벼룩처럼 퇴치하기 어렵다. 말인은 가장 오래 산다.

"우리는 행복이란 것을 생각해 냈다."

고 말인은 말하고 눈을 깜박인다.

그들은 살기 힘든 땅을 떠났다. 그들은 따뜻함을 필요로 하기 때문이다. 사람은 이웃을 사랑하고 몸을 비비려 한다. 따뜻함을 필요로 하기 때문이다. 그들에게 있어 병드는 것과 의심하는 것은 죄이다. 그러므로 그들은 조심 조심 걸어간다. 돌이나 인간에 넘어지는 것은 어리석은 자다.

약간의 독을 때때로 마시면 상쾌한 꿈을 꿀 수 있다. 그러나 마침내는 많은 분량으로 기분 좋게 죽을 수도 있으리라. 그들은 또한 일을 한다. 일하는 것은 즐거움이기 때문이다. 그러나 이 즐거움이 몸을 상하지 않도록 배려된다.

이제 사람들은 가난하지도 부유해지지도 않는다. 이 모든 것은 너무도 괴로운 것이기 때문이다. 누가 지배하기를 원하며, 누가 복종하기를 원하는가? 이 모든 것이 내게는 너무 괴로운 일이다.

목자(牧者) 없이도 가축은 있다! 누구나 다 평등을 원하고, 누구나 다 평등하다. 이와 다른 느낌을 갖는 자는 스스로 정신병원으로 들어간다.

'예전에는 온 세상이 미치광이었다'—고 그들 중 가장 우수한 자는 말하고 눈을 깜박인다. 사람은 현명하고 발생한 일을 모두 알고 있다. 그러므로 그들은 한없이 조소한다. 다투지만 곧 화해한다. —그렇지 않으면 비위가 상하기 때문이다.

사람은 낮에도 약간의 쾌락을 갖고, 밤에도 약간의 쾌락을 갖는다. 그러나 건강을 더욱 존중한다.

'우리는 행복이란 것을 생각해 냈다'고 말인은 이렇게 말하고 눈을 깜박거렸다.

여기서 '서언'이라고도 불리우는 짜라투스트라의 최초의 말은 끝났다. 이때 군중의 환희가 그의 말을 막았기 때문이다. 그 말인을 우리에게 달라, 오오! 짜라투스트라 —'하고 그들은 외쳤다.

"우리들을 그 말인이 되게 하라! 그러면 우리는 초인을 그대에게 맡기겠노라!"

모든 군중은 환호하고 혀를 찼다. 그러나 짜라투스트라는 슬퍼져 자신을 향해 이렇게 말했다.

"그들은 나를 이해하지 못하는구나. 나는 이런 귀에 대고 말할 입이 아니다. 나는 산 속에서 너무나 오랫동안 냇물과 나무들의 속삭임만을 들으며 살아왔다. 이제 나는 그들에게 염소치기에게 말하듯이 이야기를 하고 있다. 나의 영혼은 아침나절의 산들처럼 움직이지 않고 밝다. 그러나 그들은 나를 냉혹하고 무서운 농담으로 조소하는 자라고 생각했다."

지금 그들은 나를 바라보고 비웃는다. 비웃으며 나를 미워하고 있다. 그들의 웃음 속에는 얼음이 있다.

6

그러나 이때 모든 사람의 입을 다물게 하고, 그들의 눈을 얼어붙게 하는 일이 일어났다. 즉 그동안에 광대가 줄타기를 시작했기 때문이다. 그것은 두 개의 탑 사이에 걸쳐서 매놓은 것이며, 광대는 한쪽 탑의 작은 문을 열고 나와 시장과 군중의 머리 위를 지나갔다.

그가 밧줄의 한 중간쯤 갔을 때 그 작은 문이 다시 한번 열리고 어릿광대와 비슷한 화려한 옷차림을 한 남자가 뛰어 나와 빠른 걸음걸이로 앞서 가는 광대의 뒤를 좇았다.

"앞으로 가, 이 절름발이야."

하고 그는 무서운 목소리로 외쳤다.

"앞으로 나가! 이 게으름뱅이야. 밀매자 창백한 놈, 내 발길에 걷어 채이기 전에. 너는 이 탑 사이에서 무엇을 하려는 거야? 네 집은 탑 속이야. 너는 그 속에 갇혀 있어야 해. 너는 너보다 우수한 자의 자유로운 앞길을 막고 있어.”

한마디씩 말하면서 더욱 다가갔다. 드디어 한 발짝 뒤까지 다가갔을 때 갑자기 무서운 일이 일어나 모든 사람을 벙어리로 만들고 모든 사람의 눈을 얼어붙게 만들었다. 그는 악마와 같은 소리를 지르며 앞을 가로막고 있는 자를 훌쩍 뛰어 넘었다.

경쟁 상대가 자기를 이긴 것을 본 먼저의 광대는 당황하여 밧줄을 헛디디고 손에 들었던 장대를 내던지고 그 장대보다도 빠른 속도로 팔과 다리의 소용돌이처럼 밑으로 떨어졌다.

이때 시장과 군중은 폭풍에 휘말리려는 바다와도 같았다. 사람들은 우왕 좌왕 밀리고 닥치고 했다. 특히 광대가 떨어질듯한 근처는 혼란이 더욱 심했다. 그러나 짜라투스트라는 꼼짝도 않고 서 있었다.

바로 그의 옆에 그 광대는 떨어졌다. 심한 부상을 입었으나 아직 숨은 끊어지지 않았다. 잠시 후 부상한 사내는 의식을 되찾았다.

그는 짜라투스트라가 자기 옆에 무릎을 꿇고 있는 것을 보았다.

“저기서 무엇을 하고 있소? 나는 전부터 악마가 내 발을 걸어 넘어뜨릴 줄을 알고 있었오. 지금 악마가 나를 지옥으로 끌고 가려하오.”

하고 짜라투스트라는 대답했다.

“그대가 말하는 그런 사실은 일체 존재하지 않소. 악마나 지옥은 없소. 그대의 영혼은 그대의 육체보다 먼저 죽을 꺼요. 이제 아무 것도 두려워하지 마오.”

광대는 의심스러운듯이 눈을 치켜 떴다.

"만약 그대의 말이 진실이라면 이제 내가 목숨을 잃더라도 그로 인해 잃을 것이 하나도 없겠소. 나는 채찍과 약간의 먹이로 춤추기를 훈련받은 한 동물에 지나지 않소."
하고 그는 말했다.

"아니 아니! 그대는 위험을 그대의 천직으로 삼은 거요. 이것은 멸시될 수 없는 일이오. 이제 그대는 그대의 천직으로 인해 죽으려 하오. 그래서 나는 그대를 이 손으로 묻어주려하오."

짜라투스트라가 이렇게 말했을 때 죽어 가는 사람은 한 마디도 대답하지 않았다. 다만 감사하기 위해 짜라투스트라의 손을 찾기라도 하듯이 손을 움직였다.

7

그러는 동안에 저녁 때가 되었다. 광장은 어둠에 싸였다. 군중은 뿔뿔이 헤어졌다. 호기심이나 공포도 권태증이 오는 것이기 때문이다. 다만 짜라투스트라만이 지상의 사자 옆에 앉아 깊은 생각에 잠겼다.

이렇게 그는 시간을 잊었다. 마침내 밤이 깊어지고 찬바람이 이 고독한 삶 위에 불었다. 짜라투스트라는 몸을 일으켜 자기의 마음을 향해 이렇게 말했다.

"참으로 짜라투스트라는 오늘 다행히 많은 수확을 거두었다. 그는 인간은 얻지 못했으나 송장을 얻었다. 인간의 존재는 기괴하기 짝이 없어 마침내 그 의의를 갖지 못한다. 광대조차도 인간의 존재에 있어서는 숙명이 될 수 있는 것이다. 나는 인간에게 생존의 의의를 가르치련다. 이것은 즉 초인이며 인간이라는 검은 구름을 뚫고 나오는 번개불이다. 그러나 나는 아직도 인간과는 멀리 떨어져 있다. 나의 마음은 아직도 그들의 마음과 통하지 않는다. 나는 인간에게 있어 아직도 어릿광대와 송장과의 중간에 있는 것이다. 밤은 어둡다. 짜라투스트라의 갈 길도 역시 어둡다. 오라, 차디차게 굳어버린 동반자여! 내 그대를 이 손으로 파묻어 줄 곳으로 그대를 업고 가리라."

8

짜라투스트라는 자기 마음속으로 이렇게 말한 뒤 시체를 등에 지고 길을 떠났다. 그러자 불과 백보도 걷기 전에 한 인간이 다가와서 그의 귀에다 속삭였다. ―보라, 말을 건 사람은 바로 탑에서 나왔던 광대였다.

"이 도시에서 떠나라. 짜라투스트라여!"

하고 그는 말했다.

"여기에선 너무나도 많은 사람들이 그대를 미워하오. 찬학자도, 의로운 자도 그대를 미워하오. 그들은 그대를 자기들의 적, 자기들을 경멸하는 자라고 부르고 있소. 올바른 신앙을 가진 신자도 그대를 미워하고, 그대를 대중의 위험이라고 부르고 있소. 사람들이 그대를 비웃은 그대에게 있어서 행복이었다. 그렇게까지 비굴하였으므로 오늘날 그대는 구원을 받은 것이다. 그러나 이 거리에서 떠나라. 그렇지 않으면 내일은 내가 그대를 뛰어 넘을 것이다. 그러면 그대는 완전히 죽어 없어지리니."

이렇게 말하고 그 사람은 사라졌다. 그러나 짜라투스트라는 어두운 길을 계속 걸어갔다.

거리의 성문 옆에서 짜라투스트라는 몇 사람의 무덤을 파는 사람들과 만났다. 그들은 횃불로 짜라투스트라의 얼굴을 비추고 짜라투스트라임을 알자 큰 소리로 비웃었다.

"짜라투스트라가 죽은 자를 짊어지고 간다. 짜라투스트라가 무덤을 파는 사람이 된 것은 참으로 기특한 일이구나. 우리들의 손은 이런 불고기감을 다루기에는 너무나 깨끗하다. 짜라투스트라는 악마로부터 그 먹이를 훔치려는 건가. 그것도 좋겠지. 맛있게 잘 먹어라. 다만 악마가 짜라투스트라보다 더 약은 도둑이 아니었으면 좋으련만 ―악마는 짜라투스트라와 개를 다 훔치고 둘 다 먹어 치울 것이다."

이렇게 그들은 서로 웃으며 머리를 한데 모았다.

짜라투스트라는 이 말에는 한마디 대꾸도 없이 그저 걸어갔다. 숲과 늪을 지나 두 시간쯤 갔을 때 굶주린 늑대의 울부짖는 소리를 여러 번 들었기 때문에 자신도 공복을 느꼈다. 그래서 그는 불빛이 새어 나오는 어떤 외딴 집 앞에 멈춰 섰다.

"굶주림이 도둑처럼 나를 엄습하는구나!"
하고 짜라투스트라는 말했다.

"숲이나 늪 속에서, 그리고 어둠 속에서 굶주림이 나를 엄습한다. 내 굶주림은 기묘한 변덕이 있다. 때로는 그것은 식후에 비로소 찾아오기도 한다. 오늘은 하루 종일 나타나지 않았다. 어디에 가 있을까?"

그래서 짜라투스트라는 그 집 문을 두드렸다. 한 노인이 등불을 들고 나타나,

"잠자고 있는 내게 온 자는 누구냐?"

고 물었다.

"산 사람 한명과 죽은 사람 한 사람이…"

하고 짜라투스트라가 말했다.

"먹을 것과 마실 것을 주시오. 나는 종일 그것을 잊고 있었다. 굶주린 자에게 음식을 베푸는 자는 자신의 영혼을 즐긴다고 성자의 가르침도 말하고 있다."

소인은 들어갔으나 바로 되돌아 와서 짜라투스트라에게 빵과 포도주를 내놓았다.

"이곳은 굶주린 자에게는 나쁜 지역이다. 그 때문에 나는 여기서 살고 있다. 은자(隱者)인 내게 동물도 오고 사람도 온다. 그러나 그대의 길동무에게도 먹고 마시게 하라. 그가 그대보다도 더 지쳐 있다."

고 노인은 말했다. 짜라투스트라는 대답했다.

"나의 길동무는 죽은 사람이다. 그를 설득하여 먹고 마시게 하기란 어려울 것이다."

"그것은 내가 알바가 아니다."

하고 노인은 불쾌하듯이 말했다.

"내 집을 노크한 자는 누구나 내가 내놓은 것을 받아들여야 한다. 둘 다 먹고 기분 좋게 떠나가라!"

그런 뒤 짜라투스트라는 두 시간을 더 걸었다. 그는 밤길에 익

숙해 있었고, 게다가 잠들고 있는 사람의 얼굴을 들여다보기를 좋아했기 때문이다. 그러나 동녘이 밝아올 무렵 짜라투스트라는 깊은 숲속에 있는 자신을 발견했다.

이젠 길은 보이지 않았다. 그래서 그는 죽은 사람을 속이 빈 나무 속에 누이고 ―늑대로부터 그를 지키려고 했기 때문에― 자기 머리맡에 놓고, 자신을 흙과 이끼 위에 누웠다. 잠시 후 그는 잠들어버렸다. 육체는 지쳤으나 영혼과 함께 쉬면서.

9

짜라투스트라는 오랫동안 잠잤다. 아침노을뿐 아니라 오전도 그의 얼굴 위를 지나갔다. 드디어 그는 눈을 떴다.

짜라투스트라는 숲과 적막을 보고 놀랐으며, 또 자신을 보고 놀랐다. 그리고는 그는 급히 몸을 일으켰다. 마치 갑자기 육지를 발견한 뱃사람처럼. 그리고 환성을 올렸다. 하나의 새로운 진리를 발견했기 때문이다. 그리고는 그는 자기의 마음을 향해서 말했다.

"한줄기 빛처럼 나는 깨달을 바가 있었다. 나는 길동무가 필요하다. 더욱이 살아있는 길동무가. 내가 가려는 곳에 내가 짊어지고 가는 것은 죽은 길동무와 시체는 아니다. 살아있는 길동무가 필요하다. 그들이 그들 자신에게 따르려고 하기 때문에 나를 따라오는 그리고 내가 가려고 하는 곳에 따라오는 살아있는 길동무가.

한줄기 빛처럼 나는 깨달은 바가 있었다. 짜라투스트라는 민중에게 말할 것이 아니라 길동무들에게 말해야 한다. 짜라투스트라는 가축의 목자와 개가 되어서는 안된다.

가축으로부터 몇 마리를 유혹해 내기 위해 나는 왔노라. 민중과 가축은 내게 대하여 노해야 한다. 목자들은 짜라투스트라를 도적이라고 불러야 한다.

나는 그들을 목자라고 부르지만 그들은 스스로를 착한 사람, 의로운 사람이라고 부른다. 또 나는 그들을 목자라고 부르지만 그들은 스스로를 믿음이 두터운 신자라고 부른다.

저 착한 사람과 의로운 사람을 보라! 그들이 가장 미워하는 사람은 누구인가? 그들의 가치표를 찢는 자, 즉 파괴자와 범죄자들, 그런데 그들이야말로 창조자이다.

창조자는 길동무를 구한다. 시체를 구하지 않는다. 가축이나 신자를 구하지 않는다. 함께 창조하고 새로운 가치를 새로운 표위에다 쓴 사람들을 창조자는 구한다.

또 창조자는 길동무를 함께 수확하는 사람들을 구한다. 창조자에게 있어서는 모두가 성숙하여 다만 수확되기만을 기다리고 있기 때문이다. 그러나 그에게는 백 개의 낫이 없다. 그래서 그는 이삭을 쥐어뜯으며 짜증을 내고 있다.

창조자는 길동무와 스스로 낫을 갈 줄 아는 자를 구한다. 그들은 파괴자, 선과 악의 경멸자로 불리우리라. 그러나 그들이야말로 수확자요, 축복받는 자이다.

짜라투스트라는 함께 창조하는 사람들을 구한다. 짜라투스트라는 함께 수확하고 함께 축복하는 사람을 구한다. 그는 가축과 목자와 시체 따위와 무슨 관련이 있단 말인가.

그러면 그대 나의 최초의 길동무여! 잘 있거라! 내 그대를 속이 빈 나무 속에 잘 매장하였고, 그대를 늑대로부터 지키기 위해 잘 숨겨 놓았다. 그러나 나는 그대를 떠나려 하노라. 때는 다가왔노라. 아침 노을과 아침 노을 사이에, 내게 새로운 진리가 왔노라.

나는 목자나 무덤을 파는 사람이 되어서는 안 된다. 나는 민중에게 다시는 이야기를 하지 않으련다. 이것으로 죽은 자와의 이야기는 마지막이다.

나는 창조하는 사람들, 수확하는 사람들, 축복하는 사람들의 동료가 되리라. 나는 그들에게 무지개를, 모든 초인의 계단을 보여주리라. 외롭게 사는 사람들을 위하여 나는 나의 노래를 부르리라. 또 둘이서 사는 사람들을 위하여. 그리고 여지껏 들어 본 적이 없는 것에 대하여 귀를 기울이는 사람들을 위하여 그의 마음을 나의 행복으로 무겁게 해주리라.

나는 나의 목표를 지향하리라. 나는 나의 길을 가노라. 나는 주저하는 사람들과 머뭇거리는 사람들의 머리 위를 뛰어 넘으리라. 이리하여 나의 진행은 그들의 몰락이 될 것이다.

10

짜라투스트라가 자기 마음에다 이렇게 말했을 때 마침 정오의 태양은 그의 머리 위에 있었다. 그는 문득 의아스러운 눈초리로 하늘을 쳐다보았다. 머리 위에서 날카로운 새의 울음소리를 들었기 때문이다.

보라! 한 마리의 독수리가 커다란 원을 그리며 하늘을 날고 있었다. 그 독수리에 한 마리의 뱀이 걸쳐 있었다. 먹이가 아니라 벗처럼. 뱀은 독수리의 목을 휘감고 있었다.

"그것은 나의 동물이다."

라고 짜라투스트라는 말하고는 마음속으로 기뻐했다.

"태양 아래 가장 자랑스러운 동물과 태양 아래 가장 현명한 동물들이 정찰하러 왔다. 그들은 짜라투스트라가 아직 살아 있는가를 탐색하려는 것이다. 진실로 나는 지금 살아 있는 것일까? 나는 인간 속에 있는 것이 동물 속에 있는 것보다 위험한 줄 알았다. 짜라투스트라는 위험한 길을 걷노라. 나의 동무들이 나를 인도해 줄 것이다."

짜라투스트라는 이렇게 말했을 때 숲속에 있는 성자의 말을 생각했다. 그리고는 탄식하며 마음에게 이렇게 말했다.

"나는 더욱 현명하기를 원한다. 철저하게 뱀처럼 현명해지고 싶다. 그러나 이것은 불가능한 것을 원하는 것이다. 그러므로 나는 나의 긍지에게, 언제나 나의 예지와 길동무가 되어 주기를 바란다. 어느 날 나의 예지가 나를 버리고 간다면, 아아! 이 여인은 달아나기를 좋아한다. 그때는 나의 긍지가 애오라지 나의 어리석음과 더불어 날아주도록."

이리하여 짜라투스트라의 몰락은 시작되었다.

현대 여성의 멋

러셀(Bertrand Russell)

영국의 철학자·수학자·사회평론가(1872~1970)
평화주의자로 제1차 세계대전과 나치스에 반대하였고,
원폭금지운동, 베트남전쟁 반대운동에 앞장섰다.
러셀은 20세기 지식인 가운데 가장 다양한 분야에서
지속적으로 영향을 미친 인물이었다.
3세대에 걸친 활기찬 생애에서 철학 · 수학 · 과학 · 윤리학 ·
사회학 · 교육 · 역사 · 정치학 · 논쟁술에 이르는 적어도
40권 이상의 책을 쉬지 않고 출간했다.
1950년에 노벨문학상을 수여받았다.
주요 저서: 「정신의 분석」, 「수학의 원리」 등

현대 여성의 멋

현대 성도덕의 과도기적 상태는 주로 두 가지 원인에 기인하고 있다. 첫째는 피임용구의 발명이요, 둘째는 여성의 해방이다. 이 원인 중 전자는 차차 고찰하기로 하고 이 장에서는 후자를 주제로 삼겠다.

여성의 해방은 민주주의 해방의 일환이다. 그것은 프랑스혁명과 더불어 시작한다. 프랑스혁명을 이미 보아 온 바와 같이 상속권을 딸에게 유리하도록 바꾸어 놓았다.

매리 울스턴그래프트(영국의 여성 운동가, 정치평론가 1751~1816년)의 '여성의 권리옹호'는 프랑스혁명을 야기했을 뿐 아니라 프랑스혁명에 의해 야기된 사상의 산물이다.

그녀의 시대로부터 오늘에 이르기까지 남성과 평등해지려는 여성의 요구는 끊임없이 강력히 주장되어 왔고, 또 성공을 거두어 왔다.

존 스튜어트 밀의 「여성의 복종」은 매우 설득력이 있고, 이론이 정연한 책이어서 그의 바로 뒤를 잇는 세대의 많은 지식인들에게 커다란 영향을 미쳤다.

나의 부모는 그의 신봉자였으며 어머니는 벌써 60년대에 부인

참정권을 지지하는 연설을 했다. 어머니의 여권확장론은 너무나 열렬했기 때문에 나를 낳을 때 최초의 여의사 개렛 앤더슨으로 하여금 받아내게 했다. 그녀는 그 당시 정규 자격을 얻지 못해 공인된 산파에 불과했다.

이 초기의 여권확장운동은 상류 계급과 중류 계급에 국한되었으며 따라서 대단한 정치적 세력도 없었다. 여성에게 선거권을 부여하려는 법안은 매년 의회에 제출되었다. 항상 페이드풀 베그씨가 제안하고 스트랭웨이스 피그씨가 찬성했지만 당시 그 법안이 통과될 기회는 전혀 없었다. 그러나 당시의 중산계급의 여권확장론자들은 그들의 영역 내에서 커다란 성공을 거두었다. 즉 기혼 여성의 재산법(1882년) 통과이다.

이 법률이 통과될 때까지는 기혼 여성이 소유하고 있던 재산은 어떠한 것이든지 남편의 관리하에 있었다. 물론 신탁 재산에 대해서는 남편도 그 원금을 소비할 수는 없었다.

부인 운동의 정치적 측면의 그 후의 역사는 극히 최근의 일이며, 너무나 잘 알려져 있기 때문에 여기서 되풀이 해서 말할 필요는 없다. 그러나 주목할 만한 것은 대개의 문명국에서 여성들이 급속히 정치적 권리를 획득했다는 것은 과거에 그 유례를 볼 수 없을 만큼 장래를 전망하는데 무한히 큰 변화라고 생각된다.

노예제도의 폐지가 이와 어느 정도 비슷하다. 그러나 결국 노예제도는 근대의 유럽 여러 국가에는 존재하지 않았으며, 남녀 관계처럼 밀접한 것이라고는 생각지 않았다.

이 갑작스러운 변화의 원인은 생각컨대 두 가지 면이 있다. 한

쪽에서는 민주주의 이론의 직접적인 영향이 있었고, 이 이론은 여성의 요구 사리에 맞는 답변을 할 수 없게 만들었다.

다른 쪽에서는 가정 밖에서 생활비를 벌어들이고 일상생활의 양식을 아버지나 남편의 신세를 지지 않고 얻을 수 있게 된 여성의 수가 끊임없이 증가했다는 사실이 다. 이러한 상태는 물론 전시(戰時)에 절정에 달했다. 전시에는 보통 남자가 하는 일의 대부분을 여성이 맡아야만 했다.

전쟁 전에 여성에게 선거권을 부여할 수 없다고 주장한 일반적인 반대 이유의 하나는 여성에게 반전적(反戰的)인 경향이 있다는 것이었다. 전쟁 중 여성은 이러한 비난에 대해서 대대적으로 반박했다. 그리하여 피나는 노동을 분담한 덕택으로 선거권이 부여되었던 것이다.

여성은 정치의 도덕적 기품을 높여 줄 것이라고 생각한 이상주의적 선구자들에게는 이러한 결과가 실망을 주었을지 모르나 그들은 자기의 이상을 파괴하는 형식으로 투쟁하여 획득하는 것이 이상주의자들의 숙명처럼 보인다.

여성의 권리는 물론 도덕적으로나 혹은 다른 면에서 여성이 남성보다 우월하다고 믿는 어떤 사실에 의존하는 것은 아니다. 그것은 오로지 여성의 인간으로서의 권리라기보다는 오히려 민주주의를 지지하는 일반적인 논의에 의존하고 있다. 그러나 압제 받는 계급이나 국민이 그 권리를 주장할 때 언제나 볼 수 있는 것처럼 논자들은 여성에게는 특별한 장점이 있다는 논점에 의하여 일반적 논의를 강화하려고 했다. 그리고 이 장점은 일반적으로

도덕적 질서에 속하는 것이라고 주장했다. 그러나 여성의 정치적 해방은 우리의 주제에는 간접적인 관계가 있을 뿐이다.

결혼과 도덕에 대해서 중요한 것은 여성의 사회적 해방이다. 고대에는 그리고 동양에서는 오늘에 이르기까지 여성의 정조는 여성을 격리시킴으로써 지켜졌다.

여성에게 내면적인 자제심을 주려고는 하지 않았지만 죄를 저지르게 될 모든 기회를 제거하는 데는 온갖 조치가 강구되었다.

서양에서는 이러한 방법을 진심으로 채용한 일은 없었으나 양가의 여성은 어릴 때부터 결혼외(結婚外) 성교를 두려워하도록 교육을 받았다. 이러한 교육 방법이 차츰 완성해 감에 따라서 외부적인 벽은 점차 제거되었다. 이 외부적 벽을 제거하는 데 힘쓴 사람들은 내부적인 벽으로서 충분하다고 확신하고 있었다.

예컨대 교육을 잘 받은 교양 있는 처녀는 젊은 남자의 어떠한 유혹에도 절대로 빠지는 일이 없을 것이므로 시중을 드는 사람이 필요없다고 생각되었다.

내가 젊었을 때는 일반적으로 고상한 부인들은 성교는 대부분의 여성에게는 불쾌한 것이며, 결혼한 경우에는 의무감에서 참는 수밖에 없다고 했다. 이러한 견해를 갖고 있었기에 그녀들은 훨씬 현실적인 시대에는 어리석게 생각될 만큼 딸들의 자유를 크게 침해했다. 그 결과는 아마 예상했던 것과는 약간 달랐을 것이다. 그러한 차이는 부인이나 미혼 여성에 똑같이 있었다.

빅토리아조(朝)의 여성은 정신적 감옥 속에 있었으며, 지금 역시 많은 여성들이 그러한 상태에 있다. 이 감옥은 의식적으로 명확한 것은 아니었다. 왜냐하면 그것은 잠재의식의 억제로 이루어져 있기 때문이다.

현대의 젊은이들 사이에서는 이러한 억제가 쇠퇴하여 근신이라는 산 속에 묻혀 있었던 본능적 욕망이 의식 속에 다시 나타나게 되었다. 이것은 한 나라, 한 계급뿐 아니라 모든 문명국과 모든 계급의 성도덕에 아주 혁명적인 결과를 가져 왔다.

남녀평등에 대한 요구는 처음부터 정치적 문제뿐만 아니라 성도덕에도 관련되어 있었다.

매리 울스턴크레프트의 태도는 철저하게 현대적이었지만 이 점에서 그 뒤의 여권운동의 선구자들은 그녀를 모방하지 않았다. 그들은 반대로 매우 엄격한 도덕가였으며, 또 그들의 희망은 이때까지 여성만이 감내해 왔던 도덕적인 속박을 남성에게도 부과하는 일이었다. 그러나 1914년 이래 젊은 여성들은 별로 이론을 세우지 않고도 다른 길을 걸어왔다. 세계대전의 감정적 흥분이 이 새로운 출발을 촉구한 동기였다는 것은 의심할 나위가 없다. 그러나 그것은 여하튼 멀지 않아 오고야 말 것이었다. 과거에 여성의 정조 동기는 주로 업화(業火)에 대한 두려움과 일신에 대한 두려움에 있었다.

하나는 신학의 정통적 사상이 쇠퇴함으로써, 다른 하나는 피임용구에 의해서 제거되었다. 얼마 동안은 전통적 도덕은 관습과 정신적 타성의 힘을 통해서 그럭저럭 지탱해 왔다. 그러나 전쟁의 충격에 의해서 이러한 장벽은 무너졌다.

현대의 여권론자는 이미 30년 전의 여권론자처럼 남성의 '악덕'을 제거하려고 서둘지는 않는다. 그들이 요구하는 것은 오히려 남성에게 허용되는 일은 여성에게도 허용되어야 한다는 것이다. 그들의 선배들은 도덕적 노예상태 속에서 평등을 추구했지만, 이에 반해 그들은 도덕적 자유 속에서 평등을 추구한다.

이 모든 운동은 아직 극히 초기 단계에 있으므로 그것이 어떻게 발전해 갈지는 말할 수 없다. 그 신봉자와 실행자는 대개가 아직 매우 젊다. 유권자들 사이에는 거의 동조하는 사람이 없다. 경찰, 법률, 교회 및 어버이들은 이러한 사실이 이들 권력자에게 알려지면 언제나 반대한다. 그러나 일반적으로 청년들은 이러한 사실이 근심을 끼치지 않도록 숨겨둘 만한 친절을 알고 있다.

린세이 판사(미국의 법학자 1869~1943년)처럼 사실을 사실대로 말하는 저자는 청년들에게는 중상을 당한다고 생각되지 않지만, 노인에게는 젊은이를 중상하고 있다고 생각한다.

이 부류의 상태는 물론 매우 불안정하다. 다음 두 가지 중 어느 쪽이 먼저 일어나느냐 하는 것은 하나의 문제이다. 즉 늙은이가 사실을 알고 청년들이 새로 획득한 자유를 빼앗으려고 하든가, 아니면 청년이 성장하여 새로운 도덕에다 권위를 부여할 수 있는 중요한 지위를 차지하든가이다. 이는 나라에 따라서 다르리라고 짐작이 된다. 부도덕이 만사가 다 그렇지만, 정부의 특권으로 되어 있는 이탈리아에서는 '미덕'을 강요하는 활발한 시도가 이루어지고 있다.

러시아에서는 이와는 사정이 전혀 다르다. 왜냐하면 정부가 새로운 도덕의 편이기 때문이다. 독일 신교도의 분야에서는 자유가 승리한 것이라고 기대되지만, 한편 가톨릭의 분야에서는 그 되어 가는 형편이 매우 의문스럽다.

프랑스는 옛부터 내려오는 프랑스적 인습에서 벗어나는 가망이 없어 보인다. 거기에서는 부도덕이 뚜렷하게 용납되고 있으면, 또 그것을 벗어나서는 안 되게 되어 있다.

영국과 미국에서는 어떻게 될지 나는 감히 예단하지 않겠다. 그러나 여성이 남성과 동등해야 한다는 요구의 논리적인 의미를 잠간 생각해 보기로 하자.

남자가 불의의 성관계에 빠지는 것은 이론상으로는 어떻든 실제로는 오랜 옛날부터 허용되어 왔다. 결혼할 때에 숫총각이어야 한다는 것은 남자에게는 기대되지 않았다. 그리고 결혼 후라 할지라도 남자의 부정(不貞)은 자기의 아내나 이웃 사람에게 알려지지 않는 한 그다지 대단한 일이라고 생각되지 않았다.

이러한 짓을 가능케 한 것은 매음 때문이라고 하겠다. 그러나 이러한 제도를 변호하는 것은 현대인에게는 곤란한 일이며, 그리고 남편과 마찬가지로 진정 그렇지도 않으면서 표면상으로는 정숙한 척하는 여자를 만족시키기 위해서 남자 매음을 들어서, 여자에게도 남자와 같은 권리를 주어야 한다고 주장하는 사람은 거의 없을 것이다. 특히 요즘처럼 만혼시대(晩婚時代)에는 자기와 같은 계층의 여자와 가정을 꾸밀만한 여유가 생길 때까지 금욕을 지키는 남자는 극소수에 불과할 것이다. 그리고 미혼 여자에게 금욕을 할 여지가 없다고 하면, 미혼 여자도 역시 권리 평등의 근거에서 금욕할 필요가 없다고 주장할 것이다.

도학자들이 이러한 사태를 통탄하는 것도 무리가 아니다. 이러한 일을 곰곰이 생각하는 인습적인 도학자들은 실제상 이른바 이중의 기준, 말하자면 성도덕을 남자보다도 여자에게 더 중요하다고 하는 그릇된 견해에 빠져 있다는 것을 알게 될 것이다.

그들의 윤리설이 남자의 금욕까지 요구한다고 주장하는 것은 매우 좋다. 이에 대해서 숨어서 나쁜 짓을 하는 것은 남자에게는 쉬운 일이므로 그러한 요구를 남자에게 강요할 수는 없다고 하는 뚜렷한 반론이다.

인습적인 도학자는 이와 같이 본의 아닌 남녀간의 불평등을 인정할 뿐만 아니라 젊은 남자는 그와 같은 계층의 아가씨보다는 매춘부와 교섭하는 편이 낫다는 견해를 가질 수밖에 없다.

전자와의 관계는 후자와의 관계와 달라 금전적이 아니며, 애정이 넘치고 정말 즐겁다는 사실에도 불구하고 후자와의 관계를 좋게 본다. 물론 도학자들은 준수되지 않을 것이라는 것을 알고 있는 도덕을 주장한 결과를 그다지 생각하지는 않는다.

그들이 매음을 주장하지 않는 한 매음이 자기들의 설교에서 필연적으로 나왔다는 사실에 대해서 책임이 없다고 생각한다. 그러나 이것은 오늘날의 직업적인 도학자는 평균 이하의 지성밖에 가지고 있지 않다는 주지의 사실을 보여 주는 일례에 불과하다.

이상과 같은 사정을 생각해 보면, 많은 남성이 경제적 이유에서 조혼이 불가능하며, 한편 많은 여성들이 전혀 결혼할 수 없는 이상 남녀간의 평등은 여성의 정조에 관한 전통적인 표준의 완화를 요구한다.

만일 남자들에게 현재 그러한 것처럼 결혼 전의 성교가 허용된다면 여성에게도 역시 허용되어야 한다. 그리고 여성이 남아돌아가는 나라에서 산술적 필연성에서 결혼하지 않는 여성이 전연 성 경험에서 제외되어야 한다는 것은 분명히 정의에 어긋난다.

부인운동의 선구자들은 이러한 결과를 염두에 두지 않았다는 것은 사실이다. 그 현대의 후계자들은 분명히 이것을 자각하고 있다. 그리고 이러한 추론에 반대하는 사람은 남자든 여자든 모두 여성에 대한 정의도 편들지 않는 자라는 사실을 직시해야 한다.

이러한 신도덕 대 구도덕의 문제로부터 하나의 매우 명확한 결론을 얻을 수 있다. 만약 처녀의 순결과 아내의 정조가 이제 더 요구되지 않아도 좋다면, 가족을 보호하는 새로운 방법을 강구하든가, 아니면 가족이 해체하는 대로 내버려 둔다든가, 그 어느 것이든지 불가피하게 된다.

아이를 낳는 일은 결혼의 테두리 안의 일이며, 그리고 결혼 외의 성교는 모두 피임용구를 사용하여 임신하지 않도록 하는 안도 생각될 수 있을 것이다. 그러한 경우에는 세상의 남편들은 동양인이 환관(宦官)을 대하는 것처럼 아내의 연인에 대해서 관용하도록 배워야 할 것이다.

이러한 계획이 곤란한 것은 아직도 피임용구의 성능과 아내의 정절을 상식에 벗어날 만큼 신뢰할 것을 요구한다. 그러나 이러한 곤란성은 시간이 흐름에 따라서 감소할지도 모른다.

새로운 도덕과 모순되지 않는 또 하나의 양자택일은 중요한 사회제도로서의 부권(父權)이 쇠퇴하여, 국가가 부친의 의무를 인수하는 일이다. 남성이 자기가 아버지라는 것을 확신하고, 그 자식들을 사랑하는 특수한 경우에는 물론 오늘날 아버지가 보통 하고 있는 어머니와 자식을 부양하는 방식을 자발적으로 인수해도 좋을 것이다. 그러나 법률에 의해서 그러한 의무가 있다는 것은 아니다.

실로 모든 아이들은 아버지를 모르는 사생아로 오늘날과 같은 처지에 놓일 것이다. 다만 국가가 이러한 처지에 놓였을 때, 아이들을 양육하는데 있어서 지금보다 더 잘하는 경우에는 다르다.

한편 만일 낡은 도덕이 재건되어야 한다면 꼭 필요한 것이 몇 가지 있다. 그 중 몇 가지는 이미 실시되고 있다. 그러나 이것만으로는 효과적이 아니라는 것을 경험이 증명하고 있다. 첫째의 요건은 처녀들의 교육은 우둔하고 미신적이며, 무지하도록 해야 한다는 것이다.

이 요건은 교회의 통제를 받고 있는 학교에서는 이미 충족되어 있다. 다음 요건은 성문제에 관한 지식을 부여하는 일체의 서적에 대해서 매우 엄중한 검열을 행하는 일이다. 이러한 조건도 영국과 미국에서는 충족되는 단계에 놓여 있다. 왜냐하면 법률을 변경하지 않고 경찰이 더욱 더 열심히 검열을 강화하고 있기 때문이다. 그러나 이러한 조건은 이미 존재했던 것이므로 분명히 불충분하다. 다만 한 가지 충분하다고 생각되는 조건은 젊은 여자가 혼자 남자와 같이 있는 기회를 전연 주지 않도록 하는 것이다.

처녀들이 가정 밖에서 일하는 것을 금해야 한다.

어머니와 숙모가 따르지 않는다면 외출하는 것을 허가해서는 안 된다. 동반자 없이 춤추러 가는 달갑지 않는 일은 단연 근절해야 한다.

피임용구를 쓰는 일은 물론 전폐해야 한다. 그리고 미혼 부인과의 회화에서 영원한 파멸에 대한 교리를 의심하는 것은 위법으로 해야 한다. 이러한 방법을 만일 백 년이나 또는 그 이상에 걸쳐서 강력히 실행한다면 아마 부도덕의 밀물을 막는데 어떠한 몫을 할 것이다. 그러나 나는 어떠한 폐가 일어나는 위험을 피하기 위해서 모든 경관과 모든 의사를 거세해야 할 것이 필요하리라고 생각한다.

남성의 성격에 고유한 방종에서 보아, 이러한 정책을 한 발자욱 더 추진하는 것이 아마도 현명할 것이다. 도학자들이 목사를 제외한 모든 남성을 거세해야 한다고 주장한 것이 잘한 일이라고 생각할 정도이다.

어떠한 길을 취하더라도 곤란과 반대가 있다는 것을 알 수 있을 것이다. 만일 새로운 도덕을 추진시키려면 이때까지 걸어온 길보다 더 먼 길을 가야 하며, 아직까지 맛보지 못했던 신고(辛苦)를 겪어야 한다.

한편 전대에 가능했던 속박을 현대 세계에다 강행하려고 생각한다면 결국에는 도저히 불가능할 정도로 단속을 엄중히 해야 하게 되며, 이것은 곧 인간상의 방향을 초래할 것이다. 이것은 너무나 명백한 일이기 때문에 어떠한 위험이나 곤란이 있다 하더라도 우리들이 세계를 후퇴시키는 것보다는 전진시키는 일에 만족하지 않으면 안 된다.

이러한 목적을 위해서는 정말 새로운 도덕이 필요하게 될 것이다. 내가 이렇게 말하는 의미는 과거에 인정되고 있던 의무와 임무와는 매우 다를지 모르나 의무와 임무가 앞으로도 결코 무시되어서는 안 된다는 것이다.

모든 도학자들이 도도새(인도양의 섬에 살고 있던 새로서 지금은 사멸)처럼 사멸한 제도에로 복귀할 것을 주장하는데 자기 만족을 하고 있는 한 새로운 자유를 도덕적으로 해명하고, 혹은 그것에 따르는 새로운 의무를 지적하는 일은 아무 것도 할 수 없다는 것이다.

새로운 제도는 낡은 제도보다 더 제멋대로 충동에다 몸을 맡기는 것을 인정하는 것이 아니라고 나는 생각한다. 그러나 충동을 억제하는 기회와 동기는 이때까지의 것과는 다른 것이어야 할 것이다.

한 날의 괴로움은 그날 것으로 넉넉하다

카알 힐티(Carl Hilty)

스위스의 사상가, 법률가(1833~1909)
스위스에서 태어났으나 주로 독일에서 공부를 한
칼 힐티는 칸트의 철학에 깊은 흥미를 느꼈고
법률을 전공하여 변호사로 활약했다.
스위스의 한 대학에서 스위스국법과
국제법 강의를 맡기도 했다. 한때는
정치가의 길을 걷기도 했으며 독실한 기독교인으로서
기독교적 사랑이 기초가 되는 이상적인 사회를
꿈꾸었다. 훌륭한 법률 관련 책들을 많이 썼으나
정작 그를 유명하게 만든 책은
「잠 못 이루는 밤을 위하여」가 대표작이며
「가난한 밤의 산책」 「행복론」 등 자기 성찰을 담은 에세이집이다.

한 날의 괴로움은 그날 것으로 넉넉하다

일을 하는 것도 하나의 기술인데, 이 기술은 모든 기술 중에서도 가장 중요한 기술이다.

일단 이 기술을 올바르게 터득하고 나면 그 밖의 온갖 지식이나 기술의 획득이 아주 쉬워지기 때문이다. 그럼에도 불구하고 참으로 일하는 법을 터득하고 있는 사람은 극히 드물다.

지난날의 어느 시대보다도 '노동'과 '노동자'의 문제가 입에 오르내리고 있는 이 현대에 있어서도 실제로 이 기술의 별다른 보급, 진전을 볼 수 없다. 오히려 그 반대로 될 수 있는 대로 일하지 않거나 아니면 한평생 극히 짧은 시간만 일하고 나머지 대부분을 쉬면서 보내려는 것이 세상의 일반적인 경향이다.

일과 휴식은 겉보기에 서로 어울리지 않는 대립물처럼 보이는데 과연 그럴까? 이것은 먼저 검토할 필요가 있다.

노동을 찬양하는 것은 누구나 한 번씩 하는 말이지만 그것만으로는 일할 기분이 일어나지 않는다. 그리고 일하는 것을 싫어하는 풍조가 이토록 널리 퍼지고 거의 근대 국민의 병폐가 되어 있는 한, 그리고 사람마다 이론적으로는 찬양하는 노동을 실제로는 될 수 있는 대로 빨리 피하려고 하는 한 어떠한 사회의 개선도 있을 수 없다. 노동과 휴식이 가령 대립물이면 사회는 사실상 도저히 고칠 수 없는 병에 걸려 있는 것과 마찬가지일 것이다.

생각컨대 휴식을 바라는 것은 인간의 본심이다. 아무리 보잘것 없고 정신적으로 빈약한 자일지라도 이 욕구를 가지고 있다. 그리고 아무리 고매(高邁)한 자라 할지라도 끊임없는 노력을 원하지는 않는다. 아니 내세(來世)의 행복한 생활을 상상하는 경우에도 사람은 이것을 '영원한 양식'이라는 말 이외에 달리 표현할 말을 모른다.

만일 노동이 불가피하고 휴식이 노동의 정반대라면 '너희 이마에 땀을 흘려서 빵을 얻으라'(창세기 3장 16)는 말은 실로 가혹한 저주의 말이며, 이 지상은 눈물의 골짜기로 변해 버릴 것이다. 왜냐하면 만일 그럴진대 인류는 어떤 시대를 막론하고 오직 소수인만의 인간다운 생활을 할 수 있을 것이요, 더구나 그것은—사실 이 점에 진정한 저주가 있지만—자기 동포를 강제로 노동시키고 노예상태에 얽매어 둠으로써만 가능하기 때문이다.

고대의 저술가들의 눈에 비친 것도 사실 그러했다. 즉 많은 노예가 가혹하고 절망적인 노동에 종사함으로써만 오직 한 사람의 인간이 정치적으로 형성된 국가의 자유 시민으로서 살아갈 자력을 얻을 수 있었던 것이다. 그리고 19세기에 있어서까지도 '어떤 인종은 영원히 다른 인종을 위해 노동할 세습적 운명을 지니고 있다'고 어떤 대공화국의 시민들은 손에 바이블을 든 기독교의 성직자까지 앞세우고 있을 정도이다.

문화는 부(富)의 터전 위에서만 번영하고, 부는 자본의 축적에 의해서만 증대하며, 자본은 정당한 보수를 받지 못하는 자들의 노동의 축적에 의해서만 이루어진다. 이것이 실로 오늘날 논의의 초점이 되고 있는 명제이다. 그러나 이 문제를 논하는 것이 이 책의 목적이 아니기 때문에 우리들은 지금 이 명제의 상대적 또는 절대적 진리를 자세히 검토하는 것을 피하고, 다만 옳다고 생각되는 점만을 주장하고자 한다. 즉 모든 사람이 정당하게 말한다면 이른바 사회문제라는 것은 즉시 해결될 것이요. 다른 방법으로는 절대로 그것이 해결되지 않을 것이다. 그러나 한갓 강제수단으로서는 도저히 이를 달성할 수 없다.

또 비록 만인이 서로 강제할 수 있는 물질적 수단이 있다 하더라도 그러한 것에서는 진지한 노동이 나올 수 없다. 그러므로 문제는 인간의 마음속에 일하는 기쁨을 일으키는 일이다. 이리하여 우리는 '교육'의 올바른 지반으로 돌아가게 되는 것이다.

일하는 기쁨은 이것을 숙고하고 이것을 경험함으로써만 생기는 것이며, 결코 교훈이나 또는 유감스러운 일이지만 항상 보는 바와 같이 실례 따위에서도 생기는 것이 아니다. 그러나 경험은 다음과 같은 일을 스스로 애써 보려는 모든 사람에게 가르친다.

사람들이 바라는 휴식이라는 것은, 첫째로 정신과 육체를 전혀 또는 될 수 있는 한 움직이지 않음으로써 얻게 되는 것은 아니다.

사람의 천성(天性)은 활동하도록 되어 있다. 따라서 이것은 제멋대로 변경하다가는 모진 보복을 받는다. 말할 것도 없이 인간은 이미 낙원에서 추방된 신세이다. 그러나 신이 일하라는 명령을 내린 데는 일해야 하는 필연성의 위안이 있는 것이다. 그러므로 참된 휴식은 오직 활동하는 가운데에만 있다. 즉 정신으로는 일이 착착 진행되어 가는 것을 봄으로써 과업의 성취에 의해서 그것을 얻게 된다.

또 육체적으로는 밤마다 자는 잠이나 매일의 식사나 어떤 것과도 바꿀 수 없는 일요일의 휴양의 오아시스 등 자연적으로 부여된 휴식 가운데에서만 진정한 휴식을 얻을 수 있는 것이다. 다만 이와 같은 자연스러운 휴식에 의해서만 중단되는 꾸준하고도 유익한 활동 상태야말로 이 지상에 있어서 가장 행복스러운 경지이다.

인간은 이 이외의 외면적인 행복을 추구해서는 안 된다. 아니 우리들은 한걸음 더 나아가서 이렇게 덧붙여 말할 수 있다. 즉 그런 경우에는 활동의 성질 따위는 그다지 문제가 되지 않는다고. 단순한 유희가 아닌 이상, 참된 활동이라면 어떠한 것이든지 반드시 사람이 진심으로 이에 종사하면 곧 흥미가 일어난다고 하는 성질을 가지고 있다.

사람을 행복하게 하는 것은 일의 종류가 아니고 창조와 성공의 기쁨이다. 이 세상에서 가장 큰 불행은 할 일이 없고 따라서 만년에 그 성과를 볼 수 없는 생활이다. 그러므로 이 세상에는 노동의 권리라는 것이 있으며, 또한 반드시 있어야만 하는 것이다.

이것은 모든 인권 중에서도 가장 근본적인 것이기도 하다. '실업자'는 실제로 이 세상에 있어서 참으로 불행한 사람이다. 이 사람들의 수는 많은데, 이른바 상류사회에 이르러 하층사회보다도 훨씬 많다.

하층사회에서는 생계의 필요로 말미암아 일하지 않을 수 없으나 상류사회에 있어서는 그릇된 교육과 편견 때문에, 또 어떤 계급에 있어서는 참된 일을 배척하는 절대적 세력을 가진 인습때문에 절망이라 할 정도로 이 큰 불행의 선고를 대대로 내려가면서 받고 있다.

우리는 해마다 그들이 그들의 권태와 적적한 마음을 안고 우리 스위스의 산과 그 요양지를 찾아와 헛되이 정신의 쇄신을 기다리고 있는 것을 눈으로 보고 있다. 그것도 여름만으로 족했다. 어떻게 해서든지 몸을 움직여 적어도 일시적이나마 자기들의 병인 태만에서 벗어나려고 했다. 그러나 지금 와서는 그것 때문에 겨울까지 지내지 않으면 안 되게 되었다. 그리고 멀지 않아 이미 우리나라의 산골짜기를 차지하고 있는 수많은 병원들이 이 안정을 잃고 있는 무리들을 위해 연중 개방되어야 할 것이다.

그들은 가는 곳마다 휴식을 찾고 있으나 아무 곳에서도 발견하지를 못한다. 왜냐하면 휴식을 노동 속에서 찾지 않기 때문이다.

'그대는 일주일에 엿새 동안은 일하지 않으면 안 된다.'(출애굽기 34장 21) 이 보다 많아도 안 되고 적어도 안 된다. 이 처방에 따르면 현대의 대개의 신경질환은 조상 대대로 일을 하지 않는 혈통이 유전되지 않는 한 치료될 것이요, 대부분의 요양소의 의사나 정신병 의사는 그 환자를 잃게 될 것이다.

인생은 결코 이것을 '향락'하려고 해서는 안 된다. 이것이 열매를 맺도록 계획해 나가지 않으면 안 된다. 이것을 깨닫지 못하는 자는 이미 정신적 건강을 잃고 있는 것이다. 이런 사람은 육체적으로도 건강할 수 없다. 육체적 건강의 보전은 자연적 성질을 지키는 올바른 생활양식에서만 가능하기 때문이다.

우리들의 수명은 70세, 많으면 80세다. 그것은 고생과 근로의 일생이라 할지라도 얻기 어려운 존귀한 것이다. 성서의 구절도 이래야만 할 것이요, 아마 원래의 의미는 그러하였을 것이다.

여기서 어떤 한계를 지어두는 것이 좋겠다. 어떤 일이든 모두 마찬가지라고는 할 수 없다. 세상에는 또 외관만의 일, 즉 봐 주기를 바라는 일, 혹은 보일려고 하는 일이 있다.

예를 들면 '부인들의 수예'의 부, 특히 전에 자주 유행하던 군인놀이, 충분치 못하고 결국에는 아무것도 안 되는 피아노 공부 같은 '예술'활동의 대부분, 사냥 그 외의 이른바 '스포츠'의 대부분, 그리고 자기 재산의 단순한 관리 따위는 이에 속한다. 영리한 활동인은 좀 더 마음의 만족을 얻을 수 있는 일을 구하지 않으면 안 될 것이다.

또한 기계에 의한 일, 기계적이고 부분적인 노동이 대체로 사람을 만족시키는 율이 적고, 공장 노동자에 비해 수공업자나 농부 편이 훨씬 더 만족을 느끼는 이유도 여기에 있다. 그러므로 사회적 불안은 공장 노동자를 통해서 비로소 이 세상에 태어난 것이다.

공장 노동자는 자신의 일의 성과에 대해서 보는 일이 그다지 많지 않다. 일하는 것은 기계요, 노동자는 한갓 기계에 예속된 도구에 지나지 않는다. 혹은 언제나 어떤 조그만 톱니바퀴를 만드는 것을 조력할 뿐 결코 완전한 시계를 만들지는 못한다.

그런데 시계는 즐거운 한 개의 예술품으로서 인간다운 진실한 노동의 성과이다. 이와 같은 기계적 노동은 가장 보잘것 없는 인간도 가지고 있는 하늘이 준 '인간의 존엄'의 개념에 어긋나는 것이며, 결코 사람을 만족시킬 수는 없다.

이와는 반대로 그 일에 완전히 몰두하여 자기를 잊을 수 있는 사람은 가장 행복한 노동자이다. 예를 들면 어떤 대상을 파악하여 이를 표현하려고 할 때 온 정신을 그것에 쏟는 예술가, 자기의 전문 이외에는 거의 아무것도 눈에 띄지 않는 학자, 아니 흔히 가장 좁은 활동 범위에 자기의 소천지(小天地)를 쌓고 있는 모든 종류의 '괴짜'들까지도 그러하다.

그들은 모두 — 아마 객관적으로 말하면 그렇지 않을 수도 있겠지만 — 일을 참되고 유익하고 사회를 위해서 없어서 안 될 일을 하고 있는 것이지, 결코 유희를 일삼고 있는 것이 아니라는 심정을 갖고 있는 것이다.

그들 중에는 이와 같은 끊임없고 힘들고 또 건강에도 그다지 좋지 못한 활동에 종사하면서도 대단히 장수한 사람도 적지 않다.(그런데 별로 일도 안하는 귀족적인 도락자(道樂者)나 유한마담 — 현대 사회에서 가장 무용지물이요, 될 수 있는 대로 일하지 않는 것을 주의로 삼고 있는 인간계급의 손쉬운 예를 들면 — 은 줄곧 의사에게 폐를 끼치고 있는 형편이다.

오늘날 사회에서 무엇보다도 먼저 필요한 것은 뜻있는 일이야말로 예외 없이 모든 사람의 육체적 건강과 정신적 건강을 보전하기 위해서, 따라서 그들의 행복을 위해서 반드시 필요하다는 통찰과 경험을 널리 보급시키는 일이다.

그 필연적인 결론으로 태만을 업으로 삼고 있는 자는 뛰어나 윗계급이 아니라 그 정체대로, 즉 올바른 처세의 길을 잃어버린 정신적으로 불완전하고 불건전한 인간이어야 할 것이다. 만일 이러한 생각이 사회 일반의 고정된 신념의 표현인 풍습으로 화한다면 그 때에 비로소 이 지상에도 보다 좋은 시대가 올 것이다. 그 때까지 이 세상은 수많은 사람들의 도에 넘치는 노동과 다른 소수인의 불충분한 노동 — 이것은 서로 제약한다 — 때문에 고민하는 것이다.

또한 이들 중에서 어느 편이 더 불행한지는 매우 의심스러운 일이다. 그러나 우리들이 한층 더 의문을 느끼는 것은 이 원리가 수천 년의 인류의 경험에 기반을 두었고, 또 사람마다 일하기도 하고 안 하기도 하면서 매일 실험할 수 있으며, 모든 종교와 철학이 항상 그렇게 설교함에도 불구하고 왜 이것이 아직도 널리 실행되지 않고 있느냐 하는 것이다.

예를 들면 성서를 몹시 떠받들면서도 성서에는 그다지 명백하게 씌어 있지도 않은 사형을 지극히 열심히 옹호하면서 마음의 평정을 이상하게도 잃지 않는 수천 명의 '귀부인'들이 있다.

그들은 또 성서의 명백한 계율을 거역하고, 전혀 일하지 않는 것은 아니지만 기껏해야 하루 정도 일하고 나머지 엿새 동안은 귀부인의 업인 태만을 일삼으면서 보낸다. 이렇게 되는 것은 주로 노동의 분배와 배치가 적정치 못한 소치로서 이 때문에 실제로 일하는 것은 정말 무거운 짐이 되어 버리는 것이다.

이제 우리는 주제로 돌아가기로 하자. 어떠한 일이 필요하다는 근본 원리를 깨닫고, 영속적인 심한 고장이 없는 한 기꺼이 이 일을 하려고 하는 사람들에 대해서 이제 비로소 어떤 교훈을 줄 수 있게 되었다.

일에는 모든 기술과 마찬가지로 그 요령이 있으니, 이 요령을 파악하면 일은 훨씬 쉬워진다. 그리고 일을 하려고 바랄 뿐만 아니라, 일을 할 수 있다는 것도 결코 쉬운 일이 아니다. 하지만 많은 사람들은 모르고 있다.

(1) 장애를 극복하는 제1보는 그 장애물을 아는 것이다. 일할 수 있는 것을 방해하는 것은 주로 태만이다. 사람은 누구나 천성(天性)으로 태만하다. 감각적으로 피동적인 보통 상태를 벗어나기 위해서는 언제나 노력이 필요하다.

일반적으로 선에 대해서 태만하다는 것이 우리들 본래의 근본적 악덕이다. 그러므로 나면서부터 근면한 사람은 없으며, 다만 그 천성이나 기질상 어느 정도 활발한 사람이 있을 뿐이다. 아무리 활발한 사람일지라도 그 천성을 따를 때에는 일하는 것보다도 다른 짓을 하는 것을 좋아한다.

근면이란 감각적 태만보다도 한층 더 강력한 동기에서만 생길 수 있는 것이다. 이 동기는 언제나 두 종류가 있다. 낮은 쪽의 동기는 욕정, 특히 야심과 탐욕 내지 생활 유지의 필요 등이며, 고급(高級)한 동기는 일 자체에 대한 또는 어떤 사람들을 위해서 일하지 않으면 안 되는 그 사람들에 대한 사랑이나 의무감이다.

그 쪽의 동기는 지속성이 더 많고, 일의 성패를 가지지 않는다. 특성을 가지고 있으며, 따라서 실패 때문에 일어나는 허탈감이나 목적의 달성 혹은 만족으로 말미암아 그 강도를 잃는 일이 없다. 그러므로 야심가나 욕심장이도 부지런한 수가 흔히 있지만, 시종여일하게 규칙적으로 일을 계속하는 자는 드물고 대개는 남이야 어떻든 자기만 유리한 성과를 거두면 일의 외관만으로 만족한다.

상공업의 일부, 또 유감스러운 일이지만 학문 및 예술의 노작의 일부가 오늘날 이러한 성질을 띄고 있다. 그러므로 예컨대 지금 세상으로 나가려는 청년들에게 충고를 한다면 우선 다음과 같은 것이 될 것이다.

여러분은 어떤 일, 또는 어떤 사람들에 대한 사랑이나 의무감으로 일하라. 여러분이 만약 어떤 인류사회의 큰 문제, 예를 들면 여러 민족의 정치적 해방, 기독교의 보급, 버림받은 하층계급의 향상, 음주벽의 제거, 또 국제간의 항구적 평화의 확립, 사회개혁, 선거법의 개선, 형벌 및 교도소의 개선 등 ─ 오늘날 확실히 이 같은 두드러진 목적이 대단히 많지만 ─ 그 어느 것에든지 관여하는 그 때에 여러분은 가장 재빨리 끊임없이 외부로부터 여러분에게 작용하는 자극과 게다가 처음에는 대단히 도움이 되는 벗들을 얻게 될 것이다.

오늘날 문명 국민에 있어서는 이 같은 진보의 진영에 적극적으로 참가하지 않는 청년(남성이든 여성이든 간에)이 한 사람이라도 있어서는 안 된다.

자기를 초월하여 자기 일신을 위하여 생활하지 않는 것이 청년을 향상시키고 굳세게 하며 불굴의 지구력을 주는 유일한 요소이다. 이기주의는 언제나 한 개의 약점이요, 거기서 나오는 것도 또한 약점뿐이다.

(2) 다음에 태만을 억누르고 일하도록 하는 가장 효과적인 수단은 습관의 위대한 힘이다. 보통은 다만 육체적 성질에만 봉사하고 있는 이 강대한 힘을 정신적 방면에 이용하여도 물론 나쁠 것은 없다. 사실 우리는 태만·향락욕·낭비·무절제·인색에 익숙해지는 것과 마찬가지로 근면·절제·절약·성실·자선에 익숙해질 수 있는 것이다.

그리고 여기서 한 마디 더해 둘 것은 어떠한 인간적 미덕도 그것이 습관으로 되기 전에는 아직 확실한 소유자가 아니라는 것이다. 따라서 차츰 일하는 습관을 기르면 태만의 저항은 점점 약해지며, 마침내는 근면한 생활이 필요불가결한 것으로 되어 버린다. 이렇게 되면 우리는 인생의 보통 곤란은 면하게 된다.

그런데 사람이 근면의 습관을 기르는 데 있어 몇 가지 요령이 있다. 그것은 다음과 같다. 무엇보다도 긴요한 것은 모든 것을 제쳐놓고 착수한다는 것이다. 일하는 책상 앞에 앉아서 정신을 그 일에 집중시킨다는 결심이 근본적으로 가장 어려운 일이다. 한 번 펜이나 괭이를 들고 처음의 한 줄을 긋거나 한 번 내리치면 일은 이미 대단히 쉬워지는 것이다.

어떤 사람들은 언제나 일의 준비를 할 뿐이요(그 이면에는 그들의 태만이 잠재해 있지만), 결코 착수하지 않는다. 그러다가 마침내 필요에 몰리게 되면 이번에는 또 시간이 부족한 데서 오는 절박감에서 마음은 초조해지고, 때로는 육체적인 병까지 수반하여 일을 망치는 경우가 있다.

또 어떤 사람들은 특별한 인스피레이션(영감)을 기대하고 있는데 영감이란 것은 일에 즈음했을 때 그리고 일에 열중하고 있을 때 일어나는 것이다. 적어도 필자의 경험으로 보면 일이란 그것을 해나가는 중에 미리 생각하던 바와는 달라지는 것이 보통이요, 쉬고 있을 때에는 결코 일에 열중하고 있을 때처럼 충실한 온갖 착상이 좀처럼 떠오르지 않는다. 그러므로 절대로 뒤로 미루지 않을 것과, 또 몸이 괴롭다든가 마음이 내키지 않는다는 것을 바로 구실로 삼지 않는 게 중요하다.

매일 일정한 그리고 적당한 시간을 일에 배정하도록 해야 한다. 어떠한 경우에도 반드시 일정한 시간을 어떤 일에 바치고 오로지 휴양만을 일삼지 말아야 한다는 것을 우리의 내부의 교활한 인간, 즉(사도 바울의 말을 빌리면) '낡은 인간'이 깨닫게 되면 그 '낡은 인간'도 그렇다면 오늘의 가장 필요한 일을 해보자 하고 어쨌든 결심하게 된다.

(3) 대개의 사람들은 정신적 창조의 일을 할 경우에 일의 분류 혹은 그 이상으로 일의 서론 때문에 그 시간과 감흥을 잃어버리기 쉽다. 보통 교묘하거나 뜻이 깊거나 혹은 지나치게 깊이 파고 들어간 서론은 전혀 그 목적에 합당치 않을뿐더러 차라리 후기에다 쓸 것을 미리 쓰는 불합리를 저지르게 되는데, 그것은 여하튼 서론이나 제목은 맨 나중에 쓰라는 것이 누구에게나 들어맞는 충고다.

그렇게 하면 이러한 것은 자연히 이루어지는 것이다. 온갖 서론적인 것은 제쳐놓고 즉시 자기가 실제로 가장 자신이 있는 본

론부터 시작하는 것이 훨씬 일을 시작하기 쉽다.

같은 이유에서 책을 읽을 경우에도 서문이나 대개의 경우 최초의 장(章)까지도 일단 넘겨버리고 읽는 편이 훨씬 쉽다. 적어도 필자는 처음에는 절대로 서문을 읽지 않기로 작정하고 있는데, 본문을 전부 읽고 난 다음에 서문을 읽었다고 해서 손해를 본 일은 한 번도 없었다고 하여도 좋다. 하기는 서문이 제일 좋은 책도 없는 것은 아니지만, 이런 책은 대개 그다지 읽을 가치가 없는 것이다.

한걸음 더 나아가서 이렇게 말해도 과언은 아닐 것이다.(서론이건 본론이건 가릴 것 없이) '자기에게 가장 쉬운 것부터 시작하라. 하여튼 시작하는 것이 중요하다'라고.

완전한 체계를 갖추지 않고 일하기 때문에 일어나는 순서상의 손실은 시간의 절약으로써 보충하고도 남음이 있을 정도이다. 이에 다음 두 가지 결론을 내릴 수 있다. 첫째로 '내일 일을 위하여 염려하지 말라. 내일 염려는 내일에 맡길 것이요, 한 날의 괴로움은 그날 것으로 넉넉하다'.

인간은 상상력이라는 위험한 신의 선물을 가지고 있는데 이것은 자기 실력 이상으로 훨씬 넓은 활동 영역을 갖고 있다. 상상력은 인간이 의도하는 모든 일을 성취할 수 있는 듯이 한 번에 눈앞에 펼쳐 놓는다. 그러나 인간의 힘은 다만 이들을 차례 차례로 정복할 수 있는데 지나지 않는다. 게다가 이 목적을 위해서 끊임없이 원기를 새로이 길러나가지 않으면 안 된다. 그러므로 언제든지 오직 오늘을 위해서만 일하는 습관을 길러라. 내일은 저절로 올 것이요, 그와 동시에 새로운 내일의 힘도 생길 것이다.

두 번째 결론은 다음과 같다. 말할 것도 없이 일은 정신적인 일의 경우에는 정중하게 해야 한다. 그렇다고 하나도 말하지 않은 것이 없고, 읽지 않은 것이 없도록 전부 손대려고 해서는 안 된다. 이런 일은 오늘날 그 누구의 힘으로도 불가능하다.

가장 좋은 방법은 비교적 작은 분야는 철저하게 다루도록 하고 광범위한 것은 그 본질적인 요점만을 파악하도록 힘쓰는 일이다. 너무 많이 바라는 자는 대개 성취하는 바가 적은 것이다.

(4) 좋은 일을 하기 위해서는 원기와 감흥이 없을 때는 일하지 않는 일이다. 물론 처음에는 기분이 나지 않더라도 시작하지 않으면 안 된다. 그렇지 않으면 시작이 되지 않는다. 그러나 일한 결과 어느 정도 피곤하게 되면 곧 중지해야 한다. 일을 바꾼다는 것은 필요한 휴식과 거의 마찬가지로 원기를 회복하기 때문이다. 우리의 천성에 이 같은 적응성이 없다면 아마 많은 일을 할 수 없을 것이다.

(5) 이와는 반대로 일을 많이 하기 위해서는 정력을 절약하지 않으면 안 된다. 그리고 이 일을 실천함에는 쓸데없는 일에 시간을 허비하지 않도록 명심해야 한다. 우리들이 쓸데없는 일 때문에 일할 기분과 정력을 얼마나 많이 잃어버리고 있는가는 말할 수 없을 정도이다. 첫째로 들 것은 지나치게 신문을 읽는 일이요, 둘째는 불필요한 회합이나 정치 활동, 그 중에서도 정담(政談)이라는 이름으로 널리 알려져 있는 정치 활동이다.

수많은 사람들은 예를 들면 일하기에 가장 좋은 아침 시간을 신문을 읽는 데서 시작하여 또한 판에 박은 듯이 어떤 회합이나 사교 석상에, 때로는 도박판에서 하루 일과를 마친다.

그들이 아침마다 두세 가지 신문을 빼놓지 않고 모조리 읽고 난 뒤에는 일할 기분이 나지 않고, 가까이 다른 신문이 있으면 또 그것을 손에 잡는다는 사실만은 틀림없다.

일을 많이 하려는 사람은 모든 무익한 정신적 잡사(雜事)를, 그리고 덧붙여 말할 수 있다면 무익한 육체적 잡사까지도 조심스럽게 피하지 않으면 안 된다. 그리고 장차 하려고 하는 일을 위하여 정력을 축적해 두어야 한다.

(6) 마지막으로(우리가 한결같이 염두에 두고 있는) 정신적인 일을 쉽게 하는 가장 효과적인 수단이 있다. 그것은 되풀이 하는 것, 바꾸어 말하면 몇 번이고 손질을 하는 것이다.

거의 모든 정신적인 일은 처음에는 단지 대체적인 윤곽을 잡을 수 있을 뿐이다. 두 번째 손을 댈 때 비로소 그 세부가 전개되고, 이에 대한 이해도 한층 더 명백해진다. 그러므로 참된 근면이란 현대의 어떤 유명한 저술가가 말한 바와 같이 '휴식을 허락하지 않는 계속적인 활동이 아니라 머릿속에 있는 원형(元型)을 눈으로 볼 수 있는 형태로 완성하려는 열망을 가지고 일에 몰두하는 것이다.

보통 말하는 근면, 즉 상당히 많은 재료를 정복하여 일정한 기간에 이것을 많이 진행시키려고 하는 생각은 다만 당연한 전제조건에 불과하고, 항상 꾸준한 고차(高次)의 정신적 근면에 비하면 멀리 이에 미치지 못하는 덧이다.

우리들은 이 이상으로 사상을 표현할 수는 없다. 일하는 것을 이같이 해석한다면 우리가 첫머리에서 말한 마지막 의문은 사실상 없어지고 일의 연속성이 성립하게 된다. 그리고 이 연속성이야말로 참된 일의 부인할 수 없는 이상(理想)이다.

사람의 정신은 한번 일에 몰두한다고 하는 참된 근면을 알게 되면 끊임없이 일을 계속한다. 그리고 사실 이 같은 휴식 뒤에 저도 모르게 일이 진행되어 가는 것을 가끔 보게 되는 것은 이상할 정도이다. 모든 것이 저절로 명료해진다. 그리고 많은 어려운 점이 해결된 듯이 보인다.

처음에 우리가 갖고 있던 사상의 저축은 자연 늘어가고 입체적 형태와 표현력을 얻게 된다. 새로 이룩한 업적은 마치 우리들의 힘을 들이지 않고 자연히 익은 것을 힘들이지 않고 따는 듯한 생각이 드는 일도 적지 않다.

또 사람들이 보통 말하는, 물론 완전히 정당한 보수 이외의 일의 보수는 일하는 사람만이 즐거움과 휴양의 맛을 진실로 알 수 있다는 것이다. 일이 선행하지 않는 휴식이란 식욕이 없는 식사와 마찬가지로 아무 즐거움도 없다. 가장 유쾌하고, 가장 보수가 많고, 게다가 가장 비용이 들지 않는 최상의 시간 소비법은 언제나 일이다.

교장선생님, 귀하가 끝으로 이 에세이를 특히 학교 잡지에 싣는 목적을 묻는다면 본인은 다음과 같이 대답하겠다. 즉 교육의 비결은 주로 학생을 인도하여 한편으로는 공부에 대한 의욕과 기능을 갖게 하고, 또 한편에서는 적당한 시기에 어떤 위대한 일에 일생을 바칠 결심을 하도록 만드는데 있다고 나는 생각한다.

또 오늘날 사회 정세를 보건대 또 다시 어떤 사회혁명이 일어나서 현재 일하고 있는 사람들이 지배 계급이 되리라는 기대가 정당한 듯하다. 이것은 마치 19세기 초에 일어난 사회혁명이 활기 있는 시민으로 하여금 태만한 귀족과 승려를 앞질러 일어나게 한 것과 마찬가지다. 그러나 이 시민들이 그 후 갈수록 게으름뱅이가 되고, 앞서 간 자들과 같이 이윤으로만, 즉 남의 노동에 의해서 생활하려고 하는 한 그들도 또한 반드시 멸망하지 않을 수 없을 것이다.

미래는 일하는 자의 것이요, 권력은 언제나 일에 따라 다닌다.

인간에 대한 몇가지 유형

임어당(林語堂)

중국의 작가(1895. 10. 10~1976. 3. 26)
중국 그리스도교 장로회 목사의 아들로 태어난 임어당은
성직자가 되기 위한 교육을 받았지만, 20대 초반에
그리스도교 신앙을 버리고 영어교수가 되었다.
1919년에 그는 미국과 유럽으로 가서 하버드대학교와
라이프치히대학교에서 신학문을 공부한 뒤 귀국하여
교편을 잡으며 중국어와 영어로 다양한 작품을 발표하고
서구 저널리즘에 기반한 중국어 잡지를 간행하여
큰 반향을 얻었다.
주요 저서: 「생활의 발견」 「베이징호일(北京好日)」 등

인간에 대한 몇 가지 유형

인간에 대해서 몇 가지 유형의 견해가 있다. 즉 기독교의 전통적인 신학적 인간관, 고대 그리스인의 이교도적 인간관 및 중국인의 도교적, 유교적 인간관이 그것이다. 불교적 인간관은 너무도 슬픈 것이어서 여기에는 넣지 않기로 한다.

이 3자에 내포되어 있는 우화적인 의미까지 깊이 파고 들어가면 이 3자는 본래 그다지 차이가 있는 것은 아니다. 특히 진보된 생물학적, 인류학적인 지식을 가진 현대인이 이것을 좀 더 널리 해석하면 한층 더 그 차이는 적어진다. 하지만 그 원시적 형태에 있어서는 각각 다른 차이가 있었던 것이다.

정통파 기독교의 전통적인 사고방식으로는 인간은 완전하고 천진난만한, 어리석기는 하지만 행복된 것으로 창조되어 에덴동산에서 벌거벗고 살고 있었다는 것으로 되어 있다. 그 다음에 지식과 지혜가 왔으며, 그 다음엔 실낙원이라는 것이 있어 고난이 시작된다.

그 고난은 주로 첫째 남자는 이마에 땀을 흘리며 일을 해야 하고, 둘째로는 여자에게는 분만이라는 고통이 주어졌다.

인간은 본시 천진난만하고 완전한 것이었는데, 오늘날 이 불완전한 꼴로 타락한 것을 설명하기 위해서 새로운 요소가 하나 더 여기에 부가된 것이다. 말할 것도 없이 악마라는 것이 바로 이것이다.

인간의 보다 높은 천성은 영(靈)속에서 움직이는 것이며, 이에 반하여 악마는 주로 육체를 통해서 움직인다는 것으로 되어 있다. 영이라는 것이 기독교 신학사상, 언제부터인지 나로서는 알 수 없는 일이지만, 이 영이 인간의 기능 이상의 것이 되었고, 조건이 아니라 실체가 되었고, 또한 이 영이라는 존재는 그것이 없기 때문에 신의 구원을 받을 만한 가치가 없는 동물과 인간을 뚜렷하게 구별해 놓은 것이다.

그런데 논리는 여기서 그만 막다른 골목에 다다르고 말았다. 악마의 근원을 설명해야만 하기 때문이다. 중세의 신학자들이 예의 스콜라 철학적 논리로 이 문제를 처리하려고 하다가 그만 진퇴양난에 빠지고 말았다.

신이 아닌 악마가 신 그 자신에서 나왔다고 하는 말은 도저히 인정할 수 없는 말이고, 또 우주의 창세기에 있어서 신이 아닌 악마가 신과 어깨를 나란히 할 영구적 존재였다고 하는 것을 인정할 수도 없다. 그래서 절대절명의 경지에 빠지게 된 결과 악마는 타락한 천사였음에 틀림없을 거라고 하는 의견에 일치하게 되었다. 하지만 이것은 도리어 악의 기원이라는 가정을 기초로 하여 추리하는 것이 된다. 그러므로 이 해석은 만족스러운 것은 아니었지만 그대로 내버려두지 않으면 안 되게 되었다. 그럼에도 불구하고 이 생각에서 영혼과 육체라고 하는 기묘한 이분법(二分法)

이 생기게 된 것이다.

이 신화적 관념은 오늘날 아직도 광범위하고도 줄기차게 행세하고 있어서, 인생 및 그 행복에 관한 철학에 막대한 영향을 끼치고 있다.

그 뒤를 이어 속죄라는 생각이 생겼다. 여기서 오늘날 흔히 쓰는 속죄의 어린 양이라는 근대적 관념을 빌어 온 것인데, 소급해 올라가면 군고기의 냄새가 좋아서 희생물을 바치지 않으면 인간의 죄를 용서해 주지 않는 신이라는 관념에 까지 도달한다. 이 속죄라는 관념에서 죄라는 죄가 모두 한꺼번에 용서받는 수단이 발견되고, 교리(敎理)를 완성하는 방법이 또 다시 발견된 것이다.

기독교 사상의 가장 기묘한 생각은 이 완성이라는 사상이다. 이것은 고대 세계의 쇠퇴기에 발생한 것이어서 사후의 생명을 강조하는 경향이 생기게 되고, 행복 내지는 그저 평범하게 산다는 문제, 그 자체가 구세(救世)의 문제로 바뀌었다.

분명히 부채와 혼란 속에 잠잠하여 최후의 파멸 속으로 떨어지는 이 현세로부터 어떻게 하면 산 채로 빠져나갈 수 있을까 하는 것이 이 구세사상(救世思想)이라는 관념이다. 따라서 압도적인 중요성이 불사(不死)라는 문제에 집중되게 되었다. 그러나 이것은 신이 인간의 영생을 바라지 않았다고 하는 창세기의 본래의 이야기에 모순되는 이야기가 된다.

창세기의 이야기에 의하면 아담과 이브가 에덴동산에서 쫓겨나게 된 것은 세상 사람들이 그렇다고 믿고 있는 것처럼 지혜의 열매를 따 먹었기 때문만은 아니다. 만일 그들을 내쫓지 않으면 또 다시 신의 명령에 거역하여 이번에는 생명의 열매를 따 먹어 영원한 생명을 잃지나 않을까, 신은 이것을 두려워했기 때문이다.

— 여호와 하나님이 가라사대 '보라, 이 사람이 선악을 아는 일에 우리 중 하나 같이 되었으니 그가 그 손을 들어 생명나무 실과도 따 먹고 영생할까 하노라.' 그래서 여호와 하나님이 에덴동산에서 그 사람을 내어 보내어 그의 근본된 토지를 갖게 하시니라. 이같이 하나님이 그 사람을 쫓아내시고 에덴동산 동편에 구천사(九天使)와 또는 화검사(火劍使)를 두루 두어 생명나무의 길을 지키게 하시니라.

지혜의 나무는 에덴동산 한복판 어느 곳에 있었던 모양이나 생명의 나무는 동쪽 입구 근처에 있었다. 그곳은 우리가 다 알고 있는 것처럼 지금까지도 아홉 천사가 함께 몰려 사람들이 접근하지 못하도록 망을 보고 있다.

요컨대 모든 것을 타락시키고 있다고 믿고 있는 생각이 아직 오늘날까지도 이어 내려오고 있다. 인생의 향락은 죄이며 사악이다. 불쾌한 생각으로 사는 것이 덕을 쌓는 행위이다. 또 사람은 대체로 커다란 타력에 의하지 않으면 구원되지 못한다.

오늘날 일반적으로 이루어지고 있는 것처럼 죄의 교의는 아직도 여전히 기독교의 근본적 가정이며, 개종자를 만들어 내려고 하는 기독교의 선교사는 개종시키려는 사람들에게 죄의식과 인간성은 사악하다는 의식을 머리에다 넣어 주려는 일부터 시작하는 것이 보통이다. 이것은 물론 선교사가 포켓 속에 준비하고 있는 기성적인 구원이 필요하게 되기 위해서는 절대불가결의 전제이다.

요컨대 우선 첫째로 나는 죄인이다, 라고 믿도록 만들어 놓지 않으면, 그를 크리스챤으로 만들 수가 없지 않은가?

어떤 사람은 다소 과격한 어조로 다음과 같이 말한 일까지 있다. 우리나라의 종교는 너무나도 편협하여 죄의 생각만 하게 만들어 놓았기 때문에, 점잖은 사람은 이젠 교회에 나오려고 하지 않게 되었다.

고대 그리스의 이교도적 세계는 독특한 별세계를 이루어, 따라서 인간에 대한 그들의 사고방식 또한 매우 다른 것이었다. 나에게 가장 흥미를 주는 것은 기독교도가 인간을 신처럼 만들려고 애를 쓴 것과는 달리 고대 그리스인은 신을 인간처럼 만든 것이다.

저 올림피아의 신들은 확실히 쾌활하고, 여자를 좋아하고, 사랑도 하고, 드러눕기도 하고, 싸움도 하고, 서약도 하고, 화 잘 내는 패거리들이다. 그리스인 자신처럼 사냥을 좋아하며 전차도 타고 투쟁도 한다. 아니 결혼까지 하는 패거리들로 믿어지지 않을 만큼 사생아를 가지고 있다.

신과 인간의 차이를 들 것 같으면 신들은 다만 공중에다 뇌명(雷鳴)을 일으키며 지상의 초목을 무성케 하는 신력(神力)을 가지고 있는 영생하는 패거리들로서 포도주 대신으로 넥타르(神酒)를 마실 뿐이었다.

술을 만드는 열매는 대체로 똑같은 것이었다. 그리스인들은 이 신의 무리들과 사이좋게 사귈 수 있다는 생각을 가지고 있으며,

아폴로 신이나 아테네 신과 함께 배낭을 등에 지고서 사냥을 나가거나 혹은 도중에서 머큐리 신을 불러 세우고서 웨스턴 유니온 회사의 메신저 보이와 이야기를 하듯이 수작도 할 수 있다는 정도로 생각을 하고 있었다. 그리고 이야기에 흥이 나게 되면 머큐리 신이 '야아, 오케이, 좀 미안하지만 네가 뛰어가서 이 편지를 72번가(街)에다 전달하고 와야겠구먼'하고 수작을 붙일 것만 같은 모습을 상상할 수 있다.

고대 그리스인들은 조금도 신다운 점은 없었으나 그리스의 신들은 인간다운 점이 많았다. 기독교가 생각하는 따위의 완전한 신과는 엄청나게 차이가 있을 것이 아닌가? 그러므로 고대 그리스인들에게 있어서 신들은 다만 인간의 별종족에 지나지 않았다.

지상의 인간들은 영생(永生)의 생명을 가지고 태어난 거인의 종족이었다. 이것을 배경으로 하여 농사 풍요를 맡아보는 여신 디미터, 4계절의 신 프로서피나 무생물까지도 감동시킨 하아프 타기의 명인 오류스 등의 비할 바 없는 아름다운 신들이 나온 것이다.

신에 대한 신앙은 당연한 것으로 생각되어 소크라테스 까지도 독배를 마시게 되었을 때, 신에게 주연을 베풀어 이 세상에서 다음 세상으로 가는 나그네 길을 재촉해 줄 것을 빌었다. 이것은 공자의 태도와 아주 비슷하다. 소크라테스나 공자시대에 있어서는 반드시 그러했을 것이다.

인간과 신에 대해서 근대 그리스인의 정신이 어떠한 태도로 취했는가에 관해서는 고대 그리스인의 이교도적 세계와 근대 기독교적 세계는 그리스적이 아니다. 이 점이 매우 유감스러운 일이다.

때로는 인간의 운명은 참혹한 운명에도 빠져야 하는 한정된 운명이라는 생각을 고대 그리스인들은 대체로 가지고 있었다. 이러한 생각을 시인하게 되면 인간은 그 현재대로의 상태를 감수하게 되어 아주 행복을 느낄 수 있게 되는 법이다. 그래서 고대 그리스인들은 이 인생과 우주를 사랑했으며, 자연계를 과학적으로 이해하려고 몰두했을 뿐만 아니라 인생의 진선미를 이해하려는 데에도 흥미를 가지고 있었던 것이다.

그리스에는 에덴동산식의 신화적인 '황금시대'는 없었고 따라서 인간 타락의 우화도 없다. 그리스인 자신은 대홍수 뒤에 들판으로 내려 온 듀카리온과 그 아내 피라가 손으로 집어 들어 어깨너머로 던진 잔돌에서 생겨난 인간에 지나지 않았던 것이다.

인간의 질병과 고생에 관한 설명은 더 우스꽝스러운 것이다. 질병과 고생은 어느 보석상자, 즉 판도라의 상자를 열고 그 속을 들여다보고 싶어서 견딜 수 없는 젊은 여자의 욕망에서 나왔다고 한다.

고대 그리스인의 공상은 아름다운 것이었다. 그들은 인간성을 있는 그대로 넓게 보았다. 기독교의 안목으로 볼 때 고대 그리스인들은 생사필멸(生死必滅)의 체험관을 가지고 있었다고 말할 수 있을지도 모르겠다. 그러나 그것은 필멸이라고 하기에는 너무나도 아름다웠다. 즉 그곳에서 이해력과 자유분망한 사색적 정신을 구가할 만한 충분한 여지가 있었던 것이다.

고대 그리스의 궤변학자들 중에는 인간의 성은 선(善)이라고 생각하는 자도 있고, 악(惡)이라고 생각하는 자도 있었지만 대체로 근세의 홉스 대 루소와 같은 심한 모순은 없었다.

마지막으로 플라톤에 있어서는 인간은 욕망·정서·사상의 이 3자의 혼합물이라고 생각되었으며, 이상적인 인생이란 지혜, 즉 참된 이해력이 가리키는 대로 이 3자의 조화 속에서 살아 나가는 것이라고 생각되었던 것이다.

플라톤은 '이념'은 불멸이며, 인간 개개의 심령은 그것이 정의·학문·절제·미 따위를 사랑하느냐 않느냐에 따라서 천하게도 되고, 고상하게도 될 수 있다고 생각하였다.

소크라테스에 의하면 '파이돈편(篇)'에서 우리들이 보는 바와 같이 영혼도 또한 독존불멸(獨存不滅)의 존재를 차지하고 있다. 즉 영혼이 단독으로 존재하여 그것이 육체에서 해방되어 있다면, 또 육체가 영혼에서 해방되어 있다면 그것은 죽음이 아니고 무엇이겠느냐고 했다.

인간의 영혼불멸에 관한 신앙은 분명히 기독교도, 고대 그리스인, 노장 철학자 및 유교도들의 견해에 공통되어 있는 점이다. 물론 이것은 근대의 영혼불멸의 신자가 뛰어들 곳이 못된다. 영혼불멸을 지지하는 소크라테스의 주장들은 현대인에게는 수긍이 될 수 없기 때문이다.

중국인의 인간관도 인간은 창조주라고 하는 생각에 도달하였다. 유교가 생각하는 바에 의하면 '천지인삼재(天地人三才)'에 있어 인간은 천지와 격을 같이 한다. 그 배경은 정령설(精靈說)이다. 즉, 만물에는 생명이 있고 혹은 정령을 가지고 있다. 산이나 강이나 또는 태고에서부터 오늘날 까지 내려오는 것에는 모두 생명이 있다는 것이다. 바람이나 우리는 정령 그 자체이며, 어느 큰 산이나 큰 강도 이것을 실제로 소유하고 있는 정령의 지배를 받고 있다는 것이다.

어떤 종류의 꽃이고 간에 꽃은 모두가 4계(季)와 번영을 주재하고 있는 소요정(小妖精)을 하늘에다 가지고 있다. 만화여제(萬華女帝)라는 것이 있어서 그 탄생일은 2월 12일로 되어 있다.

어느 버드나무건 소나무건 사이프레스건 여우건 거북이건 몇백년 이상이라고 말하면 이 사실만으로 불멸성(不滅星)을 얻게 되어 '정령'이 된다.

이 정령설의 배경이 있기 때문에 인간도 또한 영으로부터 나타난 모습이라고 생각되는 것은 당연한 일이다. 이 영을 우주 전체내의 생명과 마찬가지로 남성의 능동적, 적극적 즉 양(陽)의 원리와 여성의 수동적 음(陰)의 원리와의 결합에 의하여 생긴다. 이것은 실제로는 후세의 양전기, 음전기의 원리를 빈틈없이 상상한 것이 교묘하게 들어맞은 데 불과하다.

이 영이 인체에 머무르면 백(魄)이라고 불리어지고, 그것이 육체에 머물러 있지 않고 영대로 떠돌고 있으면 혼(魂)이라 불리어진다. 이 혼은 사후에도 계속 이리저리 떠돌아다닌다. 그 영이 보통은 사람을 괴롭히지는 않지만 사자(死者)를 매장한 후 공양을 하는 사람이 없으면 떠돌아다니는 '망령(亡靈)'이 된다.

익사자나 타향에서 횡사를 하여 묻어 줄 사람 하나 없는 사람들의 영에 대해 널리 공양을 행하기 위해서 7월 15일을 맹란분

(孟蘭盆)으로 정하고 있는 것은 이러한 이유에서 생긴 것이다. 또는 암살을 당하거나 원통하게 죽었거나 하였을 경우에는 그 망령은 억울하게 죽은 것을 분하게 여기는 나머지 허공을 떠돌며 그 부정(不正)에 대한 울분이 풀어져서 원령(怨靈)이 만족할 때까지 성화를 부린다. 원령이 만족하면 성화는 그만 풀리고 만다.

사람이 살아있는 동안 영혼은 육체 안에 머물러 있기 때문에 사람은 반드시 어떤 종류의 정열, 욕망 또는 활력의 흐름, 좀 더 알기 쉬운 말로 말할 것 같으면 '정신력'에 해당되는 것을 가지고 있다. 이러한 것들은 그 자체로서는 좋지도 않고 나쁘지도 않고 그저 인생의 특질로써 구비되어 있을 뿐으로 불가분의 것이다.

남녀는 모두가 정열, 자연적 욕망, 고상한 야심 또는 양심을 가지고 있다. 성(性)·기아·공포·분노를 가지고 있고, 질병·고통·고뇌. 죽음을 면할 길이 없다. 수양이란 번뇌와 욕망을 조화적으로 표현하는 것이다. 이것이 유교적인 사고방식으로 인간에게 부여되어 있는 이러한 인간성과 조화되어 생활함으로써 인간은 천지(天地)와 동격이 될 수 있다고 믿는 것이다.

그러나 불교는 인간의 육(肉)의 욕망을 본질적으로 중세 기독교와 동일하게 본다. — 쫓아버리지 않고서는 아니 될 번뇌의 개화(開化)라고 보는 것이다. 너무도 머리가 좋거나 너무나 생각하는 경향이 있는 남녀는 이 사상에 물들어 그만 중이 되어 버리는 수가 있다. 그러나 대체로 유교의 상식은 이것을 금하고 있다. 그리고 또한 다소의 노자철학의 영향에서 오는 경향이긴 하지만 박명(薄明)에 우는 가인미녀(佳人美女)는 인간적 망념(妄念)을 품었다거나 혹은 천상의 의무를 게을리 하였다거나 하는 탓으로 처벌을 받고는 이 지상으로 쫓겨 내려와서 인간적 고난의 숙명 속에서 살아가는 '타락한 선녀'라고 보여진다.

인간의 정신은 에네르기가 발로된 것이라고 생각된다. 이 정신이라는 말은 글자 그대로 '정(精)의 신(神)' 즉 정신으로 이 '정'이라는 말은 본질적으로는 여우의 정이니 바위의 정이니, 소나무의 정이니 하는 의미로 사용된다. 영어로서 가장 가까운 동의어는 앞서 말한 바와 같이 Vitalit, '활력' 혹은 '정신력'이라는 말로 하루 동안 또는 일생동안 때를 달리 하여 밀물처럼 들어왔다, 밀려갔다 하는 것이다.

이 세상에 태어난 사람은 누구나 다 어떠한 종류의 번뇌와 욕망 또는 이 활력으로 인생의 스타트를 내딛는 것으로 유년시대, 청년시대, 장년시대, 노년시대 및 죽음을 통하여 이 3자는 각각 다른 주파(周波)를 가지고 빙빙 돌고 있는 것이다. 공자는 이런 말을 하고 있다.

'젊어서는 여색을 경계하여야 하고, 장년에 이르러서는 투쟁을 경계하여야 하고, 늙어서는 탐욕을 경계하여야 한다.'

이 말은 청년은 이성을 사랑하고, 장년은 싸움을 좋아하고, 노인은 돈을 좋아한다는 뜻에 지나지 않는다.

중국인은 이 육체적, 정신적, 도덕적인 3자의 혼합물에 당면할 때마다 다른 모든 문제에 대하는 것과 마찬가지의 태도를 인간 그 자체에 대해서도 취한다. 그것은 '적당히 해 나가자'라는 한 마디로 요약된 것이다. 결국 이것은 무엇이고 간에 너무도 많은 것을 기대하지는 않고, 또 너무 적은 것도 기대하지 않는다는 태도다.

인간이라는 것은 말하자면 하늘과 땅, 이상주의와 현실주의, 숭고한 사상과 비천한 번뇌 사이에 끼여 있다. 이렇게 끼여 있다는 것이 인간성의 본질인 것이다.

지식욕도 있고, 물에 대한 갈증도 있고, 훌륭한 사상도 좋아하지만 한 접시의 돼지고기 요리도 또한 좋아한다. 지언명구(至言名句)도 좋지만 미인도 버리기 어려운 것이 인간적인 것이다. 이것이 실정이니까 이 세상은 아무리 해도 불완전한 세상이라는 것이 된다.

인간사회를 상대로 하여 그것을 여러 가지로 개선할 기회는 물론 있겠지만 중국인은 완전한 평화니 완전한 행복이니 하는 것은 어느 것도 그리 탐내지 않는다.

다음에 드는 이야기는 이러한 견해를 단적으로 나타내는 이야기다. 어느 사나이가 지옥에 떨어졌다가 다시 재생(再生)한다고 할 때 염라대왕에게 다음과 같이 말했다.

"대왕께서 저를 사람으로 환생시켜 다시 인간 세상에 보내 주신다고 한들 제가 희망하는 조건이 아니라면 저는 가지 않겠습니다."

그래서 대왕은 물었다.

"그 조건이라는 것은 도대체 무엇이냐?"

그러자 그 사나이는 대답하기를,

"이번에 다시 사람으로 태어난다면 장관의 아들로 태어나거나 또는 장례의 진사(進士) 아버지로 태어나지 않는다면 싫습니다. 집 주위에는 1만 정보의 땅과 물고기가 노는 연못과 모든 종류의 과일과 선량하고 애정이 두터운 아내와 아름다운 집들이 없다면 싫습니다. 천장까지 황금과 진주로 장식한 방과 곡식이 가득 찬 여러 개의 곡간과 황금이 꽉 찬 가방도 없다면 싫습니다. 그리고 저 자신은 왕장상(王將相)이 되어서 명예와 번영을 마음껏 누리고 백 살 까지 장수하지 않으면 싫습니다."

그러자 염라대왕은 대답했다.

"사바에 그런 인간이 있다면 내가 다시 태어나서 사바로 가겠다. 너 같은 것을 보낼 줄 아느냐?"

우리들에게는 이러한 인간성이 있다. 그러니까 그대들의 모습으로 인생을 출발하자. 이러한 인생 태도가 타당한 태도가 아닐까. 어쨌든 인간성으로부터 도피할 길이라곤 그 밖에는 없다.

번뇌의 본능이니 하는 것은 본시 악이니 하고 이러쿵 저러쿵 찧고 까불어 봤댔자 소용없는 일이다. 도리어 인간이 그 때문에 그 노예가 될 위험성이 있다. 의젓하게 길 한 가운데서 걸음을 멈춰라. 이러한 중용적 태도에서 일종의 관대한 철학이 생긴다. 적어도 중용적(中庸的) 정신을 신용하면서 살아나가는 교양 있는 관용한 철인에게는 이 철학은 법률적이건 정치적이건 가릴 것 없이 인간의 공통성의 부류에 드는 모든 인간적 과실 내지 불행실은 이를 용서해야 한다는 것이 된다.

중국인은 진일보하여 다음과 같은 것을 생각해 냈다. 하늘, 즉 신 그 자체는 중용적 존재이니, 인간은 자기가 최선이라고 믿는 바에 따라 중용적 노선을 지키면서 살아나가면 무서울 것이라곤 아무 곳도 없고, 이에 최대한의 선물로 오는 것이 양심의 평화이며, 맑은 양심의 소유자는 망령까지도 무서워할 필요가 없게 된다.

합리적인 것과 불합리적인 것을 둘 다 주관하는 중용적인 신이 있음으로 해서 세상만사는 다 제대로 되어 가는 것이다. 결국 폭군은 죽고, 반역자는 자살하고, 욕심 많은 사람의 재산은 남의 손안으로 넘어 가고 세력가이며 돈이 많은 골동품 수집가의 아들들은 부친이 아주 고심참담하여 모은 수집품을 팔아먹어 버리게 되고, 그 골동품은 이제는 사방으로 흩어져서 남의 소유물이 되어 있다는 것이다.

살인자는 시체가 되어 발견되고, 욕을 당한 여자들은 복수를 하게 된다. 좀체로 없는 일이지만 때에 따라서는 겁탈 당하고 있는 자도 외치는 때가 있다. 하늘은 눈이 없단 말이냐. 결국 도교, 유교 할 것 없이 어느 것에 있어서도 이 철학의 결론과 그 최고목적은 자연을 완전히 이해하는 것 또는 자연과 완전히 조화하는 것으로서 이 사상을 분류하는 적당한 용어가 필요하다면 '중용적 자연주의'라고나 불러볼까. 이 중용적 자연주의는 일종의 동물적 만족감을 느끼고 이 인생관으로 정착한다.

어떤 무식한 중국 아낙네가 다음과 같은 말을 했다.

'누군가가 우리들을 낳았고, 또 우리들은 누군가를 낳는다. 그 밖에 우리들이 할 일이란 무엇이란 말이냐?'

'누군가가 우리들을 낳았고, 또 우리들은 누군가를 낳는다.'

이 말에는 무서운 철학이 있다. 이렇게 되고 보면 인생은 한낱 생물학적 과정으로 되어 버리며, 불멸론이니 무엇이니 아무 것도 없게 된다. 이것이 바로 손자의 손을 잡고 과자 가게로 과자를 사러 가는 중국 할아버지의 생각인 것이다.

이때 이 할아버지의 머릿속을 왕래하는 생각은 5년 길어서 10년만 지나면 나도 무덤 속으로 들어간다. 선영(先塋) 앞으로 간다는 정도의 생각이다.

이 세상에 살면서 바랄 수 있는 최상의 것은 남부끄럽지 않은 아들이나 손자를 두는 것이다. 중국적인 생활방식은 모두가 이 한 가지 생각에서 창출된 것이다. 그래서 결국 이러한 결과가 되고 만다. 즉 인간은 살고는 싶지만 그러나 이 지상을 두고 따로 살 곳이라곤 없다.

천국에서 산다고 하는 문제는 일체 언급하지 않기로 하자. 영(靈)에는 날개를 달아 신 앞으로 날려 보내고 지상을 잊어버리지 않도록 하자. 한정된 수명이 아니냐? 언젠가는 죽고 말 인생이다.

신이 주신 수명은 길다고 해도 겨우 70년. 영이 너무나도 거만한 생각을 일으켜서 영생을 바란다면 이 70년은 너무나도 덧없는 것이 될지도 모른다. 그러나 다소 영이 겸손하기만 하면 이것으로 족하다. 70년이라는 수명이라면 웬만한 것은 다 알 수 있고, 웬만한 즐거움도 다 맛볼 수 있다.

인간의 어리석은 수작은 구경(究竟)하고 인간의 지혜를 몸에 붙이기에는 아버지, 아들, 손자 3대란 길고도 긴 세월이다. 이 3대에 걸친 세상의 추이를 통해서 이 세상(世相)의 풍습과 도덕, 정치의 변천을 친히 목격할 수 있었던 현자(賢者)라면 인생의 막이

내렸을 때 마음속으로부터 만족감을 느끼고는 자리에서 일어나서 '아, 참 재미난 구경거리였다'라는 한 마디를 남기고는 영원히 가버려야 마땅한 노릇이다.

우리들은 지상에서 태어나서 지상에서 자란다. 말하자면 70년의 과객(過客)으로서 이 아름다운 지상에 태어난 것은 조금도 불행하다고 생각할 것이 없다. 비록 그것이 컴컴한 토굴일망정 가장 아름다운 토굴로 만들지 않으면 안 된다. 그러나 토굴도 아닌 한 세기의 대부분을 이 아름다운 지구상에서 살면서도 즐겁게 살아나갈 수 없다면 그것은 배은망덕도 이만저만이 아니다. 때로는 야심이 지나치게 커서 겸손하고 관대한 지구를 얕볼 때도 있기는 하겠지만 정신의 조화를 언제까지나 보존하고 싶다면 이 육체와 정신의 가우(假寓)인 이 지상에 대해서 '어머니인 대지'라는 생각과 참된 애정과 애착심을 갖지 않으면 안 된다. 그렇기 때문에 우리들은 이 지상의 생명을 있는 그대로의 모습대로 널리 바라보는 동물적 신앙뿐만 아니라 일종의 동물적 무신론도 갖지 않으면 안 된다. 또는 자기를 흙과 똑같은 것으로 느끼고는 겨울에는 봄의 태양을 고대하고 있는 흙처럼 우직한 참을성을 다분히 가지고 있는 저 숲의 시인(詩人) 도로우와 같은 순박함을 잃어서는 안 된다.

도로우는 제 아무리 풀이 죽었을 때에도 '영혼을 찾아서 헤매이는 것은 자기가 할 일이 아니라, 찾는 일이 영혼의 할 일'이라고 생각하려고 한 것이다. 그의 행복은 그의 말을 빌릴 것 같으면 산 다람쥐의 행복과 같은 점이 많았다.

결국 하늘은 실재(實在)가 아니지만 지구는 실재다. 실재인 지구와 실재가 아닌 하늘 사이에 우리들이 태어났다고 하더라도 사실은 이 얼마나 다행한 일인가.

적어도 훌륭한 실천철학이라면 인간에게는 육체라고 하는 것이 있다는 것을 시인하는 것으로부터 출발하지 않으면 안 된다. 근래에는 동물이라고 하는 것을 정직하게 인정하려는 사람들이 나오게 되었는데, 정말 그렇게 생각해야 할 때가 바야흐로 온 것이다.

이미 진화론의 기본적 진리로 수립되고 생물학 특히 생물화학이 장족의 진보를 보이고 있는 오늘날 그것은 피할 수 없는 사실이다.

우리들의 스승 철학자들이 지성이라고 하는 학자다운 직업적 긍지를 가지고 있는 소위 인텔리 계급에 속해 있었다고 하는 것은 매우 불쌍한 일이었다.

구두쟁이가 가죽을 사랑하듯이 정신, 정신 하는 축들은 정신을 자랑한다. 자랑이라고만 해서는 아직 유현(幽玄)하고도 추상적인 느낌이 부족하다고 해서 그들은 '진수'니 '영혼'이니 '관념'이니 하는 말을 인용하였고, 우리들을 놀라게 할 작정에서 대문자로 쓰지 않으면 성이 풀리지 않았던 것이다.

인간의 육체도 이 현악이라고 하는 기계로 증류(蒸溜)되어 일종의 영(靈)으로 변했고, 이 영은 또 다시 일종의 진수로 압축되었다. 알코올, 음료 같은 것까지도 적어도 거기서 맛을 붙이려면 맹물을 섞어서 하나의 형태를 갖추게 해야 한다고 하는 것을 깜빡 잊어버리고 있다. 그리고 이 불쌍한 우리를, 범인(犯人)들은 압축된 영의 정기를 마실 수 있다고 제멋대로 생각하고 있다.

이렇듯 영을 지나치게 강조했다는 것은 치명적인 결과를 초래하였다. 즉 인간으로 하여금 자연 본능과 싸우게 한 것이다. 따라서 내가 주로 비난하는 것은 그 때문에 완전히 원숙한 인간성의 이해가 불가능하게 되어 버렸다는 것이다. 생물학이라든가 심리학이란 무엇이며, 감각정서 특히 본능이 이 인생에 있어서 어떠한 위치를 차지하고 있는가 하는 것을 충분히 모르고 있기 때문에 이러한 잘못이 생기는 것이다.

인간은 육체와 정신의 양자로 이루어져 있는 것이므로 그 정신과 육체가 조화하고 양자가 일치할 수 있도록 하는 것이 철학자의 임무가 아니어서는 안 된다.

여자는 아름다운 것

앙드레 모로아(Andr Maurois)

프랑스의 소설가, 전기작가, 평론가(1885. 7. 26~1967 10. 9)
부유한 직물 제조업자의 집안에서 태어나서 성장기에
프랑스의 철학자이자 교사인 알랭의 영향을 받았다.
제1차 세계대전 당시 영국군 연락장교로 일했고,
「브랭블 대령의 침묵」에서 영국인들을
익살스럽게 해석해 문학적 성공을 거두었다.
그의 소설들은 제한된 부르조아
사회의 위기를 조명하고 있다. 특히 역사가로서
특히 민중역사에 해박한 지식을 보여주었다.
주요 저서: 「미국사」「영국사」「프랑스사」 등

여자는 아름다운 것

우리는 어떻게 해서 일생동안 계약을 맺는 사람을 선정하는 것인가? 그보다도 우선 우리는 그런 사람을 선정할 수가 있을 것인가?

원시사회에서는 결혼은 때때로 약탈 또는 매매에 의해서 결정되었다. 즉 강력한 인간, 혹은 돈이 있는 사람이 선택하는 것이 상례였다. 여자는 그 선택에 따를 수밖에 없었다.

19세기의 프랑스에서는 거의 대부분의 결혼은 사제, 혹은 직업적 중매장이에 의하여, 아니 그보다도 쌍방의 가족에 의해서 결정되었다. 이런 결혼은 대부분 행복했다.

미국의 철학자 산타야나도 말하고 있는 것처럼 '연애란 당사자가 생각하는 것보다는 훨씬 요구하는 바가 적은 것이다. 연애의 10분의 9는 사랑을 하는 사람 쪽에 있고, 그 10분의 1만이 사랑을 받는 대상 가운데 있다'.

만일 우연히 사랑을 하는 사람이 유일무이하다고 믿고 있는 그런 상대가 절대로 나타나지 않는다 하더라도 그것과 똑같은 애정을 다른 상대방한테서도 느낄 수 있으리라.

열광적인 연애는 상대방의 참다운 모습을 바꿔버린다. 너무 들떠 있는 연인들은 결혼이라는 것에서 어처구니없는 큰 행복을 기대하기 때문에 이따금 걷잡을 수 없는 실망에 빠지는 수가 있다. 연애결혼을 하는 경우가 가장 많은 미국에서는, 또한 이혼이 가장 빈번하게 행해지고 있다.

발자크는 「두 사람의 젊은 아내의 수기」라는 책에서 결혼의 두 가지 형태를 그리고 있는데, 그의 서술은 용어나 풍습을 필요에 따라 적당히 바꿀 수 있는 사람에게는 여전히 그대로 통용된다.

두 사람의 여주인공 가운데 한 사람인 르네 드 레스트라드는 이성(理性)의 구현이다. '결혼이라는 것은 연애가 쾌락만을 목적으로 하고 있는 데 반하여 인생을 자기의 대상으로 하고 있습니다'라고 그녀는 자기 친구에게 보낸 편지에 쓰고 있다.

또 그녀는 다른 편지에서, '그 뿐만 아니라 결혼은 쾌락이 소멸한 때에도 여전히 존재하고, 결합한 남녀가 갖는 흥미보다 훨씬 더 귀중한 흥미를 낳아 줍니다. 그렇기 때문에 행복한 결혼을 하기 위해서는 이런 즐거움을 위해서 많은 인간적 결점을 용서하는 그런 우정이 아마 꼭 필요하겠지요.'라고 말하고 있다.

이런 르네는 자기보다 연상인 별로 마음에 들지 않았던 남자와 결혼했는데, 나중에 가서 아주 행복해질 수가 있었다. 이와는 반대로 그녀의 친구 루이즈 드 숄리에는 연애결혼을 했지만 지나친 질투심 때문에 그 결혼은 불행한 것으로 만들고, 드디어는 그녀의 남편 죽음과 그녀 자신의 파멸을 초래하는 데 이르는 것이다.

발자크가 쓰고자 한 것은 만일 여러분이 건강과 지혜, 그리고 신분·취미·환경의 일치 등을 겸비해 가지고 있을 경우에는 결혼 당사자가 젊고 건강하기만 하면 애정은 자연히 생겨나리라는 것이었다.

'이 음료만 가지면 자네는 어느 여자를 보아도 엘렌느로 보이리라'고 메피스토펠레스는 말하고 있다.

그런데 실제에 있어서는 2차 대전 이후 발자크나 그의 뒤를 이은 두 세대 사람들이 알고 있는 것과 같은 타의에 의해 '결정지어지는' 결혼은 프랑스에서는 다른 나라에서와 같이 점차 소멸되고 '우연'이 결합시키는 두 사람끼리의 자유 선택에 장소를 양보해 가는 경향이 있다.

어째서 이런 진화가 생기는 것일까? 그것은 재산을 모으고 그것을 보전하려는 생각이 가장 가공적이고, 가장 철없는 생각으로 여겨졌기 때문이다.

우리는 너무 많이 급격한 변화와 예측하지 못했던 몰락을 보아 왔기 때문에 유산계급 사람들이 가지고 있는 깊은 주의(注意)가 온통 흩어져 버린 것이다.

이미 경계해야 할 요소가 소실되어 버린 것이다. 이미 경계해야 할 요소가 소실되어 버린 경우에는 지난 일을 생각한다는 것은 어리석은 일이다. 게다가 젊은 사람들은 옛날보다 한층 더 자유로운 생활을 누릴 수 있게 되었고, 해후의 기회도 한층 더 용이하게 그들에게 일어날 수 있게 되었다. 지참금이나 가문이 미모나 기분 좋은 성격 또는 스포츠에서 맺은 우정에 그 자리를 양보할 것이다.

그러면 소설에나 나옴직한 결혼이 좋은 것일까? 아니 확실히 그렇지 않다. 공상적 연애의 결정 작용은 눈앞에 있지 않은 여성과 밀접한 관계가 있다. 유랑하고 있는 기사가 아주 공상적인 것은 그가 그의 마음속에 있는 여자와 멀리 떨어져서 유랑 중이기 때문이다.

이와는 반대로 육체를 노출시킨 우리들의 젊은 딸들은 비현실적인 창조물로 간주하기는 어렵다. 오늘의 세태를 보면 반드시 연애결혼이라고만은 할 수 없는 욕정의 결혼을 장려하는 경향이 있다. 이것은 반드시 유감스러운 일이라고만은 할 수 없을 것이다.

피가 때로는 정신보다 더 잘 선택하기 때문이다. 결혼이 행복스러운 것이 되기 위해서는 욕정 이외의 많은 요소가 필요하지만 두 젊은이가 만일 출발점에서 상호간에 매력을 느낀다면 공동생활을 구축하기 위해서 서로를 이해하는 한층 더 많은 기회를 갖게 되는 셈이다. 뿐만 아니라 '매력'이라는 아주 애매한 말은 모든 사람들에게 어떤 종류의 희망을 품을 수 있는 여지를 남겨 준다. '미(美)'라는 것은 상대적인 관념이다. '미는 그것을 바라보는 사람의 눈 속에 존재한다.'

사람에 따라서는 남이 추하다고 판단하는 사람도 아름답다고 생각하는 경우가 있다. 지적이고 정신적인 매력은 얼굴에 균형이 잡혀 있지 않은 여자에게도 많은 아름다움을 부여할 수 있다.

성적(性的)인 조화는 미모와는 관계가 없는 것으로서 그것은 이따금 예감될 수 있는 것이다. 요컨대 참다운 연애는 예속하지 않았던 돌발사로서 연애의 주체임과 동시에 객체인 사람들을 미화하는 것이다.

사랑의 포로가 된 사람은 선천적으로 지니고 있는 미질(美質)에다 새로이 획득한 매력을 본능적으로 첨가하는 것을 알고 있다. 작은 새가 노래하듯이 연애를 하는 사람은 서정적인 시를 쓴다. 공작이 날개를 펴듯이 사람은 여러 가지 색채와 남의 눈을 끄는 모습으로 몸을 장식한다.

테니스의 명수나 수영의 명수는 그들 특유의 매력을 가지고 있다. 다만 우리들 사이에서는 육체적인 힘이 옛날처럼 중요성을 띠고 있지 않을 뿐이다. 그것은 육체적인 힘이 이미 여성에 있어서는 안전을 보장해 주는 것이 되지 못하기 때문이다. 여성 쪽에서도 또 새로운 매력의 수단을 사용하게 되었다.

만일 이제까지 과학을 기피해 온 젊은 아가씨가 생물학에 대해서 뜻밖의 흥미를 나타내게 되었다면 그 생물학 가운데 무엇인가 비밀이 숨어 있는 것이다.

젊은 여인의 독서가 그녀의 심적 경향에 따라 변화한다는 것은 우리가 익히 보아온 터인데, 이것은 아주 기쁜 일이기도 하다. 이런 동시적 감각성보다 더 건강하고 자연스러운 것은 결코 없기 때문이다. 그러나 매력만으로는 가령 그것이 육체적 매력일 뿐만 아니라 지적 매력이라 할지라도 행복한 결혼을 만드는데 충분한 조건은 되지 못한다.

이성결혼이냐 연애결혼이냐 하는 것은 그리 중요한 조건은 약혼시절에 영구적 관계를 맺으려 하는 의지가 참다워야 한다는 것이다. 만일 우리 선조들이 한 금전결혼이 참다운 결혼이었을 경우가 적었다면 그것은 무엇보다도 지참금과 결혼한 그 남자가 결혼을 한 그날부터 '혹시 이 여자가 싫어지면 다른 여자와 연애를 해야지'하고 생각했기 때문이다.

욕정에 의한 결혼도 만일 약혼자끼리 결혼생활 가운데서 단 한 가지 부분의 결혼밖에 인정하지 않는 경우에는 마찬가지로 위험이 따를 수 있다.

'각자 스스로 하는 암묵의 서약에 의해 매력이라는 멋대로 흐르는 흐름이 정착되고 고정되게 될 것임에 틀림없다. 나는 영구히 자신을 속박했다. 나는 선택했다. 이제부터의 나의 목적은 나의 마음에 드는 사람을 찾아내는 일이 아니라 내가 선택한 사람의 마음에 드는 일이어야 할 것이다.' 이렇게 자기 스스로에게 말하는 것은 무서운 결의이다. 그러나 이 결의만이 결혼을 만들어 낸다.

만일 서약에 유보(留保)가 있다면 부부가 행복해질 수 있는 기회는 극히 적어지리라. 왜냐하면 그들은 최초의 장애나 공동생활이 피하기 어려운 곤란, 그런 곤란에 부딪칠 때 좌절할 위험이 있기 때문이다.

공동생활의 곤란은 그 가운데 대치되어 있는 두 사람의 힘을 무한히 능가한다. 이런 곤란의 주된 원인은 남자와 여자의 생활과 사고방식 사이에 당연히 일어날 수 있는 현상이다.

우리 시대에는 모든 사람들이 이런 상이점을 너무 용이하게 무시할 수 있는 것이라고 생각하고 있다. 여자는 남자와 거의 같은 학문을 배우고, 남자와 같은 직업을 갖고, 또 그것을 가끔 아주 훌륭하게 해내고 있다.

많은 나라에서 그녀들은 투표권를 가지고 있고, 이것은 또한 당연한 일로 여겨지고 있다. 그러나 행복한 결과를 초래하는 평등성이 여자는 어디까지나 여자라는 것을 남자에게 잊게 해서는 안될 것이다.

오규스트 콩트는 여성을 감정적인 성(性), 남성을 활동적인 성이라고 정의했다. 이 정의에 의해 이해해야 할 것은 여성에게는 '사상과 육체의 밀접한 결합'이 존재한다는 것이다. 여자의 사상은 남자의 사상보다 추상적인 경우가 적지 않다.

남자는 학설을 조립하고 지금의 세상과는 다른 세계를 가정하고, 그 세계를 사념(思念) 속에서 새로이 창조하고 만일 기회를 얻을 수 있는 경우에는 그것을 행동으로 옮기기를 좋아한다. 이에 비하면 여자는 훨씬 행동적이지 못하다. 왜냐하면 그녀는 의식적이건 무의식적이건 연애와 모성이라는 그녀의 본질적 역할에 몰두하고 있기 때문이다.

여자는 한층 보수적이고 종족의 수호신으로부터 부단히 영감을 받고 있다. 남자는 성공한 식객(食客)이며, 또 대사(大事)에 봉사하지 않고 자기의 자유스러운 힘을 가지고 있기 때문에 문화와 예술 그리고 전쟁을 발명해 낸 일벌이라 할 수 있다.

남자에게는 기분의 변화가 외계에 대한 그의 여러 계획의 실패 또는 성공에 연결되어 있다. 여자에게는 기분의 변화가 생리적 충동에 연결되어 있기 때문에 무지하고 미련한 청년은 그것이 '변덕, 엉터리, 고집' 이런 외관을 노정시킨다고 생각한다.

발자크는 말한다. '많은 젊은 남편은 바이올린을 켜려고 애쓰는 오랑무탄을 연상케 한다'고.

여자는 남자가 갖고 있는 행동 욕구를 충분히 이해하지 못한다. 남자의 본래적 기능은 행동하는 것이고, 사냥하는 것이며 집을 짓는 것이고, 또 기술자나 석공 그리고 군인이 되는 것이다.

결혼 초기 몇 주일 동안에 그는 사랑에 열중하고 있기 때문에 연애가 그의 생활을 충실하게 해 주리라고 애써 믿으려고 한다. 그는 자기 가운데서 권태를 인정하기를 거부한다. 그 원인을 다른 데서 찾아 구하는 것이다.

그는 누워 있는 채로 무엇을 알고 싶어 하고 바라는가를 자각하지 못하는 병자와 결혼한 것을 탄식한다. 그러나 한편에서는 여자 역시 이 새 동반자가 들떠 있고 침착하지 못한 것을 보고 괴로워하게 된다. 들뜬 청년이 호텔 방안을 뚜벅뚜벅 걸어 다니는 것을 신혼여행에서 자주 볼 수 있는 한 장면이다.

대개의 경우 이런 현상은 그리 중대한 것이 아니라 약간의 유머와 애정을 가지고 대처한다면 곧 진정될 수 있는 성질의 것임을 나는 잘 알고 있다. 그래도 양자간에 결함을 유지하려 하는 의지는 늘 존재하지 않으면 안 된다. 왜냐하면 무엇으로서도 가령 그것이 가장 길고 가장 행복한 결혼이라 할지라도 성격의 깊은 차이를 지워버릴 수는 없기 때문이다.

이런 불일치는 승인되고 사랑받을 것이다. 그러나 어디까지나 그것은 존재하는 것이다. 남자는 뛰어넘어야 할 어떤 장애를 외부에 갖지 않으면 곧 지루해 한다. 남자는 발명가이다. 혹시 그가 기계로 우주의 모양을 바꿀 수 있다면 행복해질 것이다. 여자는 보수적이다. 그녀는 자기의 조용한 집에서 옛날부터 해온 단순한 일에 몰두할 수 있으면 행복하다.

오늘날에도 여러 농가에서는 여자들이 갖가지 농기구를 움직이고 있는 남자 곁에서 뜨개질을 하기도 하고, 어린애를 요람에 재우기도 한다.

알랭이 주의를 환기시키고 있는 것처럼 남자가 만들어 내는 것에는 모두 외부적 필연성의 각인이 찍혀 있다. 그가 지은 집 지붕은 비나 눈을 가리고 테라스는 태양을 가리고 있다. 그의 차나 배의 곡선은 바람 또는 물의 흐름에 의해 그려진다. 그러나 여자의 손에 의해서 이루어진 것은 모두 인간의 육체 각인이 찍혀 있을 뿐이다.

안락의자의 쿠션은 인간의 육체에 의해 모양이 잡히고 그 형태를 보존하고 있다. 미용사의 거울은 그 형태를 반사한다. 이것은 이 두 종류의 정신의 간단하고 명료한 특징이다.

남자는 교의(敎義)와 학설을 발명한다. 그는 수학자이고 학자이고 형이상학자이다. 그런데 현실 속에 몰입하고 있는 여자는 추상적인 학설에 대해서는 사랑(혹시 그 학설이 그녀가 사랑하는 남자의 것일 경우에는) 또는 절망(혹시 그녀가 사랑하는 남자가 그녀를 돌아보지 않을 경우에는)에 의해서만 흥미를 느낄 뿐이다.

스타알 부인을 예를 들어 보자. 철학이라는 것은 여성에 있어서는 애정이 입고 있는 신중한 상복이다. 가장 여자다운 여자의 자태는 이렇듯 성격 분석 또는 사람들에게 대한 미묘한 지껄임이 아니면 현실적인 자질구레한 집안 이야기로 시종하고 있다. 가장 남자다운 남자의 모습은 보편적 관념을 추구하기 위해서 일화(逸

話)로부터 멀리 떠나 있다.

참으로 남자다운 남자를 만들어 내기 위해서는 아내이건 연인이건 여자 친구이건 간에 참으로 여자다운 여자를 항상 그의 곁에 놓아두는 것 이상으로 필요한 일은 없다. 그녀에 의해서 그는 여자를 싫어하는 사람들이 영구히 알지 못하는 종족에 관한 심오(深奧)한 사상과 끊임없이 접촉을 가질 수가 있다. 사람들이 영구히 알지 못하는 종족에 관한 심오한 사상과 끊임없이 접촉을 가질 수가 있다.

남자의 사상은 대지를 떠나 대공(大空)을 비상(飛翔)한다. 그것은 광활한 풍경을 발견하지만 그 풍경들은 모든 실체가 결여되어 있다. 그것은 '말의 겉겨를 사물의 낱말과 바꾼다.' 여성의 사상은 항상 대지를 밟고 있다. 그것은 매일 같은 사잇길을 산보한다. 혹시 때에 따라 그녀가 남성을 따라서 공중여행하기를 승낙한다 해도 하늘에서 다시 인간이나 인정 또는 작은 열정을 발견하기 위해 소설책을 갖고 간다.

여자라는 것이 추상적 사상을 좋아하지 않는다고 해서 그것이 그녀를 정치로부터 멀어지게 하는 이유가 될까?

나는 이와 반대로 여자가 정치에 관여할 경우 정치로부터 남자에 대해서 추상적 사상을 멀어지게 하는 공헌을 해주리라고 믿는다.

주부의 기술이 가까운 실제 정치와 아무 소용도 없는 극히 막연한, 때로는 위험하기까지 한 공론적(公論的) 정치를 어째서 혼동하는가?

여자는 정치를 양식과 위생의 문제에 대한 것으로 만든다. 남자는 위생 그것을 학설이나 자존심 문제로 만든다. 그것은 보다 더 좋은 일일까.

가장 우수한 남자는 사상에 충실하다. 가장 우수한 여자가 가정에 충실한 것처럼. 가령 우수한 남자는 사상에 충실하다. 가장 우수한 여자가 가정에 충실한 것처럼. 가령 당(黨)의 실책 때문에 식료품 값이 오른다거나 전쟁의 위협을 받는다거나 해도 남자는 그 정당을 옹호하리라. 그러나 여자는 이 때문에 다른 정당으로 옮기는 일이 생기지 않으면 안 된다 해도 평화와 가정을 고수하리라.

그런데 우리는 왜 여자가 남자와 같은 연구를 넓게 해치우고 경쟁시험에도 그렇게 쉽게 남자를 이겨내는 시대에 여전히 남성의 정신이니 여성의 정신이니 하고 별개의 문제로 이야기 하는 것일까?

우리는 이미 '사람들은 공부를 한 여자를 아름다운 갑옷을 바라보듯이 바라본다. 그것은 남에게 보이기는 하지만 절대로 사용하지 않는 방이나 마찬가지다.' 이렇게 사람들이 쓸 수 있었던 세기에 살고 있는 것은 아니다.

의사인 여자가 같은 의사인 남편과 이야기를 주고받을 경우 이 두 개의 정신은 어느 점에서 다른가? 단지 한쪽은 남성이고, 또 한쪽은 여성이라는 점에 있어서만 다른가?

엄격히 말해서 젊은 아가씨는 젊은 남자와 지적 생활을 함께 할 수 있는 것이다. 처녀는 연구와 투쟁을 사랑한다. 연애를 하기 이전의 바르큐레는 난공불락이었다. 그러나 기그프리트를 알고

난 후의 그녀는 어떠했던가? 무기를 버린 얼마나 다른 여자가 되어 있었던가? 연애에 의해 패배당한 의과대학의 여학생이었던 한 바르큐레가 나에게 말한 적이 있다.

"나의 남자 친구는 사랑의 슬픔이 있을 때에도 환자를 진찰하러 가서 여느 때와 다름없이 그 일에 몰두하고 있습니다. 그러나 나는 너무 불행할 때는 베드에 누워 우는 것 외에 다른 일을 할 수가 없어요."

여자는 애정세계 말고는 다른 세계에서 행복하게 지낼수가 없다. 그렇다 해도 과학이 그녀들에게 남성적 훈련을 시킨 것은 결코 쓸데없는 일은 아니었다.

'남성의 문제는 신비와 과학을 조화시키는 일인데 그것은 부부간의 결합문제와 같은 것이다.'(알랭)

여자라도 큰 사업을 펼칠 수가 있다. 지금 이 시간에도 몇몇 여자들은 놀라운 통솔력을 가지고 그 일을 수행하고 있다. 그러나 그것이 그녀들에게 있어서 행복의 역할이 되지는 못한다. 훌륭하게 그런 일에 성공한 여자들 중 한 사람이 우리에게 다음과 같이 고백하고 있다.

"제가 항상 무엇을 찾고 있었는지 당신은 아십니까? 그것은 나의 전 사업을 인수하고 내가 원조할 수 있는 그런 사내입니다. 아아! 내가 사랑하는 주인을 위해 어떻게 하면 훌륭한 협력자가 될 수 있을까요?"

그녀들은 흉내내기 어려운 창조자라기보다 오히려 찬탄해야 할 협력자라는 것을 잘 알지 않으면 안 된다. 이렇게 말하면 사람들은 조르즈 상드나 브론테 자매나 조오지 엘리어트, 그리고 노와이우 부인이나 캐더린 맨스피일드, 그 밖의 현존하는 사람들 가운데서 천재적인 몇몇 여류작가의 이름을 들지도 모른다. 그것은 사실 그렇다. 그러나 다른 여러 여성에 대해서 생각해 보라. 그렇다고 해서 내가 그녀들의 가치를 끌어 내리려 한다고 믿어서는 안 된다.

그녀들은 남자보다 한층 직접적으로 현실과의 접촉을 유지하고 있다. 그러나 몇 가지 예외를 제외하고는 적대하는 물질에 대해서 시도하는 이 투쟁은 그녀들의 본령(本領)이 아닌 것이다.

예술이라는 것은 남성의 활동력의 자연적인 파생물이다. 여성의 참다운 창조물은 어린애이다. 그런데 어린애를 갖지 않는 여자는 어떻게 되는가? 모든 위대한 연애에는 모성애가 내포되어 있다. 바람기 있는 여자는 그것을 모른다. 그 대신 그녀들은 절대로 연애를 한 적이 없다.

참다운 여성은 강한 남자에게는 약한 데가 있다는 것을 알고 있기 때문에 강한 남자를 좋아하기 마련이다. 그녀들은 자기가 보호받고 있는 것과 마찬가지로 상대방을 보호하고 있다.

우리는 그녀들이 선택해서 개조한 남자를 질투에 가까운 무서운 애정을 가지고 압도하고 있는 여자를 알고 있다. 여러 가지 사정 때문에 어쩔 수 없이 남자 역할을 하는 여자일지라도 그녀는 어디까지나 그것을 여성으로서 하고 있을 뿐이다.

빅토리아 여왕 역시 위대한 왕이라기보다는 남자역으로 분장한 위대한 여왕이었다. 디즈레일리나 로즈베리 백작은 그녀의 대신이었는데 동시에 또 그들은 그녀의 찬미자였고, 어린자식들이었다. 그녀는 국정(國政)을 가사처럼 취급하고 유럽의 분쟁을 가정의 분쟁처럼 생각했다.

"경은 사관(士官)의 딸인 짐이 언제나 군대에 대해서 애정을 가지고 있다는 것을 알고 있는가?"
라고 그녀는 고즈베리 백작에게 말한 적이 있고, 또 독일 황제를 향해서는, '손자가 할머니에 대해서 이런 투로 편지를 써야 하는가요?'라고 말한 적이 있다. 이것은 내가 양성(兩性) 중 한쪽이 다른 쪽보다 우수하다고 간주하는 것이 될까? 아니 전혀 그렇지 않다.

나는 여성의 영향력이 결여된 사회는 추상과 무분별한 학설에 떨어질 위험이 있고, 드디어는 압제의 요구를 동반하리라고 믿는다. 왜냐하면 어떤 학설이라도 진실하지 못할 경우에는 다만 폭력만이 적어도 어느 기간 동안은 그것을 강제할 수가 있기 때문이다.

우리는 그런 예를 너무 많이 보아왔다. 그리스 문명과 같이 철두철미하게 남성적인 문명은 정치와 형이상학, 그리고 허영에 의해서 멸망할 수밖에 없었다. 다만 여성만이 남자라는 이 공리공론을 좋아하는 일벌을 밀방(密房)이 갖고 있는 단순한 실제의 가치로까지 되돌려 놓을 수가 있는 것이다.

양성(兩性)의 참다운 협력없이 참다운 문명은 존재할 수 없다. 그런데 남녀 상호간의 상이점을 인정하고 서로 상대방의 성질을 존경하지 않고는 양성의 참다운 협력은 있을 수 없는 것이다.

우리 시대의 정신과 의사나 소설가들이 가지고 있는 가장 뿌리 깊은 오해 중의 하나는 성생활과 그것에 기인하는 여러 가지 감정에 너무 큰 비중을 부여한 점이다. 약간의 예외가 있기는 하지만 프랑스에서나 영국에서나 최근 30년간의 문학은 남자보다도 여자를 겨냥한 유행성이 짙은 대도시 문학이었다.

남성은 그 가운데서는 다른 남자들과 함께 하나의 세계, 즉 '여인이여, 당신을 위한 세계는 아니다'하는 그 자체로서 아름다운 것 같은 2세를 위해서 모든 것을 연애나 생명까지 희생하는 것이 자기의 사명이라고 느껴왔다.

그는 그런 굉장한 세계를 창조하기 위해서 투쟁한다는 그의 본질적인 두 가지 역할 중 하나를 잊어버리고 있었던 것이다.

우리는 연애와 모성애에 의해 인도되는 여성의 성질과 외부세계를 향하고 있는 남성의 성질 사이에 존재하는 피하기 어려운 알륵에 대해 여러 해결책이 있다는 것을 알고 있다. 그중 하나는 창조적 남성이 가지고 있는 이기적 지배이다.

'남성에게 가장 높은 동경심을 불러일으키게 하는 것은 여성이 아니다'라고 로렌스는 쓰고 있다. 그것은 '여성을 초월하여 그의 가장 높은 활동력'쪽으로 '남자'를 인도하는 그 고독한 종교적 정신이다. 예수의 '여자여! 나와 그대 사이에 무슨 관계가 있는가?'라고 한 말은 거기에서 생겼다.

살아있는 남자는 누구나 그의 영혼이 그에게 명령하는 일이나 사명을 수중에 가지고 있을 때는 예수의 이 말을 그의 아내나 어머니에게 되풀이해 말하지 않으면 안 되는 것이다.

가정의 속박에 대한 행동인이나 예술가의 반항을 설명하고 그것을 변호하는 감정은 참으로 그런 유의 것이다.

톨스토이는 그런 이유 때문에 가출했던 것이다. 그는 이 무익한 용기를 필요로 하는 행위를 실현하기 위해 눈앞의 노년과 죽음을 등지지 않으면 안 되었다. 그렇기 때문에 그의 현실도피는 아주 가련해 보였다. 그러나 톨스토이는 마음속으로 오래 전부터 도피하고 있었다. 그의 주의와 번잡한 가정 일에 그에게 강제하는 생활양식 사이의 불일치에는 구제책이 없었다.

화가 고갱은 타이티섬에서 혼자 생활하고 거기서 본래의 자기 자신으로 돌아가기 위해 아내와 아이, 재산을 모두 버렸다. 그런데 고갱에 있어서나 톨스토이에 있어서나 도피는 약한 점의 표현 이외의 아무 것도 아니었다. 참으로 강한 창조자는 연인에 대해서나 가족에 대해서나 창조에의 존경을 강조하리라.

괴테의 가정에서는 어느 여성도 지배하고 있지 않았다. 그녀들 중 누군가가 그의 참다운 사명, 즉 괴테이고자 하는 것으로부터 그를 젖혀 놓으려고 하는 것이 보일 적마다 그는 그 여성을 조상(彫像)으로 바꾸어 버렸다. 다시 말하면 그 여성을 한 편의 소설 또는 한 편의 시로 만들어 그녀로부터 멀어졌던 것이다.

어떤 사정 때문에 연애와 일 또는 의무, 이 둘 중 어느 하나를 선택하지 않으면 안될 때 여자는 괴로워하고 왕왕 저항한다. 우리는 애정 때문에 직업을 희생해 버린 선원이나 군인의 가정을 알고 있다.

아놀드 베네트는 다음과 같은 재미있는 희곡을 썼다. 어느 대비행가가 오랜 곤란 끝에 사랑하는 여자와 결혼했다. 이 여자는 미모와 재치, 그리고 매력을 겸비한 굉장한 여성이었기 때문에 그녀는 결혼 초 며칠 동안은 남편을 완전히 매혹해 버릴 결심을 하고 있었다.

두 사람은 산의 호텔로 와서 더할 수 없이 행복했다. 그런데 남편의 경쟁자 한 사람이 그가 무엇보다도 자랑스럽게 여겼던 레코드를 깨뜨렸다는 것을, 또는 더 깨뜨리려 하고 있다는 것을 알게 된 것이다.

불현듯 그는 상대방을 낭패하게 해주고 싶은 욕망에 사로 잡혔다. 아내는 남편에게 사랑의 말을 속삭이지만 그는 그 말을 들으면서 모터의 작동에 대해서 생각하고 있었다. 드디어 그녀가 남편의 출발을 말릴 수 없다는 것을 깨달았을 때 그녀는 슬픈 듯이 다음과 같이 중얼거렸다.

"제 경우에 있어서는 아내라는 나의 직업이 이 며칠 동안이 적어도 당신의 사내로서의 생활 속의 비평가로서의 모험만큼이나 귀중하다는 것을 알고 계시는지요?"

그러나 그는 그것을 이해하지 못했다. 그리고 말할 것도 없이 그가 이해하지 못하는 것은 당연한 일이었다. 왜냐하면 정념이 사명을 이길 경우에는 남자는 남자의 길을 그만두어 버리기 때문이다. 그것은 삼손의 신화이며 은팔레의 발아래 무릎을 꿇는 헤라클레스의 신화이다.

고대의 모든 시인들은 연애의 포로가 된 영웅을 노래했다. 아름다운 파리스는 악한 군인이 되고, 칼멘은 그의 정부를 타락시켰으며, 마농은 연인에게 수없이 범죄를 저지르게 했다. 본처라 할지라도 모든 점에 있어서 그녀들의 남편의 생활을 억제하려 할 때 이 여자들에 못지않은 악녀가 되기 마련이다.

'남자가 창조적 활동력에 관한 그의 깊은 감각을 상실할 때는 그는 스스로 파멸을 느끼고 몰락한다. 그가 아내를 또는 아내와 아이들을 자기 생활의 중심부에 들 때에 그는 절망 속으로 내던져진다.'

행동적 인간이 여자의 속에서만 행복을 발견하지 못할 경우 그것은 결코 바람직한 징후가 못된다. 그것은 그가 참다운 투쟁을 겁내고 있다는 것을 증명하는 일일 때가 있다. 극히 오만한 인간이었던 윌슨은 정적의 반대와 저항을 견뎌낼 수 없었는데 이 때문에 그는 그를 숭배하는 가운데서 은신처를 구했다.

남자들과 충돌할 때는 늘 격노했다. 이것은 그가 약하다는 사실을 증명한 것이다. 참으로 남자다운 남자는 고대의 영웅이 검투(劍鬪)를 사랑했듯이 정신적 검투를 좋아하는 법이다. 그러나 행복한 부부생활에서는 아내도 그녀의 역할과 시간을 가지고 있다.

'왜냐하면 영웅이라 할지라도 하루 24시간 동안 언제나 영웅일 수는 없기 때문이다. 나폴레옹이나 그 밖의 어떤 영웅도 차를 마시는 시간에는 가정으로 돌아가 실내화를 신고 자기 아내의 매력을 맛볼 만큼 충분히 인간다운 점이 있었음에 틀림없으니까. 왜냐하면 여성도 그녀 자신의 세계를 가지고 있기 때문이다. 그녀는 애정과 정서와 공감의 세계이다. 어느 남자라도 적당한 시간에는 장화를 벗고 느긋한 기분으로 이 여성의 세계에 몸을 맡기

는 것이 좋다.'

남자가 낮 동안에는 가정 밖에 있으면서 남자들 틈바구니에서 부대끼다가 밤이 되면 전혀 다른 세계로 되돌아오는 것은 바람직한 일이다. 참다운 여성은 행동이나 사업 또는 정치적, 지적 생활을 시기하지는 않는다.

그녀는 이따금 그것 때문에 번민하지만 자기의 고통을 감추고 남자에게 용기를 북돋아 준다. 안드로마크는 남편 엑토르가 출진할 때 자신의 눈물을 감추었다. 그녀는 아내로서의 자기 위치를 알고 있었던 것이다.

이상 우리가 말해 온 바를 통해서 다음과 같은 것을 명기하지 않으면 안 된다. 그것은 아무리 바람직한 결혼이라 할지라도 또 아무리 서로 사랑하는 총명한 부부라 할지라도 그들은 둘 다 적어도 최초의 며칠 동안은 무한히 그들을 놀라게 할 사람의 면전에 있다는 그것이다. 그러나 결혼의 시발을 옛부터 '밀월'이라는 이름으로 불러왔다. 그리고 실제로 두 사람의 결합에 의해 육체적 조화가 형성될 경우 모든 곤란은 최초의 며칠 동안의 도취 때문에 망각되어 버린다. 그것은 남자가 자기 친구를 희생시키고 여자가 자기 취미를 희생시킨 것이다.

여러분은 「쟝 크리스토프」 가운데서 결혼 초에 '그녀의 삶에서 딴 어떤 시기에도 그것에 전념하는 데 힘이 들었을 추상적 독서를 편히 즐긴' 여자에 대한 극히 진실한 묘사를 발견하리라.

'그녀의 신체는 연애에 의해 땅에서 들어 올려진 것 같았다. 지붕 위를 걷는 몽유병자처럼 그녀는 아무 것도 보는 일 없이 자기의 진지하고 즐거운 꿈을 조용히 되새기고 있었다. 곧 그녀는 지붕을 보기 시작했지만 그것이 그녀를 불안하게 하지는 않았다. 그러나 그녀는 지붕 위에서 자기가 하고 있는 일에 대해 스스로에게 물어 보았다. 그리고 자기 집으로 돌아갔다.'

많은 여자들은 이런 식으로 수개월 동안, 또 여러 해 동안의 결혼 끝에 집으로 돌아간다. 그녀들은 자기 자신이 아니고자 노력했던 것이지만 그 노력은 그녀들을 소멸해 버린다.

—나는 그를 모방하려 했다. 그러나 나는 과오를 범했다. 나는 당초부터 그렇게는 만들어져 있지 않았다고 그녀들은 생각한다.

남자 쪽은 또 행복이 포만해서 위험한 행동을 꿈꾸고 있다. 밀월 뒤에 바이런이 말한 '불행한 달'이 계속되는 것은 이 때이다. 냉소와 실의의 시기가 과도한 흥분 끝에 이어지는 것이다. 이 시기에 '불행한 가정'이 만들어진다. 때로는 그들은 반만 불행할 경우가 있다. 즉 서로 이해하기를 그만두고 간격이 있는 애정을 가지고 피차 참아 나가는 것이다.

어떤 미국 부인은 어느 날 그런 심리상태에 대해서 나에게 다음과 같이 설명해 주었다.

—나는 내 남편을 아주 사랑하고 있습니다. 그런데 그는 한 섬 위에, 그리고 나는 다른 섬 위에서 살고 있습니다. 우리는 둘 다 헤엄을 치지 못하기 때문에 영원히 다시 한번 맺어지지 못할 거예요. 결국 같은 생활을 영위하고 서로 사랑하고 있는 두 사람이 어디까지 서로가 서로에게 수수께끼이며 성벽을 빙빙 돌게 하고 있을 수가 있을 것인가?

하고 지이드는 쓰고 있다.

때로는 한층 더 중대한 경우가 있다. 이해의 결핍이 증오를 낳는 것이다. 여러분은 레스토랑의 식탁 앞에서 한쌍의 남녀가 말없이 적의를 품고 비난하는 듯한 눈초리로 서로 째려보면서 앉아 있는 모습을 본 적이 없는가? 그것은 불행한 부부이다. 그 감추어진 원한과 공통 언어를 가지고 있지 않기 때문에 그것을 상대방에게 전달할 수가 없는 경유를 상상해 보라.

또 이들 두 사람의 남남끼리가 돌검(石劍)으로 격리된 무덤 위에서 자고 있는 사람들처럼 말없이 눈을 뜨고 누워 있는 결혼의 잠자리나 여자의 흐느끼는 울음소리를 듣고 있는 남자, 또는 밤사이에 한 방울씩 떨어지는 눈물을 상상해 보라.

이런 것을 나열하는 것은 무익하고 비극적인 그림을 펼쳐 보이는 일일까? 세상에는 행복한 부부도 많이 있지 않은가. 그것은 물론이다. 그것은 선천적 조화를 얻은 약간의 기적적인 경우를 별도로 한다면 그들의 행복은 자연적인 흐름에 몸을 맡기는 대신에 그들이 자기들의 행복을 바란 결과였다.

늙은이나 젊은이거나 간에 결혼의 바닷가에 서서 주저하면서 조언을 구하러 오는 사람들의 방문을 받은 것은 우리 모두에게 일어나는 일이다. 그때의 대화 내용은 파뉴르쥐와 팡타그뤼엘이 주고받은 다음과 같은 문답과 놀랄 만큼 닮아 있다.

—나는 결혼해야 할까? 하고 방문자는 말한다.

—자네는 자네가 선택한 상대를 사랑하는가?

—그럼, 나는 그 사람을 만나는 게 기뻐 견딜 수가 없네. 나는

그 사람 없이는 살아갈 수가 없어.

— 그럼 꼭 결혼하지 그래.

— 그래야지. 그런데 나는 일생동안 나를 묶어 두는 게 주저된단 말야. 갖가지 재미를 볼 수가 있는데, 그것을 단념한다는 것은 생각만 해도 오싹해.

— 그럼 결혼하지 말게.

— 음, 허지만 늙어서 의탁할 곳이 없다는 것을 생각하면…

— 그렇다면 결혼해.

이런 문답은 끝이 없다. 왜냐하면 결혼이라는 것은 '그것 자체로서는' 좋은 것도 아니고 나쁜 것도 아니기 때문이다. 성공이나 실패의 요인은 전적으로 여러분 자신 가운데 있다. 여러분의 질문에 대답할 수 있는 것은 여러분 자신이다. 왜냐하면 여러분 자신만이 어떤 심경으로 결혼에 임했는지를 알고 있기 때문이다.

'결혼이란 이제부터 해야 할 것이지 이미 한 것은 아니다.'

'하나님만이 알고 계시다. 나는 틀림없이 행복을 얻으리라.'

이런 생각을 하고 복권을 산 셈치고 결혼을 하면 안 된다. 그보다 작품을 시작하는 예술가 같은 심경으로 결혼하지 않으면 안 된다.

'여기에 내가 쓰려는 것이 아니라 살아가려는 한 편의 소설이 있다. 이미 완성된 두 사람의 성격의 차이는 아무리 해도 인정하지 않으면 안 된다는 것을 나는 알고 있다. 나는 성공하고 싶다. 나는 성공할 것이다'고 남편이나 아내나 마음속으로 말해야 할 것이다.

만일 이러한 의지가 결혼 초에 존재하지 않는다면 참다운 결혼이란 있을 수 없다. 가톨릭 교회에서 결혼의 비적(秘蹟)은 부부간의 약속 가운데 있는 것이지 사제의 축복 가운데 있는 것이 아니라고 가르치는 것은 매우 아름다운 사상이라 할 수 있다.

만일 한 남자 또는 여자가 여러분을 향해서 '나는 결혼하려 하고 있습니다. 어쩔 수 없잖아요. 좌우간 해보지 않고서는 알 수 없지요. ―만일 실패로 끝난다면 그거 봐라 할 수 밖에 없지만 위안이라는 것이 언제나 있고, 또 이혼하지 못할 것도 아니니까' 하고 말한다면 주저하지 말고 이 결혼을 중지시켜라. 왜냐하면 그것은 결혼이 아니기 때문이다.

좋은 의견과 용의주도한 열성을 가지고도 서로 누구나 다 작품에 성공한다고는 볼 수 없는 것이다. 더군다나 이 작품이 단 한 사람의 영향하에 달려 있는 경우에는 더욱 그렇다. 그러나 만일 아무 확신도 없이 그것을 시작하는 경우에는 그것이 실패로 돌아가리라는 것은 필연의 사실이다.

또한 결혼이라는 것은 단지 '해야 하는 것일 뿐만 아니라 끊임없이 고쳐나가야 하는 것'이다. 어떤 순간에도 부부라는 것은 '승부에서 이겼다. 쉬자' 하고 나태한 안도에 몸을 맡길 수는 없는 것이다. 승부에서는 결코 이길 수 없다. 인생에 우연이 있는 한 어떤 돌발사건이 일어날 수 있는 가능성이 있기 때문이다.

보라! 얼마나 전쟁이 모든 유발사건으로부터 엄호되어 있는 것처럼 보이는 가정을 파괴했는가를.

보라! 중년이라는 것이, '정오(正午)의 악마'라는 것이, 남녀 어느 쪽에 있어서나 얼마나 무서운 유혹인가를 매일 개조해 가야 하는 것, 그것이 항상 성공적인 결혼이다.

물론 이 매일 개조해 가야 하는 것이 설명과 분석, 그리고 고백을 통해서 행해져야 할 필요는 없을 것이다. 메레디스와 샤르동느는 부부생활에 대한 이 중대한 위험에 대해서 아주 멋지게 언급하고 있다.

'너무 심각한 상호간의 분석을 끝없는 싸움으로 인도한다.'

그것은 가장 간단한 일임과 동시에 가장 기미(機微)에 차 있는 일이기 때문이다. 참다운 여성은 그녀가 이해하는 이상으로 이런 뉘앙스를, 이런 위협을, 이 높아가는 권태를 알아낸다. 그녀는 본능적으로 이에 대한 대책을 강구한다.

남자도 어떤 경우에는 눈초리나 미소가 유효적절하게 설명을 대신할 수 있다는 것을 알고 있다. 그러나 그 방법이 어떤 것이든 언제나 필요한 것은 개조이다.

인간생활에 있어서는 집이건 옷이건 우정이건 쾌락이건 내버려 둔 채 오래 가는 것은 하나도 없다. 지붕은 무너지고 애정은 변하리라. 끊임없이 서로 못을 고쳐 치고 접착 부분을 다시 조이면서 오해를 풀어가지 않으면 안 된다. 그렇게 하지 않으면 원한이 생기고 마음 속 깊이 숨어 있는 감정이 부부생활을 해치는 부채의 독소로 변할 것이다. 그리하여 언젠가는 싸움질하는 가운데 응어리가 생겨 각자가 상대방 가운데서 발견하는 자기 자신의 모습에 아연실색하는 날이 올 것이다. 그러므로 먼저 성실이 필요하고 또 예의가 필요하다.

행복한 결혼을 영위하야 가기 위해서는 각자가 상대방의 취미를 존중하지 않으면 안 된다. 부부가 다 같은 사상, 같은 판단, 같은 욕망을 가질 수 있다고 생각하는 것은 허망한 일이다. 그것은 불가능한 일이고, 또 바람직한 일이 되지도 못한다.

우리는 이미 두 애인이 밀월 기간 중에 그들의 로맨틱한 행복 가운데서 얼마나 모든 점이 서로 닮았다고 믿으려고 노력했는가에 대해서 말했다. 그러나 깊이 숨어 있는 성질이 각기 그들의 권리를 다시 주장하는 시기는 숙명적으로 다가온다.

'만일 결혼이라는 것이 부부에 있어서 은둔처이기를 바란다면' 하고 알랭은 말하고 있다. '우정은 서서히 연애로 바꾸어지지 않으면 안 된다.' 그러나 단지 장소를 바꾸는 것만으로 되는 것일까? 아니 사정은 한층 더 복잡하다.

참으로 행복한 결혼에 있어서는 연애가 우정과 혼화되어 있지 않으면 안 된다. 즉 우정이 지닌 솔직함이 이 경우 어떤 관대한 애정을 품은 뉘앙스를 띄는 것이다. 그들은 서로 정신적으로나 지적으로나 닮지 않았다는 것을 인식한다. 그러나 그들은 기꺼이 그들을 격리시키는 것을 인정하고, 그러면서 서로 그 속에서 정신적 진보를 발견하는 것이다.

인사(人事)의 곤란한 착종(錯綜)을 실을 풀듯이 풀려는 성실하게 시도하는 남자에 있어서는 여자들의 사상이라는 이 어두운 반면(半面)을 그를 위해 조금쯤 비쳐 주는 주의 깊고, 총명하고, 소극적이며 동시에 조심스럽고 명민(明敏)한 여성의 정신을 자기 곁에 가지고 있는 것이 큰 힘이 되는 것이다.

이 경우에는 욕정은 이미 거의 문제가 되지 않는다. 설사 그것이 연애의 기원이었다고 할지라도 이런 결합에 있어서는 기본적 욕망은 이미 승화되어 있다. 정신이 육체적 쾌락을 바꾸어 그것을 무한히 능가하는 어떤 것의 동기가 되게 하고, 지주(支柱)가 되게 하고 있는 것이다.

참으로 견고하게 맺어진 부부에 있어서는 이미 젊음의 상실은 불행이 아니다. 함께 나이를 먹어 간다는 즐거움이 늙어가는 고통을 잊게 한다.

'좋은 결혼은 있을 수 있지만 즐거운 결혼은 거의 없다'고 하는 것은 라 로시푸코의 인구(人口)에 회자된 말이다. 그러나 사람은 즐거운 결혼을 상상할 수 있다는 것을 나는 여러분에게 제시했다. 하지만 가장 즐거운 결혼은 가장 용이하지 않은 결혼이다.

부부가 다 성격을 바꾸기도 하고 손상시키기도 하며, 그날 그날의 기분이나 착오 또는 병에 자칫하면 사로잡히기 쉬운 때 어떻게 두 사람의 공동생활이 용이한 것일 수가 있겠는가?

알력이 없는 결혼은 위기가 없는 국가와 마찬가지로 거의 생각할 수가 없다. 다만 연애가 초기의 싸움을 변호하고 애정이 최초의 분노를 따뜻한 관대함으로 바꾸어 버린 경우에 있어서만 위기를 용이하게 뛰어 넘을 수가 있으리라.

요컨대 우리는 결혼이라는 것이 결코 로맨틱한 애인들이 생각하는 것과는 전혀 다르다는 것을 알았다. 그것은 본능 위에 구축된 제도라는 것이며, 결혼에 성공하기 위해서는 육체적 매력뿐 아니라 의지와 인내, 그리고 뜻대로 되지 않는 '타인(他人)'을 승인하는 것이 필요하다는 것이다.

마지막으로 이런 여러 조건이 충족되었을 경우에만 비로소 연애와 우정과 육욕과 존경, 이런 것들의 유일한 혼합물인 아름답고 흔들리지 않는 애정(이것은 그것을 알지 못하는 사람들에게는 이해되지 않는 것이지만)이 형성되고, 이것만이 참다운 결혼이라는 것을 알았다.

■ 우리에게는 내일이 있다

알랭 푸르니에(Alain-Fournier)

프랑스의 소설가, 비평가(1886. 10. 3~1914. 9. 22)
「몬 대장 Le Grand Meaulnes」(1913)은
알랭 푸르니에의 유일하게 완성된
장편소설로서 현대의 고전이다.
프랑스 중부 한적한 마을에서 보낸 자신의 행복한
어린 시절을 바탕으로 한 이 소설은 잃어버린 기쁨의
세계를 갈망하는 그의 열망을 반영하고 있다.
다른 작품들로는 평론가 자크 리비에르와 주고받은
서간문(2권, 1948)이 있으며
대부분 그가 죽은 뒤 출판되었다.
주요 저서: 「알랭 푸르니에를 찾아서」
「방황하는 청춘」「만남 그리고...」 등

우리에게는 내일이 있다

행복은 미덕

우리에게 외투 정도로 밖에는 관계가 없는 그러한 종류의 행복이 있다. 예컨대 유산을 상속받았거나 복권에 당첨된 행복이 그러하다. 명예도 역시 그러하다. 왜냐하면 명예도 우연에 의존하는 것이기 때문이다. 그러나 우리가 자신의 능력에 의존하는 행복은 이와는 반대로 우리들 신체와 일체가 되어 있다.

우리가 그 행복에 젖어 있는 것은 마치 융단이 붉은 빛으로 염색되어 있는 것 이상이다.

옛날의 현자는 난파선에서 구제되어 알몸으로 육지에 올라가서 '나는 전 재산을 몸에 지니고 있다'고 말했다. 이와 같이 바그너는 그의 음악을, 미켈란젤로는 그가 그릴 수 있던 모든 화상을 몸에 지니고 있었다.

권투선수도 그의 주먹과 다리와 그밖에 그의 연습에서 오는 모든 성과를, 사람들이 왕관과 금전을 소유하는 것과는 다른 방법으로 갖고 있는 것이다.

그런데 돈을 소유하는 데도 여러 가지 방법이 있다. 돈을 잘 버는 사람은 무일푼이 되었을 때에도 아직 자기 자신이라는 재산을 갖고 있는 것이다.

옛날의 현자들은 행복을 구했다. 이웃 사람의 행복이 아니라 자기 자신의 행복을. 그런데 오늘의 현자들은 이구동성으로 자기 행복을 구하는 것은 고상한 일이 아니라고 가르치고 있다. 그리고 어떤 사람은 덕은 행복을 모욕한다고 주장하지만 이런 말을 하는 것은 어려운 일이 아니다.

또 다른 사람은 공동의 행복이 자기 행복의 참된 원천이라고 가르친다. 이것은 모든 견해 가운데서 가장 공허한 것이다. 왜냐하면 마치 구멍이 뚫어진 가죽부대에 술을 부어 넣듯이 주위 사람들에게 행복을 부어 넣는 일보다 더 공허한 일은 없기 때문이다. 스스로 권태에 사로잡혀 있는 사람들을 즐겁게 할 수는 없는 것이다. 반대로 조금도 탐내는 일이 없는 사람에게야말로 무엇을 줄 수가 있다.

예컨대 스스로 음악가가 된 사람에게는 음악을 줄 수가 있다. 요컨대 모래 속에다 씨를 뿌려도 아무런 소용이 없다.

나는 이러한 견지에서 아무것도 갖고 있지 않는 사람들을 받아들일 수 없다고 하는 저 씨 뿌리는 사람의 유명한 우화를 이해할 것 같다.(마태가 전한 복음서) 그러므로 스스로 강하고 행복한 사람은 타인에 의해 더욱 강해지고 행복해질 것이다.

그렇다. 행복한 사람들은 이득이 많은 장사나 거래를 할 것이다. 그러나 행복해지려고 결단을 한 사람은 이러한 면을 잘 알아야 한다. 그렇게 하면 아무 소용에도 닿지 않는 사랑을 베풀지 않아도 된다. 그러므로 자기 자신의 행복은 결코 미덕에 위배되는 것이 아니다.

힘을 의미하는 이 미덕이라는 아름다운 말이 표시하고 있는 바와 같이 오히려 그 자체가 미덕인 것이다. 왜냐하면 완전한 의미에서 가장 행복한 사람이란 옷이라도 벗어서 집어 던지는 것처럼 다른 행복 같은 것은 서슴치 않고 던져버리는 사람이기 때문이다. 그러나 자기의 참된 행복은 절대로 내던지지 않는다. 그런 일은 할 수 없는 것이다.

적진으로 돌격하는 보병이나 대지 위에 추락하는 비행사도 그런 일은 하지 않는다. 그들의 참된 행복은 그들의 생명과 마찬가지로 그들에게 밀착되어 있다. 그들은 이를테면 무기를 들고 싸우는 것처럼 그들의 행복을 위해 싸우는 것이다. 이 때문에 쓰러지는 영웅에게도 행복이 있다고 일컬어졌다. 그러나 이 경우에 본래는 스피노자의 것인 다음과 같은 교정적인 형식을 빌어서 말해야 할 것이다. 즉 그들의 행복했던 것은 조국을 위해 죽었기 때문이 아니라 오히려 그 반대로 그들이 행복하였기 때문에 죽을 수 있는 힘을 갖고 있었다고. 11월의 꽃다발(죽은 자를 위한 망명절은 11월 2일에 행해진다)은 이와 같이 만들어질 것이다.

운명에 대하여

'운명은 우리를 인도하며 우리를 조롱한다'고 볼테르는 말했다. 나는 볼테르 같은 개성이 뚜렷한 사람이 이런 말을 한 것에 놀라지 않을 수 없었다. 외계(外界)의 운명은 강력하게 작용하는 법이다.

돌덩이나 탄환은 데카르트 같은 사람도 넘어뜨릴 것이다. 이런 힘은 눈 깜짝할 사이에 인간을 지상에서 말살해 버릴 수 있다. 그러나 이렇게 손쉽게 인간을 죽여 버릴 수는 있어도 인간을 바꾸어 놓을 수는 없다.

나는 사람들이 죽을 때까지 모든 사물을 어떻게 이용하는가를 보고 감탄하지 않을 수 없다. 마치 개가 닭을 잡아먹고, 자기 살과 지방을 만드는 것과 같이 사람들은 각자 자기 눈앞에서 일어나는 일들을 소화한다. 생물에게 고유한 이런 끊임없는 의욕은 어떤 일이 일어날지도 모르는 모든 변화 속에서 반드시 어떤 진로를 찾아내는 것이다.

강한 인간의 특질은 모든 사물에 자기를 바로 새기는 것이다. 그러나 이 힘은 사람들이 흔히 생각하는 것보다 훨씬 더 일반적이다. 인간에게는 만물이 흡사 옷과 같은 것으로 그것은 태도나 말씨에 따르는 것이다.

식탁·책상·방·집과 같은 것은 손을 한번 움직이는 데 따라서 정돈도 되고 난잡해지기도 한다. 사업도 마찬가지로 크고 작고 간에 우리의 뜻에 따르는 법이다. 그러므로 우리는 일에 대하여 잘되어 가느니 못되어 가느니 하고 말하는 것이다. 그러나 잘 되어 가든 못 되어가든 사업을 하는 사람은 언제나 쥐처럼 자기 나름의 구멍을 뚫고 있는 것이다. 똑똑히 보자. 그는 자기가 원하는 대로 해 나가는 것이다.

'젊어서 구하면 늙어서 풍족하다.'

괴테는 이 격언을 그의 회상의 첫머리에 인용하고 있다. 그리고 괴테는 모든 일을 자기 자신의 방식에 따라서 형성해 나가는 성격의 훌륭한 표본이기도 하다. 물론 누구든지 다 괴테가 될 수는 없는 것이다. 그러나 누구나 다 자기 자신일 수는 있다.

그가 아로새기는 표지(標識)가 훌륭하지 못한 것은 그것대로 좋다. 그러나 누구나 표지는 가는 곳마다 남기는 것이다. 누구나 그 원하는 바가 고상하고 훌륭하다고는 할 수 없다. 그러나 그가 원하는 것은 어쨌든 손에 넣고 있는 것이다.

괴테가 아닌 인간은 괴테가 되려고 하지 않았던 것이다. 이러한 견인불발(堅忍不拔)의 성격을 누구보다도 더 잘 파악하고 있던 스피노자는 인간은 말처럼 완벽함을 필요로 하지 않는다고 말했다.

이와 같이 어떠한 사람도 괴테의 온전함을 소화해 내지는 못한다. 그러나 상인은 파산할 지경에 이르렀을 때에도 팔고사기를 그치지 않는다.

어음을 할인하는 사람은 돈을 빌려 주고, 시인은 노래하고, 게으름뱅이는 잠을 잔다. 많은 사람들은 이것 저것 뜻대로 손에 넣을 수 없다고 불평을 한다. 그러나 그 원인은 언제나 그들이 그것을 참으로 원치 않았는데 있다.

양배추라도 재배하려고 생각한 퇴역 대령은 대장이 되고 싶었을지도 모른다. 그러나 만일 내가 그의 생애를 세밀히 조사할 수만 있다면 그가 해야 했는데 하지 않은 일, 또 하려고 생각지도 않은 일 등을 발견하게 될 것이다. 그리고 나는 그가 대장이 되고

자 하지 않았다는 것을 그에게 증명해 줄 수 있을 것이다.

나는 충분한 수완을 갖고 있으면서도 보잘 것 없는 지위에서 벗어나지 못한 사람들을 알고 있다. 그런데 그들은 무엇을 원하고 있었던가? 솔직한 진언이었던가? 과연 그렇다. 그들은 아첨을 하지 않았던가? 그들은 아첨을 한 적이 없고 지금도 하지 않는다. 판단과 충고, 거절 등의 능력이 없었던가? 그런 능력은 있다. 돈이 없었던가? 그들은 언제나 돈을 경멸하고 있지 않았던가? 돈은 돈을 소중히 여기는 사람들에게 가는 법이다. 부자가 되려고 하였는데 되지 못한 사람을 보여주는 것이 좋다.

내가 말하는 것은 정말 부자가 되고자 원한 사람이다. 단지 희망한다는 것은 참으로 원하는 것을 의미하지는 않는다.

시인은 10만 프랑을 갖기를 희망한다. 그러나 그는 누구한테서, 또 어떻게 하여 그것을 손에 넣을 것인지 알지 못한다. 그러므로 결국 손에 넣지 못한다. 그러나 그는 아름다운 시를 쓰려고 한다. 그리하여 그는 그런 시를 쓴다. 그 시는 그의 본성에 따라 만들어졌기 때문에 아름답다.

이것은 마치 악어가 악어 가죽을 만들고 새가 새털을 만드는 것과 같다. 그러므로 사람은 운명을 가리켜 자기 갈 길을 찾아내는 내부의 힘이라고 말할 수 있다. 그러나 잘 무장되고 또한 잘 짜여진 이 생활과 우연하게도 피로스(기원전 3세기경의 에페이토스의 왕)를 죽인 저 기왓장 사이에는 명칭 이외에는 아무런 공통점도 찾아볼 수 없다.

이 사실을 가리켜 캘빈의 예정설은 상당히 자유에 접근되어 있는 것처럼 보인다고 어떤 현자는 나에게 설명해 준 일이 있다.

승 리

인간은 행복을 추구하자마자 이것을 발견할 수 없는 운명에 빠진다. 그리고 그것은 조금도 이상할 것이 없다. 행복이란 쇼윈도우 속의 물건처럼 당신이 고르고 돈을 지불한 뒤 집으러 가져갈 수 있는 것이 아니다. 그러나 행복을 당신이 그것을 손에 쥐고 있을 때가 아니면 행복이 아니다.

만약 당신이 당신 밖에서 그러니까 세상에서 찾는다면 결코 어느 것이고 간에 행복의 형태를 취하지 않을 것이다. 요컨대 행복에 관해서는 추론(推論)도 예견(豫見)도 불가능하다. 지금 현재 지니고 있어야만 한다.

행복이 미래 속에 있는 듯이 생각될 때는 잘 생각해 보라. 그것은 당신이 이미 행복을 지니고 있다는 표시다. 기대를 갖는다는 일, 그것은 행복한 일이다.

시인들은 종종 서툰 소리를 한다. 나는 그 이유를 잘 이해를 한다. 그들은 음절(音節)과 운(韻)을 맞추는 일에 너무나 고심하다 보니 흔해 빠진 얘기 밖에는 못하고 만다.

그들은 말하기를 행복은 먼 곳에 있고, 미래 속에 있는 한 반짝거리고 빛나지만 그것은 무지개를 잡으려는 일이나 생물의 손바닥을 펴보려고 하는 일과 같다는 것이다. 그러나 특히 행복을 자기네 주변에서 찾는 사람들은 우울하게 하는 일은, 그들이 도무지 그것을 탐내려고 하지 아니한다는 일이다.

카드놀이에 있어서도 그것이 나에게 아무 의미도 없는 것은 내가 카드놀이를 하지 않기 때문이다. 권투나 검술에서도 마찬가지다. 음악도 마찬가지여서 시초에 약간의 곤란을 극복한 사람이라야 즐거울 수 있다.

독서도 마찬가지다. 발자크를 잘 이해하려면 용기가 필요하다. 처음에는 지루하기 때문이다. 게으른 독자의 태도를 보고 있노라면 꽤 재미있다. 그는 책장을 계속 넘겨본다. 두서너 줄을 읽어본다. 그리고 책을 내던진다. 독서의 행복은 경험을 쌓은 독서가조차도 스스로 놀라버릴 정도로 예견하기 어렵다.

학문이란 먼 곳에서 바라보는 것으론 재미가 없다. 그 속에 파고 들어가야만 된다. 그리고 처음에는 강제가 필요하며 항상 곤란이 필요하다. 규칙적인 노력과 승리에 계속되는 승리, 이야말로 의심 없는 행복의 공식이다. 그리고 트럼프놀이나 음악, 또는 전쟁에서처럼 행동이 공동적일 때 행복은 생생해진다. 그러나 행동과 노력, 그리고 승리라고 하는 동일한 표지를 항상 지니고 있는 고독한 행복이라는 것도 있다.

수전노와 수집가의 행복이 이것과 같으며, 게다가 이 둘은 아주 흡사하다. 수전노가 옛 금화(金貨)에 집착하게 될 때 특히 그렇지만 수전노적인 탐욕이 악덕으로 취급되는 데 대하여 칠보(七寶)나 상아나 그림이나 희서(稀書) 등을 진열장 안에 진열해 놓은 사람들에게는 오히려 감탄하는 이유는 어디에서 오는 것일까?

사람들은 자기의 금화를 다른 즐거움과 교환하려고 들지 않는 수전노를 비웃는다. 그런데 책이 더러워질 것을 두려워하여 절대로 책을 읽지 않는 책 수집가들도 있다.

실제로 이와 같은 행복도 다른 모든 행복과 마찬가지로 먼 데서는 맛볼 수 없는 것이다. 우표 수집가는 우표를 좋아하지만 나는 그것을 도무지 이해하지 못한다. 그와 마찬가지로 권투를 좋아하는 사람이 권투가이며, 사냥을 좋아하는 사람이 사냥꾼이며, 정치를 좋아하는 사람이 정치가이다.

자유로운 행동 속에서만 사람은 행복하다. 스스로 부여한 규칙에 의해서만 사람은 행복한 것이다. 한마디로 말해서 훈련을 받아들이는 일에 의해서뿐이다.

축구의 경우도 그렇고, 학문 연구의 경우도 그렇다. 그리고 이와 같은 의무는 멀리서 보면 즐겁지 않다. 오히려 그 반대로 불쾌하게까지 만든다. 행복이란 보상을 구하지 아니한 사람들에게 닥쳐오는 하나의 보답이라 하겠다.

대초원에서

플라톤에게는 많은 옛날 이야기가 있다. 그것들은 요컨대 항간에 흔히 있는 옛날 이야기와 비슷한 것이지만 플라톤의 이야기에는 무심코 내뱉어진 듯한 말들이 있어서 우리들의 마음속으로 메아리쳐 오며 잘 알려져 있지 않았던 구석 구석들을 갑자기 밝혀준다.

이를테면 저 에르(플라톤의 대화편 '국가'에 나오는 용사의 이름)의 이야기가 그와 같다. 에르는 싸움터에서 죽은 것으로 인정되었지만, 일단 그것이 잘못이었다는 사실로 알려지게 된 후 지옥으로부터 돌아와서는 그가 저승에서 본 일을 이야기했다.

에르가 지옥에서 경험한 가장 무서운 시련이란 다음과 같다. 영혼들 또는 망령(亡靈)이라 해도 좋고, 또는 마음대로 이름 지어도 좋다. 그 영혼들이 대초원으로 끌려간다. 그리고는 그들 앞에 많은 자루가 내던져진다.

그 자루 속에는 그들이 저마다 다시 선택하게 될 운명이 들어 있다. 영혼들은 아직껏 그들이 살아온 과거의 삶에 관한 추억을 지니고 있다. 그들은 욕망과 회한에 따라서 그 운명의 자루를 선택한다. 무엇보다도 가장 돈을 탐내던 사람들은 돈으로 가득 찬 운명을 선택한다.

돈을 많이 소유하고 있었던 사람들은 보다 더 많이 구하려고 찾아다닌다. 주색에 젖어 살던 인간들은 쾌락으로 가득 찬 자루를 찾는다. 야심가들은 임금으로서의 운명을 찾는다. 마침내 저마다 자기가 필요한 것을 발견하여 새로운 운명을 어깨에 짊어지고 가버린다. 그리고는 레테, 즉 '망각의 강'의 물을 마시고 자기네들의 선택에 따라 살기 위해 또다시 인간들이 사는 지상을 향해 출발한다.

이것은 참으로 기묘한 시련이고도 이상한 형벌이다. 그러나 이것들은 잠깐 훑어본 그 이상으로 무서운 것이다. 왜냐하면 행복과 불행과의 진정한 원인에 관해서 심사숙고하는 사람들은 거의 없기 때문이다. 그런 것에 대해 심사숙고하는 사람들은 원천까지 거슬러 올라간다. 즉 이성(理性)을 궁지에 몰아넣은 포악한 욕망까지 거슬러 올라간다.

그들은 부(富)를 경계한다. 부는 추종에 민감하며 불행한 사람들에게 대하여 귀머거리가 되기 때문이다. 그들은 권력을 경계한다. 권력을 갖게 되면 많고 적고 간에 부정에 빠지기 때문이다.

그들은 쾌락을 경계한다. 쾌락은 지성(知性)의 빛을 흐리게 하고 마침내 그것을 꺼버릴 테니까 말이다. 그래서 현자들은 외관상으로 아름다운 자루를 이것저것 조심스레 뒤적여 보는 것이다. 그것은 항상 자기 마음의 평형을 잃고 싶지 않다는 조심이며, 많은 노고로서 얻었고, 또 보존하고 있는 바른 감각을 화려한 운명 속에서 아무리 조금이라도 위험케 하고 싶지 아니한 조심이다.

이런 사람들은 아무도 원치 않는 보잘 것 없는 운명을 등에 지고 갈 것이다. 그러나 다른 사람들은 평생동안 자기의 욕망을 뒤쫓아 달음질 친 사람들은 괜찮아 보이는 자루에 흐뭇하여 목전의 것밖에는 더 멀리 보지 못한다.

이 자들에게서 당신은 그들이 오히려 더 맹목적이고 더 무지하고 오히려 더 허언과 부정을 선택하는 이외에 무엇을 선택하기를 바라겠는가? 그리고 이와 같이 하여 그들은 여하한 재판관에게서 벌을 당하는 것보다도 훨씬 더 자기 자신에 스스로 벌을 주는 것이다. 그 백만장자는 지금쯤 어쩌면 바로 그 대초원에 있을는지도 모른다. 그리고 그는 무엇을 선택하고 있겠는가? 그러나 비유는 그만두기로 하자.

플라톤은 항상 우리들이 생각하는 이상으로 우리들 가까이에 있는 것이다. 나는 사후에 계속되는 새로운 생활을 아무것도 경험하지 못했다. 그러니까 사후의 생활을 믿지 않는다고 해봤자 별것도 아니다.

나는 그것에 관하여 오로지 아무것도 생각할 수 없다. 나는 오히려 다음과 같이 말하고 싶다. 즉 우리가 우리 자신의 선택에 의하여, 그리고 우리들 자신의 법칙에 의해서까지 벌을 받게 되는 내세(來世)의 생활이란, 우리가 멈출 새 없이 미끄러져 들어가는 미래, 저마다 자기가 선택한 보따리를 풀어보는 미래, 그것이라고 말이다. 그리고 우리들이 제신(諸神)들과 운명을 비난하며 '망각의 강'에서 물을 마시기를 멈추지 않는 일 역시 진실이다.

야심은 선택한 자는 비열한 아부이며, 시새움이며, 부정이며, 그런 것을 선택한다고는 생각지 않았다. 그러나 그것은 보따리 속에 있었던 것이다.

가정의 평화

나는 쥘드 르나아르(프랑스의 소설가, 극작가 1864~1910년)의 저 무서운 「홍당무」를 되풀이해 읽는다. 이 책에는 관대한 면이 없다. 사물의 좋지 않은 면은 눈에 띄기 쉬운 법이라고 말해주고 있다.

일반적으로 정념(情念)은 잘 드러나게 마련이고, 애정은 가려져서 눈에 띄지 않기 일쑤다. 그리고 이것은 친밀하면 친밀할수록 보다 더 피할 수 없다. 이것을 이해하지 못하는 사람은 분명히 불행하다.

집안에서는 그리고 특히 서로 간에 흉금을 터놓고 있는 처지에서는 누구나 다 행동의 제약을 받지 않으며, 누구나 다 가면을 쓰지 않는다. 그러니까 어머니가 자기 아이에게 자기가 좋은 어머니라는 것을 증명해 보이려고 하는 일이 결코 없을 것이다. 만약에 그런 생각을 하는 경우가 있다면 그것은 어린애가 흉폭할 정도로 못된 성질을 지니게 되었을 경우이다. 그러니까 착한 어린이는 경우에 따라서는 마구 대접받을 것을 각오해야 될 것이다. 이것이야 말로 그에게 주어진 보수라 하겠다. 예절이란 무관심한 사람들에게 기울여지며, 기분이란 좋고 언짢고 간에 사랑하는 사람들에게 기울여지는 것이다.

사랑을 주고받는 일의 효과 중의 그 하나는 투정이 순수하게 교환되는 일이다. 현자는 이것을 신뢰와 터놓고 행동하는 일의 증거로서 보게 될 것이다.

소설가들이 흔히 그려내고 있지만 부정한 아내의 최초의 표시는 남편에 대한 예절과 조심성의 회복이다. 그러나 이것을 타산으로 보는 것은 잘못이다. 그러니까 그런 경우에는 이미 터놓고 마구 줄 수 있는 편안감이 없는 것이다.

'매를 맞고 내가 좋아하다니' 하는 그 연극 대사는 마음의 진실을 우스꽝스러울 정도로 확대하고 있다. 구타·욕설·비난, 이것은 항상 일의 시초라 할 수 있다.

이와 같은 도를 넘친 신뢰때문에 가정이 파괴되는 수가 있다. 내가 여기서 말하는 의미는 음성이 저절로 아주 격해지는 분노의 지경에 이르는 언짢은 자리가 되게 마련이란 소리다. 그리고 이것은 당연한 일이다. 이와 같은 일상적인 친근성 속에서는 한 사람의 화중이 다른 사람의 화증을 유발시키며 아주 사소한 정념도 일을 크게 한다. 그래서 이와 같은 까칠한 기분을 모두 다 그려내기란 퍽 쉬운 일이다. 그리고 만약 그 기분을 그저 설명만 해준다면 요법은 병의 바로 곁에서 발견될 것이다.

누구나 자기가 잘 알고 있는 투덜거리기장이라든지 심술꾼에게라면 아주 소박하게 다음과 같이 말할 것이다. '그것이 그의 성격이야.'하고. 그러나 나는 성격 따위를 과히 믿지 않는다. 왜냐하면 경험에 비추어 볼 때 규칙적인 압박을 받아온 것은 그 중요성을 잃게 됨으로써 문제가 되지 않기 때문이다.

임금 앞에 나섰을 때 궁신은 언짢은 기분을 감추고 있는 것이 아니다. 임금의 비위에 들려고 하는 격렬한 욕망때문에 언짢은 기분이 사라져 버린 것이다.

한 가지 운동은 다른 운동을 배제한다. 우호적인 태도로 손을 내밀고 보면 동시에 주먹질을 할 수는 없는 일이다. 어떤 동작을 시작했다가 그것을 억제하였을 때의 벅차고 긴장된 감정 역시 이와 마찬가지다.

사교적인 여자가 갑작스레 찾아온 손님을 맞이하기 위해 화증을 내다가 멈추었다손 치더라도 나는 결코 '대단한 위선이다!'고는 말하지 않을 것이다. 오히려 '화증을 가라앉히기 위한 아주 완벽한 약이로구나!' 하고 말할 것이다.

가정의 질서란 법의 질서와 같은 것이다. 그것은 단지 그것만으로 이루어지는 것이 아니다. 그것은 의지에 의해서 만들어지고 보존된다. 최초의 충동 위험을 잘 이해한 사람은 자기의 동작을 규제하여 그가 간직한 감정을 보존한다.

의지의 견지에서 볼 때 결혼이 해소될 수 없는 것임은 이런 이유 때문이다. 그래서 사람들은 폭풍우를 가라앉히고 결혼을 제대로 보존하려고 자기 자신에게 서약한다. 여기서 서약의 효용이 있다.

사생활에 대하여

라 브뤼예르(프랑스의 모럴리스트 1645~1910년)였다고 생각되는데, 그는 이런 말을 했다. 즉 '좋은 결혼은 있지만 감미로운 결혼이란 것은 없다'고.

우리 인류는 사이비 모럴리스트들의 이와 같은 진흙탕 속에서 빠져나와야만 될 것이다. 그들의 말을 따르자면 사람은 행복에 관하여 마치 과일 맛을 보듯이 맛을 보고 이러니 저러니 평을 하게 되는 것이다. 그러나 나에게 말하라고 한다면 과일조차도 그 맛을 좋게 할 수 있는 것이다. 결혼이라든지 그 밖의 모든 인간관계에 관해서는 한결 더하다.

이와 같은 일들은 맛을 본다거나 견디고 참는다거나 하기 위해 있는 것이 아니다. 그것을 만들어야 되는 것들이다. 사회라는 것은 날씨가 바람 부는 형편에 따라 견디기 좋고 나쁘고 하는 나무 그늘과 같은 것이 아니다. 그와는 반대로 마술사가 비를 내리게도 하고 개이게도 하는 기적이 이루어지는 자리이다.

누구나 자기의 장사를 위해서라든지 출세를 위해서라면 온갖 짓을 다 한다. 그러나 일반적으로 말해서 자기 집에서 행복해지기 위해서라면 아무 짓도 안한다.

나는 이미 예절에 관하여 여러 번 서술했지만 아무래도 그것에 관하여 마땅히 서술해야 될 정도를 다하지 못한 것 같다.

나는 예절이 낯선 사람에게 대하여 쓸모 있는 거짓말이라고는 도시 말하지 않는다. 나는 다음과 같이 말한다. '감정이란 진심어린 것이고, 또 귀중한 것일수록 예절을 필요로 한다'고.

'악마에게 먹혀버려라'고 말하면서 장사꾼은 자기가 말한 바를 말한 것으로 믿고 있지만 여기에 정념(情念)의 올가미가 있다.

우리들의 직접적인 삶에 있어서는 모습을 드러내는 일체의 것들이 허위이다. 잠에서 깨어나 눈을 뜬다. 보이는 것은 모두 허위이다. 나의 일은 판단하고, 평가하고, 사물을 그 거리에 따라 돌려보내는 데 있다. 어떠한 것이고 선뜻 눈에 보이는 것은 한 순간의 꿈이며, 꿈이란 분명히 판단을 수반하지 않는 짧은 시간의 각성이다. 그렇다고 하면 자기의 직접적 감정을 보다 잘 판단하라고 어떻게 말할 수 있겠는가?

해결을 직접적이거나 또는 자연적인 영혼은 항상 우수에 잠겨있으며, 이를테면 짓눌려 있다고 말했다. 이 말은 대단히 깊이 있는 것으로 여겨진다. 자신에 대하여 반성하여도 바로 잡히지 않을 때는 반성하는 방법이 서투른 것이다. 그리고 자문하는 사람은 항상 자신에게 시원찮은 대답을 한다.

사고(思考)가 오로지 자기 일만을 생각할 때 그것은 권태니 비애니 불안이니 또는 초조니 하는 것에 불과하다. 시험 삼아 해보라. 자기 자신에게 이와 같이 물어보라. '시간을 보내기 위해 무엇을 읽을까?'고.

당신은 벌써 하품을 하고 있다. 필요한 것은 읽기 시작하는 일이다. 욕망이 의지로 발전하지 않으면 쇠퇴해 버린다.

이상의 고찰로서 심리학자들을 비판하기에 넉넉하다. 심리학자들은 사람들이 저마다 자기의 생각을 풀잎이나 조개껍데기를 살피듯이 샅샅이 연구하라고 한다. 그러나 생각한다는 일은 의욕을 불러일으키는 일이다.

그런데 상업이라든지 공업이라든지 하는 공동생활에 있어서는 사람들이 저마다 항시 자신을 통제하고 바로 잡음으로써 아주 훌륭하게 해낼 수 있는 일도 사생활에 있어서는 그와 같이 잘 된다고는 할 수 없다.

사람들은 저마다 자기 감정 위에 몸을 눕힌다. 잠을 자기 위해서라면 그것도 좋다. 그러나 가정이라고 하는 반수상태 속에서는 모든 것이 모나기 쉽다. 그 때문에 가장 선량한 사람들이 흔히 무서운 위선자가 되는 것이다.

여기서 주목할 일은 사람들은 감정을 감추기 위해 일종의 의지를 사용하는 일이다. 그러나 그보다는 차라리 의지의 힘으로써 운동선수와 같이 전신을 움직여 감정을 바꿀 일이다. 기분 나쁜 감정이나. 슬픔이니 권태니 하는 것이 비나 바람과 같이 어쩔 수 없는 사실이라는 생각은 선입관념이며 잘못된 관념이다.

요컨대 진짜 예절이란 자기가 해야 할 의무를 느끼는 일이다. 사람은 경의나 신중성이나 정의를 자기의 의무로 해야 한다. 이 마지막 사례(事例), 즉 정의에 대해서는 생각해야 할 필요가 있다.

정의 쪽으로 곧장 되돌아서는 일은 최초의 충동이 어떠했든 간에 결코 도둑이 하는 짓은 아니다. 오히려 그보다는 조금도 위선이 없는 성실 그것이다.

그런데 애정에 관해서는 어째서 그만한 성실을 원하지 않는가? 사랑은 자연적인 그대로 있는 것이 아니다. 그리고 욕망도 언제까지나 자연적인 그대로는 아니다. 참다운 감정은 만들어지는 것이다.

트럼프놀이를 하는 것, 조금이라도 초조하거나 싫증이 나거나 했을 때 트럼프짝을 팽개쳐버리기 위해서 하는 것은 아니다. 그리고 되는 대로 피아노를 치려고 생각하는 사람은 결코 없다.

음악은 모든 표본 중에서 최상의 표본이다. 왜냐하면 음악은 성악조차도 의지에 의해서만 지탱되는 것이며, 그 은총인 우아성은 뒤에 따라오는 것이기 때문이다. 은총의 의지 뒤에 온다는 것은 신학자들에 의해서 종종 이야기되었다. 그러나 신혁가(新革家)들은 자기네들이 이야기하는 것의 의미를 잘 모르고 있다.

권 태

남자에게 건설해야 할 것과 파괴해야 할 것이 없어지면 대단히 불행해질 것이다.

여자들은 내가 여기서 여자라고 일컫는 것은 바느질을 한다거나, 어린애들을 돌본다거나 해서 분주한 사람들 얘긴데 그들은 남자들이 어째서 다방에 출입하는지, 또는 트럼프놀이를 하는지 아마도 결코 이해하지 못할 것이다. 그런데 자기 자신과 함께 살며, 자기에 관한 일을 숙고해봤자 그런 것은 아무짝에도 소용없다.

괴테의 대표적인 소설 「빌헬름 마이스터」 가운데 '단념회'라는 것이 있다. 그 회원들은 다가올 일이나 지나간 일에 대해서 절대로 생각해서는 안 되는 것이다. 이 규칙은 지킬 수만 있다면 대단히 좋은 규칙이다. 그러나 그 규칙을 지키려면 손과 눈을 부지런히 놀려야 한다.

지각하고 행동하는 일, 이것이 진짜 요법이다. 반대로 만약에 지루하여 손가락이나 비비 꼬고 있다 보면 이윽고 불안이나 회한(悔恨) 속에 빠지고 말 것이다.

생각한다는 일은 반드시 언제나 건강하다고만은 할 수 없는 일종의 유희이다. 대강은 빙빙 돌기만 하지 전진하지 못한다. 위대한 장 자크가 '생각하고만 있는 인간은 타락한 동물이다'라고 쓴 것은 이 때문이다.

필요라는 것이 우리를 거의 언제나 그곳으로부터 끌어낸다. 우리는 모두 해야 할 일을 가지고 있다. 그리고 이것은 대단히 좋은 일이다. 우리들에게 결여되어 있는 것은 우리를 타인으로부터 숨을 돌리게 하는 자그마한 일들이다.

나는 여자들이 뜨개질이나 자수를 하는데 대하여 종종 부러운 생각을 갖는다. 그녀들의 눈은 따라가야 하는 현실적인 어떤 물건을 소유하고 있다. 그 때문에 과거나 미래의 영상(影像)은 번개처럼 번쩍하고 나타날 따름이다. 그런데 한가한 모임에서 남자들은 할 일이 도무지 없다. 그리고 병 속에 든 파리들처럼 웅얼대게 마련이다.

병만 아니라면 잠못 이루는 시간이라 할지라도 별로 두려울 것이 없다고 나는 생각한다. 왜냐하면 그것은 상상력이 너무나 자유롭고 또한 생각하는 실질적인 대상이 없기 때문이다.

한 남자가 10시에 잠자리에 들어 12시까지 수면의 신(神)의 구원을 빌며 잉어처럼 펄떡거리고 있다 하자. 그 같은 남자가 같은 시간에 만약 극장에 있었다면 자신의 존재조차 완전히 잊었을 것이다.

이 반성은 부자들의 생활을 채워주는 여러 가지 용무의 의미를 이해하는데 도움이 된다. 그들은 수많은 의무와 일을 스스로 만들어내 가지곤 마치 불난 집에라도 달려가듯이 바쁘게 뛰어다닌다.

그들은 하루에도 열 번은 사람들을 찾아다니고, 연주회니 극장을 돌아다닌다. 좀 더 혈기왕성한 자들은 사냥이니 전쟁이니 위험한 여행을 하며 쏘다닌다.

또 다른 자들은 자동차로 드라이브를 하는가 하면 비행기를 타고 뼈가 부러지기를 안타까이 기다리는 형편이다. 그들에겐 새로운 활동이며 새로운 지각이 필요한 것이다.

그들이 바라보고 있는 것은 인간세계에서 사는 일이며, 자기 내부에서 사는 일이 아니다. 마치 거대한 마스토돈(고대 동물의 이름)이 숲을 먹어치운 것과 같이 그들은 눈으로 세계를 먹어치운다.

가장 단순한 자들은 코와 복부에 세찬 주먹다짐을 받는 일을 놀이로 삼는다. 그 짓으로 현재 속에 이끌려오게 되는 것이고, 그들은 아주 행복한 것이다.

적극적으로 전쟁을 바란다고는 할 수 없어도 전쟁이 생기게 되면 받아들일 태세가 되어 있는 자들은 흔히 잃을 것을 가장 많이 지닌 자들이라고 말이다.

죽음의 공포라는 것은 한가한 사람의 생각이며, 그 일이 아무리 위험하다 할지라도 당연한 행동에 의해 그것은 당장에 사라져 버린다. 전투란 분명히 사람이 죽음에 대하여 가장 조금 생각하는 상황 중의 하나이다. 이로부터 다음과 같은 역설이 성립된다. 즉 삶이란 그것을 충실하게 채우면 채울수록 잃을 염려도 줄어든다.

절망에 대하여

어떤 사람이 말했다.

'악한은 요까짓 것쯤 가지고는 자살하지 않는다'고.

마음이 고결한 사람이 명예가 손상된 것으로 생각하고 자살을 했는데 자기를 모욕했다고 생각하고 있었던 당사자들로부터 그의 죽음이 애석하게 여겨졌다는 일은 흔히 있는 일이다.

나는 우리들의 기억에 오래도록 또렷하게 남는 이 비극에 대하여 다음과 같은 생각을 한다. 즉 어째서 공정하고 도리에 어긋나지 않으려는 사람이, 흔히 타인에 의해 공격당하고 정복당하기 위해서 밖에는 어떤 종류의 정념을 억제하지 못했던 것처럼 보였을까 하고. 또한 어떠한 생각을 지녀야만 그가 절망과 싸울 수 있었을까 하고 정세를 판단한다. 곤란한 문제를 제기한다. 그 문제의 해결을 찾는다. 그것을 도무지 찾을 수 없다. 어떻게 하면 좋을지 알 길이 없다. 마치 조련장의 말과 같이 생각이 똑같은 자리에서 빙빙 돈다.

이것들만이 고통이라고 당신은 말할 것이다. 그리고 지성도 역시 우리를 찌르는 가시를 가지고 있다고 당신은 말할 것이다. 그러나 결코 그런 것이 아니다. 바로 그와 같은 오류에 빠지지 않도록 하는 것이 필요하다.

도무지 알 수 없는 문제들이 많다. 그리고 그런 것들은 쉽사리 체념할 수 있다. 변호사라든지 청산인이라든지 재판관이라든지 하는 사람들은 어떤 사건을 희망이 없다고 확실히 결정지을 수 있거나 또는 침식을 잃고 덤비지 않고는 도무지 결정지을 수 없거나 그 어느 편이다.

해결할 수 없이 얽힌 생각에 있어서 우리를 괴롭히는 것은 그 뒤얽힌 생각 자체가 아니다. 차라리 그것에 대한 일종의 싸움이며 저항이다. 또는 사정이 현재 있는 상태대로 있지 않았으면 하는 욕구라고 해도 좋다.

정념의 모든 움직임 속에는 돌이킬 수 없는 것에 대한 일종의 싸움이며 저항이다. 또는 사정이 현재 있는 상태대로 있지 않았으면 하는 욕구라고 해도 좋다.

정념의 모든 움직임 속에는 돌이킬 수 없는 것에 대한 저항이 있는 것같이 생각된다. 이를테면 만약에 어떤 사람이 한 어리석은 또는 허영심이 강한 또는 냉정한 여자를 사랑하여 괴로워하고 있을 경우, 그것은 그가 무슨 일이 있어도 그녀에 대해서 현재와 같지 않았으면 하고 생각하고 있기 때문이다.

이와 마찬가지로 그렇게 하면 파멸을 면할 길이 없으며, 또한 그와 같은 사실을 잘 알고 있으면서도 정념은 다시 한번 그 동일한 길을 되풀이해 가고자 하며, 또 그렇게 할 것을 여하한 방법으로건 사고(思考)에게 명한다. 어디든 다른 곳으로 가는 분기점을 발견코자 해서이다. 그러나 그 길은 이미 지나친 것이다. 처해 있는 곳은 바로 현재의 그 지점인 것이다. 그리고 시간이라는 길에서는 뒤로 되돌아갈 수도 없으며, 또 같은 길을 두 번 다시 되풀이 할 수도 없는 법이다. 그러니까, 나는 확고한 성격이란 자신이 지금 어디에 있으며, 사태는 어떠하며 돌이킬 수 없는 것은 무엇이란 것을 자기 자신에게 스스로 말해주고 그곳에서 미래를 향하여 출발하는 사람이라고 말하고 싶다. 그러나 이것은 쉬운 일이 아니다. 그리고 이것은 사소한 일 속에서 연습하는 것이 필요하다. 그렇지 않으면 정념은 울안의 사자처럼 될 것이다.

사자는 한편 구석에 있을 때에는 마치 그 전에 다른 한편 구석에 있어서 잘 보이지 아니한 이쪽을 언제나 소망하고 있었던 것처럼 창살 앞에서 몇 시간이고 서성거린다.

요컨대 과거를 회상하는 일에서 생기는 이 슬픔은 무익하며, 또한 대단히 위대하기까지 하다. 그것은 우리를 헛되이 반성시키고 헛되이 찾아 헤매게 하기 때문이다.

스피노자는 말하기를 후회하는 것은 과실을 두 번 되풀이 하는 것이라고 하였다. 슬퍼하는 사람이 만약에 스피노자를 읽었다면 이렇게 말했을 것이다.

'하지만, 내가 슬플 때라면 나는 언제나 쾌활할 수는 없는 일이다. 그것은 내 기분이라든지 피로의 정도라든지 연령이라든지 날씨 관계라든지 그런 것에 의존된다'고.

좋다. 그것을 당신 자신에게 말하도록 하자. 그것을 진심으로 말하도록 하라. 슬픔을 그 진정한 원인에게로 되돌려 보내도록 하라. 그러면 당신의 무거운 생각도 몰아낼 수 있을 것이다. 구름이 바람에 날려가듯이 말이다. 지상은 불행으로 덮이게 될 것이다. 그러나 하늘은 갤 것이다. 그것만으로도 소득이라 하겠다.

당신은 슬픔을 육체 속으로 되돌려 보낸 셈이 될 것이다. 그 결과 당신의 생각은 마치 청소년에게 날개를 주고 그것을 비상하는 슬픔으로 만든다. 그러나 이와는 달리 반성은 만약에 그것이 겨냥을 잘 맞추면 날개를 부러뜨리게 되고 기어 다니는 슬픔에 불과한 것으로 만들어버린다고.

슬픔은 언제나 내 발치에 있다. 그러나 이미 내 눈앞에는 있지 아니하다. 단지 이것은 말썽스러운 놈이지만 우리는 언제든 아주 높이 비상하는 슬픔을 원하고 있는 것이다.

〈end〉

□ 편저자 약력
일본 와세다대학 졸
일본 중앙대학 경제학부 졸
일본 와세다 대학원에서 비교문학, 문학사조사 전공
우석대, 성균관대, 숙명여대, 덕성여대, 한양대 교수
국제 펜클럽, 한국문인협회, 국어국문학회 회원
한국현대시인협회 심사위원

■ 주요저서, 역서
「현대시원론」「현대시작법」「한국시인론」외
「소유냐 삶이냐」「유대인의 인간관」외

2024년 1월 25일 | 발행

발행처 | 서음미디어
등록 | 2009. 3. 15 No 7-0851
서울시 동대문구 난계로 28길 69-4
Tel (02)2253-5292
Fax (02)2253-5295

편저자 | 김남석
발행인 | 이관희
본문편집 | 은종기획
표지일러스트 | Arahan

ISBN 978-89-91896-98-7